徳間文庫

南アルプス山岳救助隊K-9

風の渓《たに》

樋口明雄

徳間書店

目次

主な登場人物

山梨県警南アルプス署地域課山岳救助隊

星野夏実　山岳救助隊員、ボーダー・コリー、メイのハンドラー。巡査
神崎静奈　山岳救助隊員、ジャーマン・シェパード、バロンのハンドラー。巡査
進藤諒大　山岳救助隊員、川上犬、リキのハンドラー。チームリーダー。巡査部長
深町敬仁　山岳救助隊員、巡査部長
関真輝雄　山岳救助隊員、巡査
横森一平　山岳救助隊員、巡査
曾我野誠　山岳救助隊員、巡査
杉坂知幸　山岳救助隊副隊長。巡査部長
江草恭男　山岳救助隊隊長。警部補

加賀美淑子　両俣小屋管理人
高垣克志　両俣小屋アルバイトスタッフ
園川珠美　両俣小屋アルバイトスタッフ

松戸颯一郎　白根御池小屋管理人
小林和洋　肩の小屋管理人
安西友梨香　アイドルグループ〈ANGELS〉の人気歌手
桜井和馬　サイバー犯罪の常習者
中江悠人　引きこもりの少年
中江芳郎　悠人の父
中江佳奈子　悠人の母
山崎美和子　悠人の伯母

鳳凰三山
地蔵岳
2,764m
鳳凰小屋
薬師岳
2,780m
薬師岳小屋
南御室小屋
広河原山荘
野呂川広河原 インフォメーションセンター
広河原
大華ヽ
ボーコン沢ノ頭
池山吊尾根
池山御池小屋
池山
2,063m
義盛新道
野呂川
南アルプス林道
1,534m
鷲ノ住山

小太郎山
2,725m
小太郎尾根
2,230m
白根御池小屋
小太郎尾根分岐
草すべり
北岳肩の小屋
3,000m
中白根沢ノ頭
2,841m
バットレス
二俣
両俣小屋
北岳
3,193m
横川岳
2,478m
左俣沢
八本歯ノ頭
八本歯のコル
北岳山荘
中白根山
3,055m
間ノ岳
3,189m
三峰岳
2,999m

序 章

薄暗い部屋である。

広さは八畳。壁際には棚が並び、CD、DVD、Blu-rayといったディスクのパッケージが大量にタイトルを並べている。別の棚はガラス扉がついていて、何段かに分かれたところにアニメのフィギュアがきれいに整頓《せいとん》されて収められていた。

二方向の壁にベージュのブラインドが下りていたが、部屋の主である桜井《さくらい》和馬《かずま》はもう三年ぐらい、そのブラインドを上げたことがない。それは窓の外という世界にいっさいの興味がなかったからだ。

彼の人生におけるあらゆる価値は、そのほとんどが液晶画面の中にあった。

高校を中退してから、何度か就職をした。職業はさまざまで酒販店やガソリンスタンド、コンビニの店員、運送業の配送助手など。しかしいずれも長続きしなかった。

けっきょく二十八歳のときから、いっさいの職に就《つ》かず、いわゆる引きこもりになっていた。それから七年が経過している。

両親はずいぶんと前に離婚し、今は母親とふたり暮らしだが、ほとんど顔を合わせることもない。風呂やトイレでたまたま鉢合わせになるときぐらいだ。日に三度の食事は、母親が運んできては部屋の前にトレイを置いていく。

そんな和馬にも収入があった。

それも、毎年の年収が七、八百万円以上にもなるが、まったくの裏稼業ゆえに当然、課税は皆無だし、税務申告もいっさいしていない。表向き、彼はあくまでも無職であり、スーパーのパートで日銭を稼いでいる母親の扶養家族なのである。

その母親は、和馬がインターネットの何らかの手段でいくばくか稼いでいることは知っているようだ。まったく小遣いもなしに、最新のソフトやハード、大量の映像メディアなどがネット販売で届いたりするため、いやでもそれとわかるだろうが、あえて何もいってこない。

今日も朝からこの部屋にこもっていて、三台のパソコンを駆使し、自分の〝仕事〟に精を出していた。

彼の職業——あえてそういえば、それはネットハッカーである。

他人の銀行口座に侵入して不正送金をしたり、クレジットカード情報を盗み出すのはお手の物。しかし彼の場合、企業が利用するウェブサイトに侵入し、そこにある情報を盗み出すことをもっとも得意とする。

それを第三者である個人や別の企業に売っているうちに、企業側から〝依頼〟が来るようになった。特定の企業をターゲットにし、非公開のアーカイブなどに侵入して、必要な情報を引き出すこともやってのけた。

報酬はそれなりの額になった。

何しろ個人情報が価値観をもってやりとりされる時代である。企業の秘密情報は、まさに彼にとって宝の山だった。

和馬は自分のことを〈ネット産業スパイ〉だと思っている。高度なセキュリティを突破して目的の場所に侵入できたときの喜びは、テレビゲームの感覚によく似ていた。あるいはそれ以上のものだった。

桜井和馬の趣味は、いわば〝おたく〟といわれる世界の範疇《はんちゅう》で多岐にわたる。

とりわけお気に入りはアイドル歌手であった。昔からさまざまな女性歌手、アイドルの音楽、映像メディアの蒐集《しゅうしゅう》に没頭していたが、最近は〈ＡＮＧＥＬＳ〉――若い女性ばかりの四人のグループだった。

アイドルといっても、全員がギター、ベース、ドラムスなどの楽器をこなし、ロックからテクノ、アニメの主題歌まで幅広いジャンルで歌っている。

中でも、リードヴォーカルを担当する安西友梨香《あんざいゆりか》がもっぱらの目当てだ。

彼の孤城であるこの部屋には、〈ＡＮＧＥＬＳ〉のＣＤや映像ディスクが大量に並び、壁には安西友梨香の大きなポスターが数枚、貼ってある。

ハッキングを得意とする和馬は、当然、〈ＡＮＧＥＬＳ〉の所属する芸能事務所である〈バーミリオン・エージェンシー〉のサイトに毎日のようにアクセスし、一般人が見ることのできない部分まで自由に閲覧している。

憧れのアイドルスター。現実に会うことはないかもしれないが、彼女らの動向を情報として誰よりも詳しくキャッチし、リモートでの追っかけをやっているときは、何にも代えがたい至福の感情に満たされていた。

パソコンの記録媒体《ばいたい》には、彼女を中心に〈ＡＮＧＥＬＳ〉メンバーたちのライヴやテレビ出演の番組が大量に録画されていた。なかでも和馬が繰り返し観ているのは、先月、関東テレビの地上波で放送された〈チャレンジ！〉という、彼女がレギュラーで出演している番組。

その中で安西友梨香は富士山《ふじさん》に登っていた。

もともとまったく素人《しろうと》だったはずが、たまさか富士登山のおかげで、すっかりそんなイメージが定着したらしい。清涼飲料水のテレビＣＭの中でも彼女の登山姿が起用され、人気を博していた。

ライヴやステージでは挑発的な衣装に身を包み、唄い踊る彼女が山ガールのスタイルでザックを背負い、ストックを突いて富士登山に挑む姿は実に魅力的だった。

和馬は今日も〈バーミリオン・エージェンシー〉のサイトに侵入し、安西友梨香の予定が更新されていることを知った。

日本一の山、富士山への登頂で高視聴率を出した関東テレビ〈チャレンジ！〉の山ガール企画第二弾として、友梨香はこの夏、日本で二番目に高い山に挑戦する。

標高三一九三メートル――南アルプスの主峰、北岳《きただけ》である。

第一章

1

六月二十日。

本格的な登山シーズンが間近に迫っていた。

北岳の中腹にある白根御池《しらねおいけ》小屋は、五月にはスタッフ総出でいち早く小屋開きを終えていたが、隣接する南アルプス警察署山岳救助隊の夏山警備派出所は、登山口である広河原《ひろがわら》で毎年、六月下旬に催される南アルプス開山祭の少し前から救助隊メンバーである隊員たちが着任する。

先月の段階では小屋の周囲は数メートルの積雪だった。それからひと月が過ぎて、雪はすっかり融《と》けていたが、派出所の建物の正面入口を覆うように立てかけられ、打ち付けられていた大きな防雪板はそのままだ。

く。

雨樋《あまどい》も無線のアンテナもすべて取り外されている。

毎年のことだから馴《な》れたもので、隊員たちは手分けをしてテキパキと作業をしてい

この山岳救助隊の大きな特徴は、全国で初めて、警察という公的機関において山岳救助犬を活躍させていることだ。救助犬チームは〈K－9〉と呼ばれ、リーダーの進《しん》藤諒大《どうりょうた》隊員と川上犬《かわかみけん》リキを筆頭に、女性隊員が二名——神崎静奈《かんざきせいな》隊員とジャーマン・シェパードのバロン。そして星野夏実《ほしのなつみ》隊員とトライカラーのボーダー・コリーのメイ。

それぞれの犬のハンドラー（指導手）である三名は、派出所裏にあるログコテージ風の犬舎をきれいに掃除し、ドッグランを囲む塀《へい》の組み立てを完了した。

これで明日からは、いつでも山岳救助に出動できる態勢が整ったことになる。

その晩、白根御池小屋でちょっとしたパーティが催された。

山小屋の管理人とスタッフたち、そして夏実ら、山岳救助隊のメンバーが、一階の食堂フロアに集まっていた。

ひとつにくっつけられたテーブルには、豪華な料理に生ビールやワインなど。

一般の登山者たちはまだ登ってこない時期なので、顔なじみの面々ばかりだ。

ところがひとりだけ、やけに緊張した面持ちでテーブルに向かって座り、硬直して

いる人間がいた。

松戸《まつど》颯一郎《そういちろう》。三十四歳、独身。

よく焼けた顔に黒髭《くろひげ》が似合う、まさに山男。登山のベテランであり、山岳救助の経験も豊富、そして山小屋のあらゆる仕事を熟知している。そんな彼がいまさら緊張しているのはなぜか。

「では、目出度《めでた》くも当白根御池小屋の新管理人に着任された松戸颯一郎くんから、ひとこと挨拶《あいさつ》をいただきたいと思います」

マイクを持ったK－9チームリーダーの進藤に紹介され、熟れたトマトのように顔を真っ赤にした松戸が、そろりと椅子を引いて立ち上がる。濃紺のトレーナー、袖《そで》を肘《ひじ》までまくり上げている。頭をしきりに掻《か》きながら、全員の前——受付カウンターのあるほうの壁に背を向けて立つ。

——いよっ、颯ちゃん！

声を飛ばしたのは、救助隊の若手隊員のひとり曽我野誠《そがのまこと》である。

進藤からマイクを受け取り、松戸はまた頭を掻いた。

「松戸です……どうも」

そういって口を引き結び、天井の辺りを見て視線を泳がせた。

「このたび、白根御池小屋の指定管理人として……えー、今シーズンからお仕事を任されることとなりました。みなさんの足を引っ張らないように……その、がんばっていきたいと思います」

頭を下げてペコリとお辞儀をした松戸颯一郎。

常連女性スタッフの天野遥香《あまのはるか》が立ち上がり、用意していた花束を彼に渡すと、松戸は照れ笑いを浮かべながら受け取り、ふいに目を真っ赤にして涙ぐんだ。

とたんに周囲の拍手が止《や》んだ。

松戸はしばし洟《はな》をすすり、目をしばたたいていた。が、何かを決意したように前を向き、マイクを持っていった。

「あの、や、山小屋の小屋番つうか、管理人になるのって、前々からの夢でした。それを知ってて推薦してくれた先代の高辻四郎《たかつじしろう》さんと奥さんの葉子《ようこ》さんには、本当に感謝です。おふたりのこれまでの偉業というか、決して追っつくことはできないと思うんですけど、何年もの間、ずっと教わってきたことは忘れずにやってくつもりです」

また、万雷の拍手。

松戸のスピーチを聞いていた星野夏実が、少しだけ涙ぐんだ。

諸事情で北岳を離れることになった高辻夫妻のことを思ったからだった。

もちろん新管理人となった松戸もそうだが、山岳救助隊のメンバー全員が、公私ともどもふたりにはお世話になった。多岐にわたって助けられ、過酷な山の仕事を協力し合い、泣き笑いも多々あって、まさに本当の家族のように交流してきた。

そのことが次々と思い出され、夏実の脳裡《のうり》に走馬灯のようにめぐった。

気がつくと、松戸に代わって山岳救助隊長のハコ長こと江草恭男《えぐさやすお》がコップを持って立っていた。いつもの温和な笑顔で新管理人の松戸にエールを送っている。

――熱血漢で、ストレートで、ちょっと不器用だけど人一倍の努力家。そんな松戸くんは、次代の白根御池小屋管理人にふさわしい人材だと思います。われわれ救助隊も、松戸くんとともにこの一年をがんばりましょう。

江草が満面の笑顔でカップをかざした。

――では、乾杯！

夏実もマグカップを手にして唱和し、生ビールを飲んでから、盛大な拍手を送る。


「夢がかなうっていいね」

ドッグランの柵にもたれながら、神崎静奈がいった。

山小屋の消灯時間をとうに過ぎた、午後十時過ぎだった。

隣に並んだ夏実は、頭上の星空を見上げていた。雨上がりのせいか、今夜はやけに星が多く、無数の宝石のように瞬いている。さっきから三つ、流れ星がきれいな尾を曳《ひ》いて滑り落ちていた。

「静奈さんはどんな夢？」

ほろ酔いの心地よさの中で、夏実が訊《き》いた。

「次の船越義珍杯《ふなこしぎちん》での優勝かな？」

静奈のすぐ横に、彼女がいつも鍛錬《たんれん》している巻き藁《わら》が立っている。

空手三段。実力でいえば五段以上はあると噂《うわさ》されるほどの猛者《もさ》。女性警察官のみならず、山梨県警《やまなし》において彼女にかなう武闘派警察官はいないという話。鼻筋が通ってスラッとした体型、モデルのような美女なのに、ファイティングスピリットの塊《かたまり》のような存在だ。

「夏実は？」

ふいに振られて、思わず静奈を見つめる。

「え？」

「だからさ……あなたはどんな夢を持ってるのよ」

いわれて口をつぐみ、考えた。

「今の人生が、夢かな？」

「何よ、それ」

「あ。えっと、夢がかなったっていうんですかね」

「そうなの？」

夏実は頷《うなず》いた。

「この山に私がいて、相棒のメイがいてくれて、救助隊のみんなといっしょに毎日毎日ハードな仕事をして、ときには悲しい結果とか、つらい試練もあるけど、本当に良かったって涙を流せることもいっぱいあって、それを一切合切ひっくるめてみんなと共有できる。これって凄《すご》くいいって思うんです」

呆《あき》れた顔で夏実を見つめていた静奈が、ふっと笑った。

「あなたらしいよね、それって」

そしてまた星空を見上げた。

夏実も。

頭上を銀河がくっきりと流れている。それを斜交《はすか》いに切り裂くように、大きな青白い流れ星がすっと滑り落ちた。

2

六月二十七日、午前八時半。

南アルプス山岳救助隊夏山警備派出所に出動のベルが鳴り始めた。

犬舎の前で救助犬メイの毛梳《けす》きをやっていた星野夏実が、ハッと顔を上げる。犬舎の扉が開き、中にいた神崎静奈が飛び出してきた。ふたりの視線が合う。

「先に行ってるね」

「すぐ行きます」

駆け出した静奈を見て、夏実は急いでメイを犬舎に入れた。

あわてて引き返し、警備派出所に駆け込んだ。

待機室と呼ばれる狭い部屋。四角いテーブルにはすでに救助隊のメンバーがそろっている。壁際のホワイトボードに北岳の山岳地図が貼られ、過去これまでの遭難事件ほか各種事案で使われた色とりどりの書き込みが残っていた。

夏実は空いていた静奈の隣に座る。

「要救助者は横浜《よこはま》市在住四十二歳の山崎美和子《やまざきみわこ》さんと十三歳の中江悠人《なかえゆうと》くん。ふたりは親子ではないということですが、本日午前六時に北岳山荘を出発。八時過ぎに大《おお》樺沢《かんばざわ》の左俣《ひだりまた》ルートを下っているとき、ともに滑落《かつらく》、山崎さんは岩に激突して動けなくなり、悠人くんのほうは軽傷。悠人くんが山崎さんの携帯電話から一一〇番通報、県警コールセンターから本署に連絡が回ってきました」

地図の横で説明しているのは白髪《しらが》交じりの髭面《ひげづら》、ハコ長こと江草恭男隊長。いつものように彼の隣には隊きっての大男、副隊長の杉坂知幸《すぎさかともゆき》が立っている。といっても身長一八二センチ、体重八十五キロ。引き締まった筋肉質だ。

「現在、北岳一帯は晴天ですが、風が強く、現地の体感温度もかなり下がっている可能性があります。〝要救〟の体力低下も考えられるため、大至急、現場に向かってください。市川三郷《いちかわみさと》のヘリポートで県警ヘリもすでに出動待機。現場からの連絡待ちです」

江草隊長の説明のあと、杉坂副隊長がいった。

「では、メンバーを選抜します」

大樺沢の現場に向かう選抜メンバーは四人。

深町敬仁《ふかまちたかひろ》、横森一平《よこもりいっぺい》、関真輝雄《せきまきお》、そして星野夏実隊員。

当然、ほとんどの行程が走りである。岩場なので、それぞれの頭にはヘルメット。気温は低いが汗がしたたり落ちる。

白根御池を出発して、二俣から大樺沢沿い、左岸を伝って登っていく。足場は岩《がん》稜《りょう》や砂礫《されき》の繰り返しだ。足元の草叢《くさむら》には黄色いキンポウゲやピンクのタカネシオガマといった高山植物が可憐《かれん》な花を咲かせているが、それに見とれる余裕もない。

左の雪渓《せっけい》はまだ大きく、ところどころにシュルンドと呼ばれる雪の穴を形成している。滑落してそこに落ち込んだら、発見が難しく、また要救助者は急激な低温にさらされて心停止に至ることもある。今回の二名はさいわい、岩場に停滞して救助を待っているはずだ。

　空は良く晴れ渡っていたが、やはり風が強かった。体感温度もかなり低い。右手には北岳バットレス。頂稜《ちょうりょう》直下にある標高差六百メートルの大岩壁。その複雑怪奇に折り込まれた岩襞《いわひだ》が、真綿のようなガスをまとい、圧倒的な迫力をもって迫るようだ。

　要救助者二名は、大樺沢の真上にある八本歯《はっぽんば》のコルと呼ばれる鞍部《あんぶ》から、いくつもの梯子《はしご》をたどって下り、雪渓を渡る途中で足を滑らせたということだった。

　深町がレスキューホイッスルを吹きながら登る。先頭の深町に任せきりにせず、夏実たちは油断なく周囲に目を配る。要救助者が登山路を外れた場所にいるのはよくあることだからだ。

　そのうち山麓《さんろく》のほうからガスが登ってきた。四人を追い越すように稜線に向かって白いヴェールが音もなく、這《は》い上がってゆく。たちまち視界は白一色となる。

「気圧が下がり始めた。このぶんだとヘリでのピックアップは無理ですね」

　額の汗を拭きながら横森がつぶやく。

　このような事態に備えて、彼らは搬送《はんそう》器具も用意していた。それは横森のザックに分解したまままくくりつけてあった。

ふたりを発見したのは間もなくだった。

ホイッスルの音を聞いた相手が、声を放っているのが聞こえた。

大樺沢を登り詰めた場所、バットレス沢出合《さわであい》。通称〝大岩〟と呼ばれる文字通りの巨岩が転がっている、そのすぐ手前に赤いダウンジャケットを着込んだ女性が足を投げ出して座り、隣に青いフリースの少年の姿があった。

向こうは夏実たちに気づいていないようだ。

要救助者を発見しても、すぐに近寄らないのがセオリーである。

まず周囲の状況を確認し、落石の危険性がないか、崩落しやすい場所ではないかなどを指さし確認でチェックする。それから夏実たち四人はふたりの視界から外れるよう、迂回《うかい》しつつ慎重に接近しながら要救助者の様子を確認する。

ふたりの表情、衣類の破れ、出血、四肢の変形はないかなど。

ようやくふたりが救助隊の姿を捉《とら》えたようだ。

「山岳救助隊です。そのまま動かないでください！」

先頭の深町が声をかけた。

救助が来たと知って、喜びのあまりに無理に動こうとすると、思わぬ二次傷害に至ることがある。とりわけ脊椎《せきつい》損傷がある場合などは深刻なことになるのだ。だから深町は両の掌《てのひら》を向け、そのままじっとしていてとゼスチュアを送る。

さらにゆっくりと慎重に近づき、ようやく女性と少年の傍《そば》にやってきた。

「山崎美和子さんと中江悠人くんですね」

深町が訊《たず》ねると、女性のほうが頷いた。

どちらも思ったより元気そうだった。少年は左頬《ひだりほお》の辺りに擦《す》り傷があって、血がどす黒く固まっていた。女性はやや顔色が悪い。左足をだらんと投げ出しているので、医師免許を持っている関がズボンの上からそっと触診する。

「足首付近が腫《は》れてます」

そういいながら、ズボンの裾《すそ》をめくるとかなりの腫れ具合。夏実が見てもすぐにわかる。腓骨《ひこつ》すなわち足首の骨の損傷に違いなかった。

「滑落されたのはおふたりいっしょですね」

深町が訊ねると、山崎美和子が頷く。「私が先に滑って落ちて、ユウくんがそのあとから……その岩のところで足をぶつけて止まったんです」

「おふたりとも、頭を打たれた記憶はないですか？」

関の質問に美和子がかぶりを振る。悠人も黙っていた。

「目眩《めまい》がしたり、気持ち悪いとかは？」

「ないです」

美和子がはっきりと答えた。

関は馴れた様子でふたりの手や首筋などに触れ、呼吸や体温をチェックしながらショック症状がないかなどを、さりげなく診《み》ている。両手の麻痺《まひ》が認められないので脊椎損傷の可能性はなさそうだ。内臓損傷もなし。

関が夏実を見てオーケイを出した。

彼女はすかさずザックからテルモスの水筒を取り出し、マグカップふたつに中身を注いで、湯気を立てるそれらを差し出した。

「ホットカルピスです。体が冷えているでしょうから、飲んで温まってください」

受け取ったふたりが、それを少しずつ飲み始めた。美和子の青ざめた顔に少し血の気が戻ってきた。

「悠人くんは顔と膝《ひざ》と肘をずいぶんすりむいてるけど、骨折なし、打撲もほとんどないようだ。このぶんなら歩けそうだね」

関がそういったが、悠人はふて腐れたような顔でそっぽを向いている。

仕方ないというふうに苦笑いを浮かべ、関が美和子の左足首の処置をし始める。〈サムスプリント〉と呼ばれる応急処置ツールをザックから出した。アルミ合金を挟んだ発泡素材がロールになって巻かれている。これを足の長さに合わせて折り曲げ、二枚で挟むように固定する。

その間、深町がトランシーバーを取り出し、白根御池の警備派出所に現状報告を送り始めた。やはり北岳一帯がガスに巻かれてしまったため、スタンバイしていた県警ヘリのフライトは中止となったらしい。

夏実と横森が搬送器具の準備をする。

横森のザックにくくりつけていたのは〈スクープ・ストレッチャー〉というものだ。縦《たて》ふたつに分解でき、要救助者を無理に抱え上げることなく、左右から挟み込むように載せることができる。

足首の固定が終わった山崎美和子の体をストレッチャーに仰向《あおむ》けに載せ、ストラップを締めて安定させた。

前後に深町と横森、関がサポートのかたちで搬送を開始した。

夏実は悠人の付き添いで、いっしょに下る。

三人の隊員たちが威勢良く声を掛け合いつつ、大樺沢の足場の悪い斜面を急ぎ足に下りてゆく。

3

白根御池に帰投したのは、ちょうど正午を回った頃だった。

要救助者の山崎美和子をストレッチャーに載せながら戻ってくるなり、山小屋から松戸颯一郎が飛び出してきた。そのあわてふためいた様子に、中江悠人少年とともに歩いていた夏実が思わず苦笑する。

「お疲れ様ですッ！　何か、俺に手伝うことありませんか」

いつもの調子の松戸に、深町が笑いながらいった。

「申し出はありがたいけど、これはわれわれの仕事だからね。君はもう山小屋の管理人なんだから、そっちに専念しなきゃいけないんじゃないか」

「えっ？　えっ？」

松戸は明らかに狼狽《うろた》えた表情を浮かべ、初めてそのことに気づいたようだ。

警備派出所から江草隊長や他の隊員たちが出てきた。

「ご苦労様でした」

江草のいつもの笑顔に夏実たちの疲れが消し飛ぶ。

全員が敬礼を送り、深町があらためて報告した。

「本日、午前十時二十分、〝要救〟発見。山崎美和子さんは左足首の腓骨損傷、および打撲と裂傷。中江悠人くんは擦り傷多数。山崎さんをストレッチャー搬送、悠人くんは自力歩行で二俣経由。ただいま帰投完了しました」

「重篤《じゅうとく》な怪我《けが》でなくて良かったです。ようやくガスが消えてきたので、市川三郷のヘリポートから県警ヘリ〈はやて〉がフライト、こちらに向かっているところです」

江草の報告に夏実たちが頷く。

「山崎さん。ヘリが来たら、二十分で病院ですよ。良かったですね」

ストレッチャーの上の彼女に、そう声をかける。

ここまでの道中、夏実たちは美和子との会話で知った。美和子は悠人の母親の姉だった。つまり伯母《おば》と甥《おい》の関係である。数年前から登山にはまった美和子が、悠人を誘ってふたりで北岳に来たのだという。

「あの……ユウくんは、ここからひとりで下りることになるんですか？」

少し不安そうに美和子がいった。

「本人の了承があれば、あなたといっしょにヘリで甲府《こうふ》の病院まで行くことは可能です。ただし、そこからは悠人くんおひとりで東京に戻ってもらうことになります」

杉坂副隊長の説明に、美和子は少し不安な顔を見せた。

すると、深町がこういった。

「自分ですが、今日の午後から休暇をいただいていて、所用で都内に行く予定があります。もし、よろしければその足で悠人くんのご自宅まで車で送りましょうか？」

美和子が悠人を見ていった。

「ユウくん、どうする？」

しかし悠人は答えない。美和子の顔を見もしなかった。

仕方なく、彼女がいった。

「ご迷惑でなければ、よろしくお願いします」

「お子さんがひとりで東京まで戻るのも不安でしょうし、ちょうどいい機会でした」

深町は悠人を見た。

「そういうことでどうかな、悠人くん」

ところが夏実の隣に立つ悠人は、相変わらず返事もしないで口を引き結んだままだ。

絆創膏《ばんそうこう》を貼られた顔を見て、夏実が少し肩をすくめていった。

「あのね。君が返事してくれなきゃ」

悠人はちらと夏実を見てから、黙ってこくりと頷いた。


ヘリからのピックアップポイントは御池の畔《ほとり》である。

白根御池小屋管理人の松戸とスタッフたちの指示で、御池の周囲に張られていたテントの一斉撤収が開始される。ヘリのメインローターが起こす、ダウンウォッシュという下降気流に吹き飛ばされないためだ。

さいわいまだ午後になって間もない時刻で、テントは三張りのみ。幕営の登山者らの協力もあって、撤収はすぐに完了した。

山崎美和子は指定の場所までストレッチャーで運ばれ、ピックアップの準備が整った。

ヘリを迎える隊員は、夏実、静奈、深町の三名。美和子を見送るために、悠人もそこにいる。小屋からは一名、周囲の状況を見張るために松戸が付き合ってくれた。

やがて遠くにヘリの音が聞こえ始めた。

ガスがちぎれて青空が覗《のぞ》いた向こうから、小さな機影が近づいてくる。

最初は爆音。やがてローターが空気を切るパタパタというスラップ音が聞こえ始めた。あっという間に白根御池の上空に到達すると、高度を下げてくる。しだいにダウンウォッシュの風が強くなり、周囲のダケカンバの林が大きく揺れ始めた。

機体の側面、キャビンドアが開き、ヘルメット姿の飯室《いいむろ》滋《しげる》整備士が姿を見せた。

真下の安全を確認すると、同じくヘルメットをかぶった的場《まとば》功《いさお》副操縦士がサバイバルスリングを体にかけ、カラビナで連結されて機外に身を乗り出す。飯室がウインチを操作して、ホイストケーブルに吊され、的場がクルクルと回りながら地上に向かって降りてきた。

「お疲れ様です！」

ヘリの爆音と風に負けないよう、深町が大声で挨拶する。

的場はよく日焼けした顔で笑い、手馴れた動きで美和子の体に安全ベストを着せて前を締め、カラビナで結合させる。

頭上のヘリを見て手を上げ、ピックアップの合図を送る。

夏実が声をかけると、的場は拇指《おやゆび》を立て、美和子と向かい合わせでサバイバルスリングに吊られながら、あっという間に上昇していく。

「お気をつけて！」

ヘリの機体側面に到達すると、飯室がふたりをキャビンに引き込んだ。

夏実たち三名の救助隊員が敬礼を送り、松戸と小屋のスタッフたちがヘリに向かって手を振る。

県警ヘリ〈はやて〉はキャビンドアを閉じ、ゆっくりと旋回しながら機首を東に向ける。操縦席のキャノピー越しに、操縦する機長の納富慎介《のうとみしんすけ》が見えた。いつものサングラスをかけた顔。白い歯がはっきりと見えるほどに笑みを浮かべ、敬礼を返してきた。

そして〈はやて〉は東に向かってまっすぐ飛行し、どんどん遠く、小さくなっていく。

爆音が遠ざかり、やがて聞こえなくなった。

「相変わらずスマートで、かっこいいっすねえ、〈はやて〉の皆さん」

いつまでも東の空を見ながら、松戸がつぶやく。

そんな後ろ姿に静奈が声をかけた。

「松戸くん。テントのみなさんに声をかけて、設営をしてもらって」

「あ。はい！」

髭面に屈託のない笑み。

「みなさんもお疲れ様でした」

夏実たちにそういうと、松戸は待避していた登山者たちのほうへと走った。

深町の近くに中江悠人がひとり立っている。

夏実は彼のところに行って、少し身をかがめて声をかけた。

「疲れたでしょ、君。ちょっと派出所で休んでいこうか？　お腹すいてるでしょう？

冷えたジュースもあるよ」

しかし少年は無表情のまま、あらぬ方を見て黙っている。

「まったく可愛げのない子ね」

静奈が小声でいって、夏実の脇を小突いた。

困った顔で夏実は深町に目をやった。彼はまた苦笑いを見せてから、悠人の肩を軽く叩《たた》いた。そして他の隊員たちとともに、警備派出所に向かって歩き出した。

4

中央自動車道の双葉《ふたば》ジャンクションにあるスマートICを抜け、高速道路に入った。

六月下旬といえば下界はもうすっかり夏で、気温は三十度を超えた。

運転席の深町敬仁はホンダ・クロスロードのステアリングを握りながら、カーエアコンのパワーを一段階、上げる。梅雨《つゆ》入り宣言が出されて以来、数日降っていた雨がすっかり止み、今は雲ひとつない晴れ空が広がっている。

時刻は午後四時を少し回ったところだ。

深町は隊員服である登山シャツとズボンから、白のワイシャツとスラックスに着替えていた。メタルフレームの眼鏡《めがね》もすっかり脂《あぶら》と埃《ほこり》で汚れていたので、きれいにクリーニングしてからかけ直した。

オーディオのスイッチを入れようかと思ったが、助手席に座る少年をちらと見て、やめた。悠人は痛々しい顔の絆創膏がそのまんま。しかし救助隊の警備派出所でユニットバスのシャワーを浴び、汚れた髪の毛がきれいになっていた。登山シャツは新しいものに着替えていてさっぱりした様子だ。

ところが悠人は深町の車の助手席に座って以来、ずっとゲーム機をいじっていた。

深町がたびたび横顔を見るが、小さな液晶画面から片時も目を離そうともしない。

腹が減らないか。トイレに行きたくないかなどと話しかけても、耳には白い小さなイヤフォンがはめ込まれていて、返事どころか頷きもしない。

まったく無視されたようで、そのたびに吐息を投げたくなる。

今シーズン始まってすぐだが、深町にとって大事な三日間の休暇だった。

父親の慎一郎《しんいちろう》のことだった。

しばらく微熱が続くなど体調不良があり、甲府市内の病院に入院していたが、七十一歳の誕生日を迎えた先月の十五日、深町慎一郎は癌《がん》で三カ月という余命宣告を受けた。膵臓《すいぞう》癌。すでに体の各部への転移が始まっているという。

そのため、都内にある癌専門の病院に転院することになった。

今は八ヶ岳《やつがたけ》で農業をやっている弟の功治《こうじ》が上京し、父に付き添っている。しかし、いつまでも弟に任せきりというわけにはいかない。田植えが終わったばかりとはいえ、まだまだ農繁期だった。

それに深町は残された父親の時間を少しでもいっしょにいたかった。

また、助手席の悠人をちらと見た。

相変わらずイヤフォンを耳に差し込み、ゲームに余念がない。それを見ているうちに、深町は悲しくなった。この子はきっと山小屋でもずっとこんな調子だったのだろうなと思った。

咳払《せきばら》いをひとつして深町はいった。

「悠人くん、話があるんだ」

少年は振り向きもしない。というか、聞こえていないらしい。

深町は車の周囲の安全を確かめてから、悠人の耳からイヤフォンを無理に抜いた。

驚いた悠人がハッと彼を見た。信じられないという表情をしている。が、すぐにまた前を向いた。目と目を合わせることが苦手なのだろう。

深町は取り上げたイヤフォンをダッシュボードの棚の中に無造作に置いた。悠人の手の中からゲーム機を取って、電源ボタンを切り、おなじ場所に入れた。

「人の車で会話を拒絶するのは良くないことだ」

そういったが、悠人は黙って前を向いている。まるで他人事《ひとごと》のように無表情だ。

「君は自分から望んで山に来たわけじゃないんだと思う。だったら、どうして伯母さんといっしょに北岳に？」

しかし依然として口をつぐんでいる。

「ご両親はなんていってたんだ」

なおも悠人は沈黙を続けている。

深町は片眉《かたまゆ》を上げて、かすかに肩を持ち上げ、前を向いた。

「その調子じゃ、きっと家でもご両親との会話もないんだろう。学校はどうだ。友達はいっぱいいるのか」

やはり返答がない。

ウインカーを右に出し、追い越し車線に出た。時速八十キロぐらいで走行している大型トレーラーを追い抜き、また左にウインカーを出して走行車線に戻った。

「久しぶりに親父に会いにいくところなんだ」

そうつぶやき、深町は言葉を切った。もう、悠人のほうは見なかった。

「親父は俺とおなじ警察官だった。いわゆるたたき上げって奴でさ。交番勤務から始まって、山梨県内の各署を転々とし、三十代半ばで甲府署に引っ張られて刑事になった。交番や駐在所のときはまだ良かったが、親父もだんだん多忙になって家に戻れなくなってな。お袋はパートタイマーで働きながら、女手ひとつで長男の俺と弟の功治を育ててた。俺がまだ高校生の頃、お袋が過労で倒れ、あっけなく逝《い》ってしまった」

助手席の悠人をちらと見た。少年は黙って無表情に前を向いたままだ。まるで人形がそこに座っているような感じだった。彼の前のダッシュボードにはゲーム機とイヤフォンがあるが、手を出そうとはしない。

深町はまた前を向いた。

「俺は心底、親父を憎んだ。お袋を殺したのは親父だと思っていた。そんな俺が皮肉なことにおなじ警察官になって、こうして山で働いている。たしかに親父が憎かったが、それでいて、どこかで親父のことを理解しようと思ったのかもしれん」

前方に渋滞情報の電光看板があった。

永福町《えいふくちょう》から向こうが五キロの渋滞。永福インターで高速を下りる予定だから、引っかからないですみそうだ。

「思えば今の今まで、親父とろくに話したこともなかった。それがあるとき、どうしたことか、親父がひとりで北岳に登ってきた。何の知らせもなく、ひょっこりとだ。さすがに驚いたよ」

あれはもう二年前のことだ。

「ふたりきりでテントでひと晩過ごしたとき、ようやく親父の気持ちが理解できたような気がした。だからといって、ヨリが戻ったわけじゃない。俺たち親子の間には依然として深い溝のようなものがあった。だけど、少しは親父のことを理解できた。それだけでも心のつかえが取れた気がした」

車は中央自動車道から首都高速に入った。

だんだんと周囲の車両が近く、詰まってきたので、深町は少しスピードを落とした。

「今年になって、親父は癌になった。それも末期癌だ。今までの空白をどれだけ埋めることができるかわからんが、病院に行ったらできるかぎり親父の話を聞いてやるつもりだ」

　深町はそういって、言葉を切った。

　永福インターチェンジの標識が見えてきた。

　ウインカーを出し、車線変更をした。

「退屈なことを長々といって悪かったな」

　深町はそういった。「もちろん、君には何の関係もないことだ。俺も何で君にそんなことをいいたかったのか、自分でもわからん」

　ダッシュボードに手を伸ばし、ゲーム機とイヤフォンを取って、悠人に返した。

　それを両手で受け取ったものの、少年はゲーム機の電源を入れて画面を呼び戻すことはしなかった。ただ、真っ暗な画面にじっと見入っているようだった。

　インターの出口から世田谷区《せたがや》にある悠人の自宅までは、カーナビが正確に教えてくれる。多少の渋滞に引っかかったが、午後六時、だいたい予定通りの到着だった。

　閑静《かんせい》な住宅地の中に中江悠人の家があった。

　レッドロビンの生け垣に囲まれたツーバイフォーらしき二階建ての住宅。玄関に〈中江〉の表札を確認する。道幅に余裕があるのを確認して、深町はハザードを点灯させてホンダ・クロスロードを路肩に駐車させた。車外に出てから、リアゲートを開けて悠人のザックを引っ張り出した。

ふと見ると、なぜか悠人は車の助手席に座ったままだ。

眠っているのかと思ってドアの前に立つ。しかし、悠人は目を開いたまま、じっと俯《うつむ》いているのだった。

奇異に思ったが、外からドアを開いた。

「何やってる。君の家だろう？」

玄関先でインターフォンを見つけてボタンを押す。

――どちらさま？

スピーカーから女の声がした。

「山梨県警南アルプス署の深町と申します。悠人くんをお連れしました」

ややあって、屋内にかすかに足音がした。ロックが外され、玄関のドアが開く。薄桃色のサマーセーター姿の女性が顔を出した。

悠人の母親、中江佳奈子《かなこ》らしかった。

ノーメイクで少し腫れぼったいような目をしていた。おそらく寝起きなのだろう。

三十代後半で、顔が小さく、首が細く、鼻も高い。ブラウンに染めた髪はセミロングだった。化粧をすれば、さぞかし美女であるはずだ。そういえば、姉である山崎美和子にどことなく似ていた。

父親の中江芳郎《よしろう》は不在なのか、出てこなかった。

佳奈子はまるで検分するかのように、深町の顔から靴先まで舐《な》めるような視線で見回した。

「本当に警察？」

深町は仕方なく警察手帳を出し、顔写真付きのＩＤを見せた。それで相手はやっと納得したようだ。

「ずいぶん遅かったのね」

唐突にそういわれ、深町は少し驚いた。

「すみません。悠人くんといっしょに下山して、ほとんど休みなしで高速を飛ばしてきたんですが」

「で、姉は……？」

「甲府の市立中央病院で治療を受けられてます。左足首の腓骨を損傷されていますが、他に異常が見つからなければ、長くて三日ほどで自宅療養になると思います」

「止《と》めたのよ」

「え？」

佳奈子は鼻に少し皺《しわ》を寄せていった。

「いくら山好きだからって、うちの子を勝手に巻き込まないでって、あれだけいったのに。心配したとおりになったじゃない。しかもこんな……警察の世話になるだなんて、世間のいい笑いものだわ」

何かを呪《のろ》うような表情に、深町は思わず目を疑った。

「……でも、さいわい悠人くんは軽い傷だけですみましたし、こうして無事にご自宅に戻れましたから」

その言葉の途中、悠人が深町の手から自分のザックをひったくるように取り、そのまま母親の横をすり抜けて玄関の奥へと飛び込んだ。驚いた深町が見ている先で、あわただしく靴を脱いで三和土《たたき》に放り出し、上がり込んで廊下を走っていった。

そんな息子に目もくれず、佳奈子が唐突にこういった。

「請求書は姉のほうに送ってくださいな」

深町は面食らう。

「請求書、ですか?」

「だから、救助にかかった費用のこと」

「公務ですから必要ありません」

「あ、そう?」

とぼけたような表情。

深町は感情を押し殺しながら、こういった。

「これに懲《こ》りずにまた北岳に来るよう、悠人くんに伝えてください」

「あの子はもう二度と山になんか行かせないわ。絶対にね」

きっぱりと佳奈子はいった。

深町は何も返せず、ただ頭を下げた。

「では、失礼します」

踵《きびす》を返し、自分の車に向かって歩いた。背後で玄関のドアが閉まる音がし、カチャッというロックがかかる音も聞こえた。

深町はそっと溜息《ためいき》をつく。

クロスロードのドアを開け、運転席に乗り込もうとしたとき、ふと、視線のようなものを感じ、肩越しに悠人の家を見た。

二階の窓の青いカーテンが開いて、そこに小さな影があった。悠人だった。

深町と目が合ったとたん、乱暴にカーテンが閉じられた。

しばしその窓を見上げてから、深町は黙って車に乗り込んだ。

5

父の慎一郎は、見る影もなく痩《や》せ細っていた。

今年の正月、甲府の実家で会ったときとはまるで違う――まさに別人のように見えた。

しかし、病床にいながら、表情は明るく、弟の功治とともに笑顔で彼を迎えてくれた。その夜は近くのホテルに泊まり、翌朝、担当医の説明を受け、今後のことについて弟を交えて話し合った。

どんなに明るく元気でも、この先、父が良くなることはない。それが現実だった。最後の最後まで苦しませずに日々を送るだけの緩和ケア。そのためには、家族の協力が必要なのだと医者がいう。しかしここで最期を看取《みと》るときまで、深町がずっと父につきっきりでいるわけにはいかなかった。

「ここは俺に任せて、兄貴はもう山に戻ってくれ」

病院の外にあるベンチに並んで座り、功治がそういった。「そっちは大事な仕事だろ」

「お前のところだって……」

すると、日焼けした顔を歪《ゆが》ませて笑い、功治は頭を掻いた。

「カミさんがなんとかやってる。今年は空梅雨気味でちょっと心配だがな」

そういってセブンスターのパッケージを出し、振り出して一本つまんだ。それをくわえてライターで火を点《つ》けた。

「兄貴は煙草《たばこ》やめて何年だ」

「うん？」

彼の横顔を見てから、深町はいった。「十年ぐらいかな。いや、もっとか」

「山岳救助隊で喫煙してちゃ、さすがにやっとられんか」

「必要なくなったんだ。気がついたら、体が拒否していた。いや、あの山がそういったのかもしれん。いつも山の〝声〟が聞こえる気がするんだ」

功治はちらと彼を見てから目を戻した。

「山の声か……」

ふつうならそんな突拍子もない言葉に面食らうだろうが、功治にはちゃんとわかっていた。深町もそのことを理解している。

「お袋のこと、ときどき思い出す」

深町はそういって、遠くを見つめる。並木の向こうの道路を、たくさんの車が行き来している。「お袋、昔から目に見えない〝色〟をいつも感じてた」

「その話、ガキの頃からよく聞かされたが、今になってもどうもわからん」

煙草の先から細く立ち昇る煙を見ながら功治がいった。

「実はな、おなじ〝力〟を持ってるのが、うちの隊にいるんだ」

深町の言葉に功治が驚き、彼を見た。「マジか？」

深町は頷いた。

「他人の感情とか、事象みたいなものに〝色〟を感じるそうだ。とくに危険なこととか、命にかかわるようなことには顕著《けんちょ》らしい」

「お袋はそのことでずいぶん悩んでたが？」

「彼女もそうだった。隊に来た当初は、相当深刻だったみたいだ。それが紆余曲折《うよきょくせつ》あって自分なりに克服した……というか、今にいたってその〝力〟と協調できるようになったらしい」

「なんでだ」

深町は弟の顔を見てから、ふっと笑った。

「これは俺の勝手な想像なんだが、彼女はあの山に来るべくして来たんだと思う。招かれたとでもいうべきかな。それはその〝力〟のせいなんだよ」

「よく……わからんが」

「彼女はいわば〝巫女《みこ》〟のような存在なんだ。だから今、その〝力〟をもってして、あの山を守っている。しかも、本人がそのことにちっとも気づかないままな」

「兄貴」

功治はかすかに笑っていった。「その人って、もしかしてお袋に似てるとか？」

しばし深町は沈黙していた。

そうかもしれない、密かに思ったが、口にはしなかった。

視線は並木の向こうの道路を見ていたが、意識は遥《はる》か彼方の北岳にあった。


帰途の中央自動車道。

深町はステアリングを握りながら、ずっと自分がしかめっ面をしていたことに気づいた。眉根の辺りが凝《こ》り固まっているので、片手でもみほぐした。

けっきょく、父のことは功治に任せる結果になってしまった。それはわかりきっていた話で、ある意味、予定調和ともいえる。自分なりにいいわけも模索したが無意味なことだった。

他人ならばともかく家族なのだからと、自分にいい聞かせる。

また中江悠人のことを思い出した。

なぜ、あのとき、車中で彼に父親のことを話してしまったのだろうか。そんなことを聞かされても、悠人にとっては何の意味もないのに。

今にして思えば、それは深町の心の不安のせいだったのかもしれない。相手が誰であろうとも、彼はそのことを口に出してしゃべらずにはいられなかった。

それにしても——あの母親の態度はない。

思い出すだに気持ちが重くなる。

救助に対して礼の言葉ひとつない家族を、これまで何人も見てきた。だから、驚くことはない。そう思うことにした。

この国の人間はどんどん〝劣化〟が進んでいると思う。核家族化が進んで目上の人間から常識を学ぶ環境がなくなったからといわれるが、そもそも人の感情というものは時が経《た》つにつれて自然と劣化するものなのかもしれない。思いやりとか優しさといった気持ちがだんだんと希薄になり、そのぶん身勝手な損得勘定ばかりが発達してきた結果がこれだ。

山岳救助の現場のみならず、ひとりの地域課の警察官として、深町はそういうケースをしばしば見てきた。

あのとき、悠人の父親には会えなかったが、やはり似たようなものではないかと想像してしまう。おそらく悠人はそんな両親に育てられ、親たちの生き方を見てきたのだろう。だから夢を失い、視野を広げることを拒否してしまった。

そんな息子を両親は放置している。

――あの子はもう二度と山になんか行かせないわ。絶対にね。

別れ際、捨て科白《ぜりふ》のように佳奈子からいわれた言葉が、心の傷のように残っている。

前方に〈甲府昭和《しょうわ》インターチェンジ〉の標識が見えてきた。

深町はふと思いついて、ウインカーを左に出した。高速道路を外れて出口に向かい、

ETCで料金所を抜けた。甲府市立中央病院の建物が、すぐ目と鼻の先に見えている。

ナースステーションで山崎美和子の病室を聞いた。

C病棟四階の37号室という札を見つけて、扉が開きっぱなしの病室に入る。四人部屋でそれぞれの病床がカーテンで遮《さえぎ》られていた。美和子のベッドは窓際だった。

声をかけようとして不在なのに気づき、どうしようかと逡巡《しゅんじゅん》したとき、ちょうど外から松葉杖を突いた彼女が入ってきた。

「あら？」

美和子は薄手の青いパジャマ姿で、左足首付近をギプスで固定され、包帯が巻き付けられてあった。包帯の先に足指だけが覗いている。サンダルも履けないようで、左足は履き物なしだ。

深町は頭を下げてからいった。

「突然にすみません。悠人くんを世田谷のご自宅に送った帰りなんです」

「そうでしたか。いろいろとありがとうございました」

親からは礼がなかったのにと、深町は内心で少し笑う。

美和子は、松葉杖を突きながらやってきて、ベッド際のスチールパイプの椅子を出そうとした。あわてて深町がそれを取ってベッド脇に置いた。

「ここでよろしいでしょうか」

「ええ」

美和子は壁に松葉杖を立てかけると、深町に向かい合うように、そっとベッドに腰を下ろした。

「こんな調子なのでお茶も出せずにすみません」

「いえ。本当におかまいなく」

深町はそういって、買ってきたフルーツバスケットを枕元の小さなテーブルに置いた。

「お気遣いありがとうございます」美和子が頭を下げた。

「お怪我の様子はいかがですか」

「足首の腓骨という骨にヒビが入っていたようでした。骨折だったら全治三カ月っていわれたんですが、どうやらひと月ぐらいでリハビリも終わって、松葉杖なしで歩けるようになるようです」

「他には？」

「CT検査で頭部も調べてもらったんですが、異常なしです」

「良かった。それにしてもたいへんでしたね」

「でも、今朝は調子が良くて。明日には、横浜から夫が迎えに来てくれる予定です」

深町は頷いてから真顔に戻る。

「悠人くんのことで、ちょっと個人的に興味があるもので、お話を伺いたかったんです」

するとと深町のその言葉を予想していたかのように、美和子はかすかに笑った。

「わかりました。お話しします」

そういって美和子は窓の外を見た。深町も何気なく視線をやると、南アルプスの稜線がくっきりと遠くに連なっている。

「ユウくんはいわゆる引きこもりの少年で、もう一年ぐらい学校に行っていないんです。苛《いじ》めがあったわけじゃないらしいんですが、両親が何かと学校のやり方に口を出して、電話とか職員室に押しかけたりとか……。それで、同級生たちから特別な目で見られるようになって、学校に居づらくなったみたいです」

深町は母親の姿を思い出しながら頷いた。

「いわゆるモンスター・ペアレンツっていうんでしょうか。妹もそうだけど、夫の芳郎さんのほうも、自分たちの子供に対して少しでも不当な扱いがあるって思ったら、たちどころにクレームをつけて怒鳴り込んだりしてたものですから」

「自意識過剰なんでしょうか」

「いいえ。それが……芳郎さんが、ちょっと特殊な職業というか……」

「表向きは金融業ということですが、実は……」

少し目が泳いだ。声をひそませて美和子がいった。「強引な借金の取り立てをやったり、脅迫みたいなことをしてたり。つまりヤクザっていうんですか。実際にどこかの組の下にいるようです」

深町はかすかに眉根を寄せた。

「そうだったんですか」

「佳奈子は服飾デザイナーになるのが夢で、専門学校も出たんですけど、けっきょくうまくいかなくて、コンビニとかファミレスでパートをやってました。そのうちに結婚したんですが……」

「それが芳郎さんですか？」

美和子は小さく首を横に振る。「ネットで知り合った男の人でフリーターだったそうです。でも、二年と経たずに別れました。それで、夜の街っていうんですかね……つまり水商売みたいなところで働き始めたんですが、そこで芳郎さんと知り合って再婚したんです」

美和子は俯いた。

「悠人くんはもしや？」

「最初の旦那さんとの子供です」

つまり、悠人は佳奈子の連れ子だったわけだ。

「結婚当初はそれなりに三人で生活していたのかもしれないけど、だんだん馬脚を露《あらわ》していったというわけでしょうね。本当は優しくて、性格のいい妹だったのに、それからどんどんすさんでいって、けっきょくひどい家庭になってしまった。たまに顔を出すと、ユウくん、体に傷とか痣《あざ》があったりして、もう見ていられなかったんです。それもあり、一年も学校にも行けずに、ずっと自分の部屋にこもっているようです」

「妹さんは？」

「佳奈子もあの子を突き放してるようです。別れた最初の旦那さんに何から何までそっくりだって、よく私の前でぼやいてました。きっと家でもユウくんのことを邪魔者扱いしてるんだと思います」

「それであなたが悠人くんを山へ？」

「もともと登山は私の趣味だったんですが、あの子を山に連れて行ったら、何か心の変化が起こってくれるんじゃないかって思いました。今にして思えば、無茶な話でしたね」

ふと、枕元に手を伸ばして、そこに置いてあるスマートフォンを取った。

液晶画面に着信履歴を出して、深町に見せた。

まった。

〈佳奈子〉という名の着信が、今日だけで十回ぐらいあるのを見て、顔をしかめてし

「昨日からなんですが、一度、電話に出たときに、妹じゃなくて芳郎さんが凄い剣幕で怒鳴りつけてきて……」

そのことを想像して、深町は胸が苦しくなった。

「さすがに義理の姉だから、慰謝料を寄越せとかはなかったんですが、こんな調子でしつこくて、どうして何度もかけてくるのかもうわからなくて、電話に出るのが怖くて仕方なかったんです」

深町はしばし考えた。「残念ながらこれが民事の範疇《はんちゅう》であるかぎり、一警察官として自分が動くわけにはいきません」

「それはわかっています。ただ、自分ひとりで抱え込むのがつらくて……だから、深町さんがこうしていらしてくれて本当に良かったです」

「児童虐待に関しては、厚生労働省に相談の窓口もあります。悠人くんがお住まいの世田谷区にも支援センターがあるはずですから」

「そうですね。機会を見て、そっちに相談してみます」

深町はそっと椅子を引いて立ち上がり、彼女に背を向けて、また窓の外を見た。蒼茫《そうぼう》と尾根線を連ねる南アルプス。

「悠人くんはこれからもずっと、自分の部屋にこもってるんですね」

「ええ。たぶん」

か細い声が後ろから聞こえた。

6

八月が近づくにつれ、北岳を訪れる登山者の数がにわかに増えてきた。

白根御池小屋は百二十名の宿泊が可能だが、予約なしの客も受け入れるため、最盛期になれば百五十名前後が宿泊することもある。必然的に一階フロアの談話室まで客室として開放され、一枚の布団にふたり、三人で寝る状況になってしまう。小屋正面の森や御池の畔の幕営指定地にも、所狭しと色とりどりのテントが並ぶ。

登山者の遭難、事故も増えて、山岳救助隊は救助犬たちとともに連日のように出動していた。

ここ一週間で、道迷い遭難が六件。転倒事故四件。滑落二件。

ヘリの出動事案が五件あり、三頭の救助犬の出動が五件。救助の結果、怪我《けが》をして医療機関に搬送された者が五名となった。

七月最後の週末は台風が接近しているせいか、登山者はほとんどいなかった。

電話や無線での救助要請もぱったりとなくなり、夏実たちはホッとして、山小屋のスタッフたちとお茶会をしたり、犬たちと自主トレーニングをやったりしていた。

台風の到来が翌日となったその日、夏実はメイとともに小太郎《こたろう》尾根付近のパトロールに出て、午後になって戻ってきた。

空は雲が広がって、いよいよ嵐が来るという感じの不穏な模様になっている。

草すべりのジグザグの急登《きゅうとう》を下っていくうち、眼下に御池が小さく見えてきた。昨日までたくさんあったテントがまったくなくなり、そこに人影がぽつんと見えた。

夏実とメイが草すべりを下りきり、御池の畔で足を止めた。

薄手の青いダウンベストを着た後ろ姿は、まぎれもなく松戸颯一郎だ。胡座《あぐら》をかいて座り、御池の水面《みなも》に見入っている。まるで老人のように力ない姿だった。

「颯ちゃん、どうしたの？」

メイといっしょに後ろに立って声をかけてみた。

肩越しに振り向く松戸の顔が、なんとも情けない。ひとり泣きでもしていたのか、目が真っ赤に充血していた。

「夏実さん。俺、なんか自信なくしちゃいました」

哀れなほどにか細い声を聞いて、夏実は彼の隣にそっと座り、横顔を見つめた。

「何があったの？」

「いや……何があったわけってこともないんだけど、この一週間、もう地獄のように忙しくて、寝る暇もないし、ストレスばかりがたまって……」

「そう」

メイの背中を撫《な》でながら、夏実がいった。

「颯ちゃんだってわかってるでしょ。山小屋の仕事がハードだってこと」

「もちろん、伊達《だて》に長いことやってませんからね」

小石を拾って、彼は御池の水面にそれを投げた。

ぽちゃっと小さな音がして、水面に波紋が生じる。

「こういう忙しいときに限って、俺……ドジばかり踏んで、炊飯の水の量を間違えたり、生ビールのサーバーを壊しちゃったり。スタッフもいつもならちゃんとやれることができなかったり……」

「そんなのちょっとしたことじゃない？」

「お客さんはお客さんで、トイレを詰まらせたり、泥酔して食堂でゲロったりして、スタッフも俺ももうパニックで、仕事、投げ出したくなるんですよ。前任の高辻さんや葉子さんは、よくこんなことを毎年こなしてたなあって思ってねえ」

夏実はふっと笑った。

「馴れてくるよ、そのうち」

「そうっすか」

「管理人になって最初の夏だからって、颯ちゃん、えらく張り切ってたでしょ。もうちょっと肩の力を抜いてもいいんじゃない？　少々の失敗とか、ふつうにあることなんだから、そういうのっていちいちクヨクヨ悩んだりしなくていいと思うけど？」

「ふつうにありますかねえ」

「高辻さんたちだって、今年は別の山小屋で一からスタートだよ。いくらベテランでも、やっぱりおふたりとも苦労されているんじゃないかしら」

「そうかな」

「だって、誰にでも〝最初〟ってあるでしょ」

「うん」

松戸はそういって、また小石を池に投げた。

「ところで颯ちゃん、もしかして私たちが下りてくるの、ここで待ってたの？」

「あ、いや……」とたんに松戸の顔が赤くなった。「たまたまっすよ」

「そうなの？」

「俺。夏実さんのこと、諦《あきら》めてるし」

「え」

「だったら、どうしてとっとと深町さんといっしょにならないんですか。端《はた》から見てて
ヤキモキするんすけど」

仕返しのような松戸の突っ込みに、今度は夏実が赤くなった。

どういおうかと考え、言葉を選ぼうとしたが、なかなか出てこない。

「颯ちゃん、あのね……」

口を開いたときだった。

――星野さん！

ふいに名前を呼ばれて、夏実が見ると、派出所のほうから曾我野隊員が走ってくる
姿が見えた。

夏実は立ち上がった。伏臥《ふくが》していたメイも四肢で立って胴震いをした。

曾我野がいった。

「今し方、お客さんが星野さんを訪ねてこられました」

「え。どなた？」

「それが……」

彼は少し困惑したような顔でこう続けた。「この前の中江悠人くんなんです。それ
から、山崎美和子さんもいっしょです」

「それってマジ？」

夏実がいい、松戸と目を合わせた。

7

警備派出所の待機室のテーブルで、ふたりは並んで座っていた。なんだか気まずそうな表情で湯気を立てるお茶の湯飲みを見つめている山崎美和子。野球帽を目深にかぶり、携帯ゲーム機でゲームをし続けている中江悠人。彼らに向かい合って深町敬仁隊員と神崎静奈、そしてハコ長こと江草恭男隊長が座っていた。

夏実が飛び込んできたのを見て、美和子が立ち上がって頭を下げた。

しかし、悠人は相変わらずゲームに余念がない。

「あの、またおふたりで北岳に？」

夏実がいうと、美和子が俯《うつむ》いて答えた。

「いいえ。実はまだリハビリの最中なんですが、足馴らしの意味もあって、ここまで登ってきました」

彼女はそういって、自分の足を指さし、笑った。それから真顔に戻る。

「あの。折り入ってご相談がありまして……」

「え」

驚く夏実に深町が説明する。

「わざわざこちらにお越しになられたそうだ。実はね、悠人くんのご家庭がちょっとまずいことになってきた」

彼は腕組みをしてから、いったん口を閉じ、言葉を選んだ。「父親の芳郎さんの暴力がエスカレートして、何度か警察沙汰《ざた》になったらしい。悠人くんもそうだけど、お母さんの佳奈子さんもずいぶん殴《なぐ》られ蹴《け》られされて、今は病院だそうだ」

「そんな——」

夏実は掌で口を覆った。よく見ると、野球帽の下、悠人の左目の周囲に青痣があり、唇も少し腫れているように見える。引きこもりを続け、他人とのふれあいを拒絶していた少年が、こうしてまた山に来るのだから、よほどのことがあったに違いない。

「佳奈子さんから連絡を受けて、美和子さんが病院に行ってみたら頬の骨を折るほどの重傷だったらしい。区役所の生活保護課がいろいろと調べて、芳郎さんからのＤＶがかなり激しいことがわかって離婚調停ということになったんだが、どうしても芳郎さんが親権を放棄しないらしい」

「どうしてなんですか」

「それがどうも、悠人くんにかなり高額の生命保険がかかってるっていうんだ」

夏実は言葉を失った。

「考えたくはないけど、どうしても最悪のことを想像してしまうわね」

静奈がつぶやいた。

母親の佳奈子が入院している以上、悠人は家で父親とふたりきりになってしまう。それがどんな恐ろしいことか。美和子はなんとかふたりを引き離そうとあれこれ考え、また山に連れて行くと芳郎を説得したそうだ。

「あっさり許可が出たの？」

夏実がいうと、深町が複雑な表情で頷く。「生命保険はきっと山岳事故も条件に含まれているんだと思う。あくまでもこれは想像だけどね」

「悠人くん、お父さんとおふたりだったんですよね。食事とかどうしてたんですか」

夏実が訊いた。

美和子はつらそうな顔でこういった。

「毎日、カップ麺《めん》とか、お菓子とか、そんな食生活だったようです」

「だったら、離婚しても悠人くんがお父さんといっしょに暮らすなんて無理です」

夏実はつらい表情でそういった。

すると、それまで口を閉ざしていた江草が彼らにいった。

「なにぶん、ことが民事の範疇である限り、警察として個人を保護することはできません。だからといって、そんな調子では悠人くんを家に戻すわけにもいかないですね」

「美和子さんのおうちで預かれないんですか？」

夏実が訊ねると、彼女はつらそうな顔でいった。

「これまで何度も悠人くんをうちで引き取ったんです。だけど、そのたびに芳郎さんが凄い剣幕で怒鳴り込んできて無理に連れて行ってしまうので、うちの人もすっかり怯《おび》えてしまって……」

「それはお気の毒に」

深町がいって、哀しげな顔で天井を仰いだ。

「せめて夏の間ぐらい、御池小屋で預かってもらえないかしら」

夏実がいうと、江草がちらと彼女を見た。

「未成年のバイトは無理ですよ。多忙な夏の間、子供をひとり預かってもらえる余裕もないでしょうし」

「社会見学みたいな感じで何か理由をつけたら？　颯ちゃんに相談してみるけど」

「そうしていただけると本当にありがたいです」

美和子はすがりつくような顔で夏実を見つめた。

「でも、それにはご両親……いや、少なくともどちらかの親御さんの許可をいただかないとなりませんよ」

江草がいったあと、静奈が口を挟んだ。

「私、行ってきて、旦那を説得してこようか？」

とたんに夏実と深町が弱り切った顔をし、江草がわざとらしく咳払いをする。

「あー、ここで静奈さんが行ったら、トラブルの二本立てになると思うんですけど？」

「ちょっと。何よ、それ」

静奈が眉を立てて夏実をにらむ。

深町が笑いをこらえながら、いった。

「とにかく俺が行くよ」

「悪いですが、星野隊員もいっしょにお願いします」

江草の言葉に夏実は驚いた。「あの、私もですか？」

「ここは女性がいっしょにいたほうが、ことを荒立てずにすむかもしれませんから」

「ハコ長。私もいちおう女性なんですけど？」

静奈がむくれた顔でいうと、江草はまたひとつ咳払いをした。

8

中央自動車道に乗った頃から、風雨が強まってきた。

東京方面に向かう車はさすがに少なかったが、路面のあちこちに水たまりができてスリップの危険性があるため、深町はホンダ・クロスロードを時速八十キロ前後で走らせていた。それでもスポーツ車や大型トラックが、追い越し車線にすさまじい水煙を巻き上げながら前方に次々と抜けてゆく。

ステアリングを握る深町も、助手席の夏実もずっと黙っていた。いくら深町とふたりきりでもデート気分になれないのは、悠人のことを思うと気が重いからだった。

両親からの愛を受けることができない少年。

父親は虐待をし、母親はひとり息子に目も向けない。だから、否応《いやおう》なく部屋にこもっているしかない。そんな生活を続けているうちに他人との接触をいっさい拒否するようになってしまった。

美和子もかなり無理をして連れ出し、北岳に付き合わせたようだ。

そこで事故に遭ってしまったのだから泣きっ面に蜂といったところかもしれない。

それでも、また北岳にやってきた。悠人にとっても、もう行くべき場所が他になかったのかもしれない。

「深町さん……」

夏実が口を開いた。言葉がなかなか出てこなかった。「……どっちに会うんですか？」

「うん？」

「悠人くんのお父さんと、お母さん」

「当然、ふたりに会う。今回は、まずお父さんだ。何しろ、離婚後の親権を主張しているっていうことだしね。しかし、これは警察官としては職務を逸脱した行為になる」

「わかってます」

夏実は前を向いたまま、いった。「民事不介入が警察の原則。だけど、私も深町さんも、あくまでもひとりの人間としてこの問題に立ち向かいたいから、こうして動いてるんですよね」

「問題は山積みだな。とくに相手が相手だし」

「ちゃんと話せるかな」

「会ってみないとわからないさ」

「なんだか、いやな予感……」

夏実の言葉に深町が少し反応した。「いつものあれか。〝色〟を感じる？」

「ううん。そうじゃないけど……」

深町は軽く咳払いをして、いった。

「ところで最初に大樺沢でふたりを見つけたとき、〝色〟は見えたのか？」

　そのときのことを思い出してみた。

「とくになにも感じなかったです」

　夏実が幼い頃から持っていた特殊な共感覚能力。その話はふたりの間だけの秘密だった。だから、こんなときにしかいえない。

「君の力には波があるんだろうな」

　そういって深町が少し笑った。

「だからコントロールできずに困ってるんです。気まぐれだから」

「でも、昔ほど悩まされていない？」

「そうですね」

　夏実はフロントガラスの外を激しく往復するワイパーを見ながらいった。「馴れたのかもしれないけど、前ほど暴れなくなったっていうか……いずれ自分の中から消えていくような気がします」

「いろいろとその力に助けられもしたけど、仕方ないことなのかもな」

　夏実は彼の横顔を見てから、前に目を戻した。

「平凡な私じゃダメですか？」

　とたんに深町が肩を揺らした。

「何いってんだか。君はいつだって充分、非凡だよ。他の女性がとてもなしえない仕事をもうかれこれ何年やってんだい？」

夏実はまた深町を横目で見てから、少しだけ頬を染めた。

「あの、えっと……ちょっとだけ左手、握らせてください」

「え」

深町が驚いて彼女を見てから、また前方に目を戻す。

黙って左手を出してきた。夏実がそっと右手を手の甲に重ね、それからギュッと握る。そのままじっとしていた。

「どうした？」

夏実は目を閉じて、こういった。

「深町さんって、いつもとてもきれいな〝色〟」

「そうか」

「でも、少しだけ今日は違うかな」

ややあって、深町がいった。

「親父が末期癌なんだ。五月に余命三カ月だと宣告を受けた」

驚いて夏実が彼を見る。

「実は、知っているのはまだ弟夫婦だけだ」

「北岳にも、おひとりで来られた、あのお父様が……」

深町が頷いた。「そのことを、あの悠人くんに話したんだ。会話じゃなく、ただ一方的にこっちから語っただけで、聞いていたかどうかわからないけど」

「どうして？」

「自分でもよくわからない。ただ、つらかったからだろうな。誰でもいいから、悩みを打ち明けたかったんだろう。それが何かのかたちであの子に伝わってくれていたらいいんだが――」

「きっと伝わってますよ。間違いなく」

夏実はそういってから、軽く唇を噛《か》んだ。


世田谷の住宅地にある中江家の前に車を停め、土砂降りの雨の中にふたりで飛び出した。

玄関の庇《ひさし》の下に入り、深町がチャイムを押す。

すぐに奥から足音が聞こえてきたと思ったら、乱暴にドアが開かれた。

中江芳郎は大柄で腹の突き出した男だった。短く切った髪、小さな目、黒髭が顔の下半分を覆い、鼻梁《びりょう》が大きく左右に開いている。白いランニングシャツに黒いジャージのズボン。いかにもヤクザっぽい。

ドアを片手で開いたまま、夏実たちのことを頭のてっぺんから足先までジロジロ見てからこういった。

「誰だい、あんたら」

酒と煙草臭い息が流れてきた。

「先刻、電話しました山梨県警の深町と申します」

とたんに彼の眉間《みけん》に深く皺が刻まれた。険《けわ》しい顔でねめつけるように見てからいった。

「警察っていうから、もっとましなのが来るかと思ったら、何だね、あんたら。若い姉ちゃんと眼鏡のお兄さんかい。アイドル歌手とマネージャーみてえじゃねえか」

「あの……」

深町が後ろを見てからいった。「この雨ですし、すみませんが」

中江も気づいたらしい。

「いいよ。入んな」

そういってドアの奥に引っ込んだ。

深町に続いて夏実が入った。三和土のコンクリにエナメルの靴やサンダルが散乱している。彼女は腰をかがめてそれをそろえると、深町の靴の隣に自分の靴を並べて置いて上がった。

廊下を歩くと、右側に開けっぱなしのドアがあって、応接間になっていた。

カーペットの上にウイスキーの空壜《あきびん》やくしゃくしゃになった紙コップなどが無秩序に転がっていて、ポテトチップスの欠片《かけら》などもたくさん落ちている。

中江は窓側の大きなソファに座って、大げさなほど足を左右に開いていた。

「あいにくと女房がいねえんでな。お茶も菓子も出ねえよ」

そういって両足を上下に動かして貧乏揺すりをした。

競馬新聞とスマートフォンが置いてあるガラステーブルに大きな陶器の灰皿。そこに煙草の吸い殻《がら》が無数に突っ込まれていて、煙を上げてくすぶっているのもあった。

夏実と深町は向かいにある長椅子に座った。

「で……何の用だっけ」

相変わらず貧乏揺すりをしながら中江がいった。煙草をくわえて火を点ける。その煙を遠慮なくふたりのほうに吹きかけてきた。

「実は、悠人くんのことで――」

深町がいいかけたとたん、テーブルの上に置かれたスマートフォンが振動し始めた。

「もしもし」

スマホを耳に当てて中江がいった。とたんにわざとらしい険しさが消えて破顔した。

「おお、テルか！　どうだ、元気でやってるか？」

ソファの背もたれに肘を載せて、中江は濁声《だみごえ》で話し始めた。

相手は仕事仲間なのか、それとも別か。それから十分近く、中江は電話でしゃべり続けた。話題はまさにヤクザの仕事《シノギ》に関することだった。組系列のキャバクラで働かせていた娘が逃げ出したため、見つけ出してソープに〝沈めた〟とか、賭《か》け麻雀《マージャン》で負けがかさんで中江の会社から借金し、返済ができずに首をくくって死んだ客のことなど。

向かいに座るふたりのことなど眼中にないようだった。

ようやく通話を終えてスマホをテーブルに置くと、すっかり短くなった煙草を灰皿の中で揉《も》み消し、ふいに立ち上がった。

「小便してくるわ」

そういって応接間から出て行き、水洗便所が流れる音がして、戻ってきた。ジャージのズボンをたくし上げながら、ソファに座り、また煙草に火を点けてから、いった。

「悠人のことだったよな」

深町が頷く。

「奥様のお姉様といっしょに、また山に来られていることはご存じだと思いますが」

とたんに中江は眉をひそめて笑い、鼻から煙草の煙を吹き出した。

「台風が来てるってときに、いったい何を考えてるんだかな。しかも事故に遭ったばかりだっていうのに、莫迦《ばか》もほどほどにしろって」

「おふたりは、まだ北岳の山小屋にいらっしゃいます」

「そうか」

まるで他人事のようにいって、中江は煙草の煙を天井に吹き上げた。

「お子さんのことで、お義姉《ねえ》さんの美和子さんと話し合ったのですが、しばらく……えー、夏休みが終わる頃まで、悠人くんを山小屋で預からせていただけないかと……」

深町の言葉に中江はあらぬほうを見て、何かを考えているようだった。

「バイトでもするってか？」

「いいえ。なにぶん未成年ですのでそれはできないのですが、山小屋の仕事の一部を見たり体験してもらったりとか、まあ、つまり社会見学ということでいかがでしょうか」

中江はギロリと深町を見た。

「その間、食費やら宿泊代を取るんじゃねえだろうな」

「いいえ。それはありません。あくまでもゲストという扱いですから」

彼は満足したように薄笑いを浮かべた。

「いいよ」

そういってまた大きく左右に開いた足の膝を上下させ、激しく貧乏揺すりする。

「女房がしばらく入院してるし、悠人とふたりきりの生活は気が重くてならん」

「あの。失礼ですけど、奥様とは離婚されるとか？」

突然、夏実が会話に入った。それまでずっと我慢していたのだ。

中江の顔から笑みが消えた。眉を大きく上げながら天井を見て、苦虫を嚙みつぶしたような顔でいった。

「ま。慰謝料もなにもなしの円満離婚っつうことだ」

「悠人くんの親権を主張されているのはなぜですか」

「そりゃ、まあ――」

少し目を泳がせ、中江がうなるようにいう。「俺も親だからな」

気が重いといったばかりじゃないかと、夏実は内心で憤《いきどお》った。

「もともと悠人くんは、奥様と前の旦那さんとの間のお子さんでしたよね」

「戸籍上はちゃんとした親子なんだから、そんなこたぁ関係ねえだろ」

「奥様が入院されているのは、あなたからのＤＶが原因だとうかがいましたけど？」

中江はあらためて夏実の顔をまじまじと見た。

「何いってんだ。勝手に階段から転げ落ちたんだよ」

「悠人くんの傷だって、明らかに誰かに殴られた痕《あと》ですし」

深町が軽く咳払いをして、夏実の腕を指先でつついた。

彼女は肩をすぼめ、口をつぐむ。

「とにかく、です」

深町が少し身を乗り出すようにして、中江にいった。「この夏の間、悠人くんを山小屋で預からせていただくことに、お父様としてはご賛意をいただけるのですね」

中江は目を細めて深町を見ていたが、ふと視線を逸《そ》らした。

「いいよ」

ぶっきらぼうにいった。

それからまたふたりに目を戻す。中江の視線が夏実に向いていた。

ふっと口角をつり上げ、笑った。

「姉ちゃん。婦警さんにしちゃ、なかなか可愛いじゃねえか」

顔や体を舐《な》めるように見ているのは、わざとやっているのだろうか。

夏実はあえて顔に出さないようにした。無意識に拳を握っていた。

「今は女性警察官っていうんですよ、中江さん。セクハラは犯罪じゃないけど、民事上、じゅうぶんに処罰対象となりますから、お言葉にはくれぐれもお気をつけてください」

とたんに中江がしらけた顔をしてそっぽを向いた。

「行こうか」

深町にいわれて、夏実は立ち上がった。

9

西新宿にある病院に中江の妻、佳奈子が入院していた。

中江芳郎の家を出て、その足でふたりはそこに向かい、ナースステーションで病室を教えてもらった。

別病棟の三階にエレベーターで上り、病室を訪ねたが、相部屋に佳奈子の姿はなく、ふたりは談話室などを捜した。しかしどこにもいない。あらためてナースステーションに立ち寄ったが、やはり居所が不明だという。

困り果てて夏実と深町は病棟を歩いた。

ふと、女子トイレの前で夏実が立ち止まった。行き過ぎた深町が気づいて振り向く。

「どうした？」

夏実は〈お手洗い〉と書かれて赤い人マークのプレートが貼られた入口ドアを見つめる。

「ここにいるかも」

奇異に思ったらしく深町が彼女の隣に立った。

「もしかして、わかったのか？」

夏実は頷いた。「うん。なんとなく」

ドアを開いて、ひとりで女子トイレの中に入った。

壁際に並んだ個室が三つ。それとは別に、車椅子マークが描かれた大きな個室があって、そこのドアが半ば開いている。その前にそっと立ち止まった。

広い障害者用個室の奥にある便器に、水色のパジャマ姿の女性が座り、スマートフォンをいじっていた。壁際の荷物棚にベージュのセカンドバッグが置かれ、もう一方の手に白くて細長く円筒形のものを握っている。

「中江佳奈子さん？」

小さく声をかけてみる。

ふいに彼女が顔を上げた。

三十代後半ぐらい。体型は痩せぎす。顔の片側に斜めに包帯を巻き付けていた。傍《かたわ》らの棚からセカンドバッグを取り、スマホと円筒形のものを入れると、立ち上がってそのまま個室の外に出てきた。

包帯が巻かれていない左目だけで、彼女は遠慮会釈なく夏実の顔をジロジロと見てから、いった。

「あなた、誰？」

「南アルプス署地域課の星野といいます。佳奈子さんですよね？」

彼女は安心したようにこわばっていた表情をゆるめた。

「なんだ。前にも来た深町さんっていう人から電話があったから、てっきり……」

「さすがにここには入れないから、外で待ってます」

「そう？」

とぼけた顔でいって、彼女はセカンドバッグを開いた。さっきも見かけた、細長い円筒形のプラスチックケースのようなもの。

ぱっと見た目、口紅などの化粧品かと思ったが違った。電子煙草だと夏実は気づいた。たまに山にやってくる登山者が、それを持ってきていた。

その先端をくわえて吸い込み、気持ちよさそうに息を吐いて、こういった。

「最近の病院、どこもすべてが禁煙で困ってるのよ。だから仕方なく、ね」

「あの。電子煙草だって禁止だと思いますが？」

とたんに険しい顔で佳奈子がいった。「何よ。これぐらい、いいじゃないの」

洗面台の脇のタイルが貼られた壁にもたれて、ふうっと横に息を吐いた。メンソールの匂いが漂ってきた。

「お怪我は大丈夫なんですか？」

「そりゃ、痛いわよ。顔の骨にヒビが入ってんだから。痛み止めをあまり飲み過ぎるとよくないって医者から止められてるけど、ロキソニンをこっそりいっぱい持ち込んでるのよ。おかげでなんとか――」

「あー、でもあれって副作用が激しいお薬ですし、胃が荒れますから、やっぱり常用はやめたほうが」

「何いってんの。あんた、医者じゃないでしょ」

「たしかに医師の資格はないんですが、山で遭難救助とかやってますから」

とたんに佳奈子が夏実の顔をジロジロ見つめた。

「悠人のことでしょ？」

「ええ」

彼女はふいに洗面台の前に行って、セミロングの髪を指でかき上げ、セカンドバッグから化粧のパレットを取り出した。ファンデーションをパフにとって、せわしなく片側の頬に塗り始める。

それから顔を左右に傾《かし》がせ、自分のメイクを確かめながら、こういった。

「深町のほうから電話でお聞きになったと思いますけど、夏が終わるまで、北岳の山小屋で預からせていただきたいんです。もちろん危険なところには行きませんし、危ないことはいっさい……」

「かまわないわ。どこへなりと連れていって」

彼女は鏡越しに自分の顔を見ながらいった。「どうせ別れたって、あの人のところに行くことになるんだから」

「そんなんでいいんですか？　だって……お母さんですよね」

するとと鏡の中に映っている彼女の顔が、夏実をにらんだ。

「母親だから、何？」

「十三歳の男の子には、まだまだ母親の愛情が必要だと思うんです」

夏実の言葉を聞いていた佳奈子が、肩を揺らして笑った。

「愛情ねえ。とうに忘れてた言葉だな」

「悠人くんがどうなってもいいっていうんですか」

すると佳奈子はわざとらしく大きな溜息をついた。

「クソみたいな前の亭主が置いてった出来損ないのペットみたいなものよ」

「そんな……」

あまりの言葉に夏実は立ちすくむ。

佳奈子は乱暴に化粧道具を電子煙草といっしょにバッグに入れると、洗面所であわただしく手を洗い、彼女の傍をすり抜けるようにトイレの外に向かった。

夏実はあわててあとを追った。

女子トイレの外に出ると、その場に立ったパジャマ姿の佳奈子の背中にぶつかりそうになる。見れば、彼女の向こうに深町が立っていた。

ふたりは何の会話も交わさず、ただ黙って視線を合わせていた。

ふいに佳奈子が俯き、足早に歩き出した。

深町の傍を通り抜け、廊下の向こうへ向かってゆく。パタパタというスリッパの足音が遠ざかる。

その姿を見送っていた夏実が、ふと深町に目を向けた。

少し狼狽《うろた》えたような深町の顔。

「夏実……佳奈子さんはなんて？」

心配そうな顔で彼がいった。

夏実が頷いた。「悠人くん。夏が終わるまで山小屋にいてもいいって」

洟をすすり、唇をぎゅっと嚙んだ。

それから少し歩いて、引かれるように深町のところに行くと、彼の躰《からだ》にもたれかかり、胸に額《ひたい》を強く押しつけた。そのままだまり、目を閉じていた。

深町は少し躊躇《ちゅうちょ》したようだが、ゆっくりと優しく夏実の背中に手を回してくれた。

10

翌日の午後には台風が本土を横断して日本海側に抜け、南アルプス上空の雲が切れて、晴れ間が急速に広がっていた。

さらに次の日にはもう登山者たちが北岳に登ってきた。

山梨交通のバスや地元の乗合タクシーが広河原に到着するたび、おおぜいの人々が野呂川《のろがわ》にかかる吊橋を渡り、北岳を目指して登り始める。中腹にある白根御池小屋にもたくさんの登山者たちが立ち寄り、表のテーブルで休憩《きゅうけい》を取ったり、小屋の名物、白桃《はくとう》ソフトクリームを楽しんだりしていた。

——マジっすか！　それって。

山小屋の一階ロビーから松戸颯一郎の素《す》っ頓狂《とんきょう》な声がしたのは、台風通過後、三日目の朝だった。

星野夏実はちょうど小屋の玄関先の水道で、マグカップに冷たい水をすくって渇いた喉《のど》を潤していた。救助隊の警備派出所と山小屋の間を抜けた奥側にあるドッグランで、救助犬メイといっしょにオビディエンス（服従）などの基礎訓練を一時間ほど続け、終えたばかりだった。

気温が上昇していてたっぷりと汗をかいたが、前回の休暇のとき、行きつけの美容室で少し伸びていた髪を短くカットしてもらったため、首筋に当たる山の風が心地よい。思い切りショートボブの髪型にしてもらったのだが、鏡を見るたび、意外に自分に似合っているような気がしていた。

——うちに宿泊するって本当なんですか？

あまりに大声なので、夏実は玄関のガラス扉を開き、ロビーに入ってみた。

上がり框《がまち》の傍にある衛星公衆電話の受話器を耳に当てながら、松戸はやけに紅潮した顔で入ってきた夏実を見た。

「わ、わかりました。とりあえず予約というかたちでお受けしますけど、なにぶん真夏の最盛期ですから山小屋がいちばん混《こ》み合うシーズンですよ。ええ……そうです。個室？　この期間はうちは個室対応を取ってません。相部屋で寝ていただくことになります……え？　全部で十五名前後って……それならよけいに相部屋ですよ。はい。他の山小屋もどこも同じです。それがダメなら時期をずらしていただくしかないですよ。九月になればお客さんはぐんと少なくなりますから——」

気難しい顔で松戸が電話の相手にそういった。

「ダメなんですか？　その時期じゃないとスケジュールが取れないって……ええ、まあ、ご事情はお察ししますけど……とにかく、予約は受け付けておきます。よろしくお願いします。ではでは」

受話器を戻してから、松戸はふうっと吐息を投げた。

額の汗を手の甲で拭った。

「どなた？」

夏実に訊かれて、彼は三和土に置いてあったサンダルを履き、上がり框に座り込んだ。

「関東テレビの番組制作部からです。あの安西友梨香が北岳登山をするっていうんですよ。しかも、初日はうちに宿泊するんだって」

夏実は彼の隣に座り、首をかしげた。

「あの、安西――って……誰？」

松戸が驚いた顔になる。「夏実さん。知らないんですか？」

「知らない」

当然のようにいう夏実を見て、彼は眉根を寄せた。

「テレビによく出てるアイドルグループ〈ANGELS〉の人気ヴォーカリストですよ。こないだ全国ツアーのライヴを終えたばかりだし、清涼飲料水のコマーシャルでも有名じゃないですか」

「ぜんぜんわかんない。テレビとか観ないし」

「あちゃー」

松戸が額に手を当てた。「それにしても、わざわざ夏場の最盛期を選んで山に来なくてもなあ」

「売れっ子芸能人って、とにかく分刻みでスケジュールに縛られてるっていうじゃない」

「他のお客さんたちがパニックにならなきゃいいんだけど」

そういって彼は両膝に両肘を載せてうなだれた。

夏実はくすっと笑ってから訊いた。

「ところで悠人くんは？」

顔を上げた松戸がいう。「日がな一日、客室にこもってます」

「相変わらずゲームばっかり？」

「ゲーム機のバッテリーがなくなるからって、ソーラー充電器を貸してあげたものだから、それからもうエンドレスですよ。困ったなあ……」

「困ったって、お客さんとトラブルとか？」

「いや。さすがにそれはないんだけど、これから小屋が混み合ってきたら、彼の居場所がなくなるんすよ。食堂のテーブルとか厨房にいさせるわけにもいかないし」

「そっかぁ」

夏実は腕組みをした。

山小屋のスタッフたちの仕事を見ているうちに、引きこもりの性分が少しずつでも改善されるかと思っていたのだが、どうやら甘かったらしい。かといって、十三歳の少年を強制的に手伝わせるわけにもいかない。

下山して横浜に戻った山崎美和子から、たまに様子見の電話が入るのだが、「元気でやってます」という返事しかできないのがつらいところだった。

そのとき、表のガラス扉が開き、神崎静奈が顔を覗かせた。

「夏実。出動！」

その声を聞いて、夏実は弾けたように立ち上がった。

「はい！」

静奈のあとを追って玄関に向かおうとし、振り返った。

「颯ちゃん。悠人くんのこと、深町さんに相談してみるね」

そういい残し、急いで外に出て行った。

11

要救助者はソロ登山をしていた六十代後半の女性で、広河原を出発、最初の分岐点で左の大樺沢コースを伝って登る途中、浮き石に足を取られて転倒したという。右足の踝《くるぶし》付近が腫れて歩けないため、携帯電話で一一〇番通報をし、山梨県警のコールセンターから南アルプス署経由で救助隊の警備派出所に連絡が来た。

おおよその場所はわかっていたので、夏実と静奈、曾我野と横森の四人の隊員が二俣経由でルートを下り、やがて彼女を発見した。

名前は木村朋子《きむらともこ》、六十八歳。埼玉からひとりで北岳に登りに来たといった。

右足を調べるとたしかに顕著に腫れていたが、山崎美和子のときのように骨の損傷ではなく、靭帯《じんたい》損傷のようだった。頭部打撲もなく、自力でなんとか立ち上がることができたので、肩を貸して広河原まで下山が可能と判断。静奈と交互に担当することにして、曾我野、横森両隊員は御池の派出所に帰還してもらうことになった。

それからゆっくりと時間をかけて、夏実と静奈は彼女を広河原まで下山させた。

吊橋を渡り、対岸にある野呂川広河原インフォメーション《I》センター《C》の前まで行くと、連絡を受けて駆けつけた救急車がすでに待機していた。

木村朋子を無事に乗せて、救急隊員らに「お疲れ様です」と挨拶した夏実と静奈は、救急車が林道を走り去っていくのを見送った。その足でICの二階フロアに立ち寄り、カウンター越しにスタッフらと会話していると、背後から声がした。

「あらー。なっちゃんとせいちゃんじゃないの」

ふたりはびっくりしながら振り向いた。

そんな呼び方をするのは、ここらではひとりしかいない。

フロアの出入口近くに、彼女は立っていた。いつものようにサンダル履き。白い二本線が入った臙脂《えんじ》のジャージに青いシャツ。頭には彼女が〝両俣《りょうまた》手ぬぐい〟と呼ぶ、紺色の手ぬぐいを巻いている。眼鏡の奥で目を細めて屈託のない笑顔。

小柄な体軀《たいく》だが、腰に手を当てて立つ姿は凜々《りり》しく見えた。

「ふたりとも、ホントに久しぶりねえ。元気そうで何より！」

「加賀美《かがみ》さん！」

夏実が思わず彼女の名を呼んで駆け寄った。

両俣小屋の管理人、加賀美淑子《よしこ》だった。


フロアにいくつかあるテーブルに向かい合って座った。加賀美淑子は両俣小屋の小屋番になって四十一年。今年でもう七十になるはずだが、ちっともそうは見えない。むしろ会うたびに若々しくなっていくようだ。

両俣小屋は北岳山麓をぐるりと回る野呂川の源流部にある。

もともと北岳山頂直下、肩《かた》の小屋の少し上にある分岐点から左俣沢コースをとって下れば至る谷間にある小さな山小屋だった。しかし現在、そのコースが荒廃してしまい、廃道となって以来、間《あい》ノ岳《だけ》方面から回り込み、仙塩《せんしお》尾根を伝って縦走《じゅうそう》する健脚の人間を除いて、ほとんど登山者が訪れなくなっていた。

今、両俣小屋を利用するのは、野呂川源流で稀少《きしょう》なヤマトイワナを狙《ねら》う釣り人が主である。さらに管理人である加賀美淑子本人に惚《ほ》れ込んで、彼女目当てに毎年のように通ってくる常連客もいる。

そんなわけで現在、両俣小屋は夏実たち救助隊の活動エリアから外れているのだが、昔からの顔なじみということもあって、こうしてたまにバッタリ鉢合わせをすると、ついつい話が弾む。

最近の両俣小屋での出来事。客やアルバイトスタッフの話。珍事から怪談まで。それにあの小屋に付きもののツキノワグマの話など。

自販機で買ってきたペットボトルのレモンティーをそれぞれ飲みながら、話題は尽きなかった。もともと話し好きの淑子のことだから、問わず語りにあれこれと話す。夏実も静奈も頷き、ときに大笑いしながら彼女の話に耳を傾けるのだった。

そんな話の流れの中で、ふと夏実は中江悠人のことを口にしていた。

話の最後まで黙って聞いていた彼女は、神妙な顔になっていた。

眼鏡を取って指先で涙を拭った。目が赤くなっていた。

「その子の両親はどちらも大莫迦野郎ね。子供を持つ資格もない」

戻した眼鏡の奥で細い目をしばたたきながら、彼女はいった。「ヤクザの父親はともかく、自分のお腹を痛めて産んだ子に、平気でそんな態度を取れる母親も母親だ。かわいそうなのはその悠人って少年だよ。今はまだ何も思わないかもしれないけど、いずれ大きくなったら自分の親たちのおろかさがいやでもわかってくる。けれどもそのときは、もう本人としてもどうしようもないわね。まともに育っていなかったわけだから」

「だけど……」夏実は考え、いった。「いつまでも御池小屋にとどめておくことはできないし、近いうちにあの子をまた家に戻さなきゃいけません」

「それはね。あなたたちがその少年に対して何もしないのと同じってことよ」

夏実は軽く唇を嚙み、言葉を選ぼうとした。何も浮かばなかった。

「加賀美さんはどうすればいいと思いますか」

静奈に訊かれて、彼女は腕組みをして目を閉じた。

ゆっくりと目を開け、こういった。

「無理にでもこの山に連れてきた伯母さんの気持ちはよくわかる。だけど、それはそのときだけのこと。そんな生ぬるいやり方じゃ、その悠人って子を立ち直らせることはできやしない。その子に本当に必要なものはね……自立なのよ」

「え」

夏実が淑子を見つめた。

「かわいそうに。どうしようもない莫迦親のせいで、大切な少年時代を無為に過ごしてきたんだね。他の子供たちのように人生の歓《よろこ》びもときめきもないまま、孤独に部屋に引きこもって。だったら、そのまんま放置しちゃいけない。本当はまだまだ親の元で愛を受けて育っていかなきゃいけない年頃だけど、莫迦親たちからこの先、受けられるのは愛情じゃなく、残酷な言葉や態度や暴力しかない。まだ早すぎるかもしれないけど、ひとりで自立しなければ、この先の未来がないよ」

「だからって、自立……ですか」と、夏実がつぶやく。

「たった十三歳で、大人になるの。その子にとってはつらいだろうけど、やっぱり考えてみたら、それしかない」

加賀美淑子は夏実と静奈を見つめて、いった。

「明日にでも、うちの小屋に連れておいで。しばらくの間、預かってあげる」

「いいんですか、そんなこと――」

夏実が驚いていった。

「御池小屋の颯ちゃんは、この春から管理人になったばかりだし、どうせ毎日毎日バタバタしてんでしょ？　そんな様子で、よけいなもの抱えて真夏のピークを迎えるわけにはいかないじゃないの。そりゃ、うちだって夏場はお客さんが増えるけどね。だけどご存じのとおり、両俣小屋はいつだってマイペースでやってるんだからね」

「加賀美さん……」

夏実は少し目を潤ませた。

「その子が立ち直るかどうかわかんないけど、できる限りのことはやってみるよ」

「ありがとうございます」

夏実はそういって、静奈とともに頭を下げた。

12

午前八時——。

中江悠人は白根御池小屋前のテーブルに座っている。

白い野球帽をかぶり、半袖のテニスシャツにチノパンツ。足元は青いスニーカーだった。ベンチの傍らには彼のデイパックが置かれている。

少年の前に、深町敬仁が向かい合って座っていた。

しばし顔の前で指を組み合わせ、一心にゲームに興じる悠人の姿を見ている。

もう十日間も、ここ北岳中腹にある山小屋にいるのに、顔も手も不健康な白さだ。

躰は痩せ細り、両腕の太さは物干し竿《ざお》ぐらいしかないように見える。

これでよく伯母の美和子といっしょに北岳に登ったという気がするが、子供はそもそも体重が軽いため、文字通り身軽なのだ。だから肥満児でないかぎり、バテることはめったにない。

悠人の傍らには山から引いた水でよく冷やしたオレンジジュースが置かれていたが、彼のもっぱらの興味は、やはりゲーム機の小さな液晶画面の中でせわしなく動くキャラクターだった。左右の瞳はそれを追ってめまぐるしく左右に揺れ、瞬きすらしていない。

「お待たせしました！」

警備派出所から出てきた夏実が、小さなデイパックを背負ってふたりの前に立ち止まった。深町は立ち上がり、悠人の肩を叩いた。

「じゃあ、行くぞ」

ゲーム画面から顔を上げた悠人が、物憂《ものう》げな様子で深町にいった。

「どうしてもそこに行かなきゃいけないの？」

かすれたような小さな声だった。

「そうだ。来週辺りから、お客さんがたくさん泊まりにくる。そうなったらここに君の居場所はなくなってしまう」

「だったら家に帰るよ」

またゲーム画面に目を戻した悠人を見て、深町がいった。

「お父さんが怖くないのか」

「怖いよ。だけど、仕方ないから」

深町はしばし考えてから、こういった。

「君の両親は、どちらも親としては不適格だと思う」

「どうしてそんなことをいうの？」

「子供を愛していないからだ」

悠人は理解できないといった表情をして、こういった。

「自由でいられたら、ぼくはそれでいい」

「本当の自由がどんなものか、君はまだ知らないんだ」

「かまわないよ」

深町は軽く吐息を投げ、夏実の顔を見た。彼女は哀しげな表情で悠人を見ている。

「とにかく行こうよ。きれいな川が流れている谷間にある、小さな山小屋なのよ。悠人くんもきっと気に入るはずだよ」

夏実に声をかけられ、悠人は仕方なくゲーム機の電源を切った。

先頭が夏実、続いて悠人。しんがりに深町。三人でゆっくり時間をかけて、白根御池から広河原まで下山した。

ＩＣの駐車場に停めてある深町のホンダ・クロスロードに乗り込み、野呂川沿いに林道を遡《さかのぼ》って、やがて野呂川出合に到達する。道路はここでふたつに分岐し、右側へ行けば北沢峠《きたざわとうげ》を経て戸台《とだい》へ抜ける。左は野呂川の源流部に向かう細い林道である。入口にはゲートが渡してあった。深町は合鍵を使ってゲートを開き、林道に車を入れた。

いくらも走らないうちに採石場を通り越した辺りで、車を停めた。

すぐ前の路肩にはベージュ色のミニバンが停まっている。

車体に〈両俣小屋〉と書かれているとおり、加賀美淑子の車である。

前の年の豪雨で林道が崩壊したため、そこから先は、車輌《しゃりょう》が入れなくなっていた。この場所から両俣小屋まではおよそ八キロ、一般の足で二時間二十分の歩きとなる。

夏実と深町が車を降りる。しかし後部座席ではまだ悠人がゲームをやっていた。

ちらと夏実の顔を見て苦笑いをし、深町が回り込んでドアを開いた。

「ここからは歩きだ。ザックを持って出てこい」

悠人は仕方なくゲームの電源を切り、イヤフォンを抜いた。

ゆるいアップダウンが続き、ときに大きくカーブする林道を三人は歩き続けた。

夏実は深町と並んで歩き、少し後ろを悠人が仏頂面で続いていた。

ふたりとも軽装のデイパック。南アルプス山岳救助隊の制服であるシャツと登山ズボン。キャップをかぶっている。

深町は腰のベルトのホルダーにベアスプレーを差し込んでいた。

強力なカプサイシン（唐辛子）成分が入った噴射力の高いスプレーで、ここらはクマの出没多発地帯であるがゆえに必需品だ。

行く手のところどころ落石の痕があって、小石が散らばっていたり、あるいは大きな瓦礫《がれき》が乱雑に積み重なって、林道を塞《ふさ》いでいたりする。そこを乗り越えて歩かねばならない。

標高がそう高くないので日差しが強く感じるが、遥か眼下を流れる野呂川の清冽《せいれつ》な姿と、水音が心地よく。ときどき冷たい風が吹いてくる。

蟬《せみ》の声と鳥のさえずり。

真っ青な八月の空に白い雲がわき上がっている。

単調にだらだらと歩くだけの林道ハイクは意外に疲れるもので、山馴れしている夏実たちとて、けっこううんざりしてくる。ときおり道端で飛沫《しぶき》を上げる石清水《いわしみず》を見つけると、夏実はマグカップを持っていき、それをすくった。深町は受け取って飲んだが、悠人にマグカップを差し出しても見向きもしない。

わざとらしく遠くを見ながら視線を逸らしている。

林道はさらに羊腸路《ようちょうろ》となってどこまでも続き、しつこいほどのアップダウンを繰り返す。夏実は深町とともに肩を並べて歩き続けた。

ふと後ろを見ると、悠人がずいぶんと遅れている。ふたりは足を止めて待ったが、悠人もその場で動かなくなってしまった。

夏実たちは目を合わせ、ふたりで彼のところに行った。

「どうした、疲れたのか？」

深町が声をかけると、悠人は俯いたまま口をへの字に曲げている。

「ぼく……もう帰りたい」

しばらくそんな姿を見つめていた深町が、軽く肩を叩いた。

「あと少しだ。そこが林道終点だから、もう三十分ぐらい歩いたら到着するよ」

悠人はゆっくりと顔を上げた。

「こんなところより、東京のほうがいい」

「残念ながら君の家は、君が帰るべき場所じゃないと思う」

悠人は両手に拳を握って俯いていた。

「これ。どうぞ」

夏実がテルモスの蓋《ふた》に注いだ冷たいカルピスを差し出した。「歩き出してからぜんぜん水分を摂ってないから喉が渇いてるはずよ」

気難しい顔をしていた悠人がゆっくりと片手を出す。

受け取った蓋のコップをあおってゴクゴクと飲んだ。あっという間に飲み干したのを見て、夏実が笑い、二杯目を注いだ。


ルートはいったん野呂川の岸辺に下り、左に美しい渓流を眺めながら歩く。

坂道を登り切ると、木立に囲まれた幕営指定地に、テントがふたつばかり見えた。その前でフィッシングベストにウェーダー（胴付き長靴）の釣り人がふたり。どちらも中年の男性だった。それぞれフライロッドを持っていた。これから野呂川に入渓するのだろう。

「こんにちは」

夏実と深町が挨拶をすると、ふたりが頭を下げてきた。

「お疲れ様です」

ロゴが入ったキャップとベージュのシャツを見てすぐにわかったらしい。

「山岳救助隊の方ですね。昨日、この近くでクマと遭いました」

髭を生やしたほうの男性がそういった。

「トラブルはなかったですか」

深町が訊くと、ひとりがいった。「ええ。対岸を歩いてるのを見ただけで」

「釣りをされるときは、くれぐれもご注意くださいね」

「はい。大丈夫です」

もうひとりがベストの胸につけたクマ鈴を鳴らしてみせた。

彼らと別れて歩くと両俣小屋が見えた。歩くにつれ、だんだんと近づいてきた。

野呂川源流、標高二千メートルの狭隘《きょうあい》な谷にあって、渓流と森に囲まれた収容人数三十名の小さな山小屋である。

夏実はもう三年以上、ここに来ていない。深町も同じだろう。

メインの登山ルートから外れているから、この付近からの遭難救助要請がめったにないのである。しかも深い谷間にあるため、ここから電波が飛ぶのは稜線上にある北岳山荘だけで、無線の定時交信も双方に限られている。だから小屋番の加賀美淑子と会えるのは、もっぱら山のオフシーズンに麓《ふもと》で行われるミーティングなどでだった。

外トイレの前を通り過ぎると、小屋の正面にあるテーブルに向かって淑子が座る姿が見えた。いつものように両俣手ぬぐいを頭に巻き、エプロンをかけている。

夏実は手を振りながら走って行く。

淑子は眼鏡の奥の目を細めて笑いながら立ち上がり、手を振り返してきた。

彼女の足元には猫が二匹。夏実を見たとたん、二匹は尻尾《しっぽ》を垂直に立ててやってきて、彼女の膝に体をこすりつけ始めた。

「ミニョン！　ユンナ！　久しぶり」

どちらもキジトラ模様で、ぽちゃっとしたのが牡《おす》のミニョン。少し小さくてお腹が白いほうが牝《めす》のユンナ。淑子の飼い猫で、彼女が好きなK－POPの歌手たちから名前をつけた。ここ両俣小屋のアイドル的存在である。

すり寄ってくる猫たちをひとしきり撫でていると、深町が悠人を連れてやってきた。

「なっちゃん。深町くんも、よく来てくれたね」

淑子は笑みを浮かべたまま、挨拶をしてきた。それから十三歳の少年の前に立ち、彼を見下ろした。

「中江悠人くんだね？」

しかし悠人は応えることなく、また淑子と視線を合わせもしなかった。

「長い歩きで疲れたろ。お昼を回っているし、お腹もすいてるんじゃないかい？　さ。中にお入り。冷たいジュースを出してあげるから」

小さな肩に手をかけて、半ば強引に淑子は悠人を連れて小屋に向かった。「なっちゃんたちもおいで。すぐに素麵《そうめん》を茹《ゆ》でるから、お昼ご飯にしましょう」

猫たちが鳴きながら追いかけていく。

夏実と深町も続いた。

第二章

1

〈バーミリオン・エージェンシー〉のサイトにアクセスし、五時間以上が経過していた。

メインサイトから、関係者専用の画面に入り、偽《にせ》IDと盗み出したパスワードであっさりと侵入する。アカウントの位置情報から、第三者によるハッキングだと知られないため、芸能プロダクションがある六本木《ろっぽんぎ》からのアクセスポイントにしてある。

そこはこの芸能プロに所属する歌手、タレントたちの専用管理サイトとなっていて、主に営業、経理のスタッフや専属マネージャーらが利用しているところのようだ。それぞれのスケジュールから、ライヴ、ステージ、テレビや映画などの仕事について、出演予定や観客動員数、収益など、関係者しか知り得ない内容が書かれてあり、動画や写真も豊富だった。

もちろん狙《ねら》いは安西友梨香に関する情報ばかりだ。

ライヴ、イベント、テレビ出演――桜井和馬はそれらを飽《あ》きもせずに閲覧していた。

本当は今日じゅうに終えねばならない依頼がふたつあった。そのうちのひとつを手早く片付けて、依頼人に送ったが、もうひとつが厄介《やっかい》だった。

大手広告代理店の経理サイトに入り、収支表を盗み出すこと。

ことにここはサイバー攻撃に対する防御が厳重で、偽のＩＤでパスワードを解読する従来のやり方は無理だったし、ウイルス添付のメールを送ることもできなかった。

八桁《けた》のコードを入れるワンタイムパスワード方式になっていて、外部の者にはそのパスワードコード表が入手できない。ところがどんなに堅牢《けんろう》なサイトも、必ずやどこかに脆弱性《ぜいじゃくせい》があることを和馬は知っていた。

やがて和馬は、コード表紛失の事態に備えて、別のパスワード方式でもそのサイトにアクセスできることを発見した。そのため彼はその会社の社員になりすまし、コード表紛失の届け出をしてから、仮ＩＤとパスワードをもらい、アカウントに入り込んだ。

そこから先が難関だった。社員本人である証明をするため、社員証のコピーを添付するようになっていた。さすがに和馬にそれはできなかった。

困ったことになったといったん画面を切り替え、芸能プロのサイトに入ってあれこれと盗み見を始めたら、あっという間に時間が経過していたのだった。

和馬は画面から目を離し、壁に貼った安西友梨香の大きなポスターを見上げる。挑発的なミニスカート姿でマイクを握り、派手なアクションのダンスをしながらステージで歌っている姿。

実物の友梨香を見たのは三度しかなかった。チケットを買ってライヴを観たのは一度きり。あとの二回は六本木にある〈バーミリオン・エージェンシー〉のオフィスに彼女が来ることをスケジュールで知り、ビルの裏口付近でこっそり張り込みをし、マネージャーや他の付き人たちとともに車に乗った彼女が、地下駐車場から出入りをするのを見ていただけだった。

彼女のスケジュールをチェックすると例の番組〈チャレンジ！〉で、南アルプス北岳に登るのは二週間後。八月の最終週だった。それを見ながら和馬はふと考えた。

安西友梨香といっしょに山に登れたらどんなにいいだろう？

彼女が北岳に行くことを知っているのは、本人の家族や関係者以外ではおそらく和馬しかいないはず。だから、偶然を装って現地で友梨香に近づく。撮影の合間を見て、あれこれと親しく会話をする――そのことを想像して、和馬は興奮した。彼女と同じ山小屋で寝泊まりをし、ともに登頂を喜び合う。

ふとひとりでニヤニヤしている自分に気づいて、あわてて咳払《せきばら》いをする。

深刻な問題があった。

桜井和馬は登山にはまったく無縁である。もちろん北岳なんて名前すら知らなかった。

のみならず、日頃から運動不足で、もちろん体力にも自信がない。そんな自分が日本で二番目に高いという山に登れるのだろうか。

彼はブラウザの検索で〝北岳〟と打ち込み、ネットで調べ始めた。

2

夏実とメイが走っている。

頂上直下からの急な下りであった。

荒々しい岩稜《がんりょう》を踏み越え、砂礫《されき》地帯をクリアする。

周囲の空は抜けるように青く、雲ひとつない。隣にそびえる仙丈《せんじょう》ヶ岳《だけ》。甲斐駒《かいこま》ヶ岳《たけ》やその向こうに八ヶ岳。さらにずっと遠くに稜線を連ねる北アルプスまで一望できる。

南に目を転じると、地平線がそこだけ盛り上がったように、富士山が三角の青いシルエットを突き上げていた。

パトロールの最中だった。

頂上と肩の小屋を結ぶ下りルートは危険な急傾斜だが、夏実たちは他の登山者がいなければ、いつも全力疾走してしまう。

八月に入って山のシーズンまっただ中だというのに、周囲に登山者の姿がほとんどないのは、時間が遅いからである。午後三時半を過ぎれば、たいていの入山者はすでに頂上をあとにして下山を終えたり、あるいは宿泊する山小屋や幕営地などに到着したりしているものだ。

鎖場《くさりば》をクリアし、どんどん高度を下げていくと、眼下に標高三千メートルの場所にある肩の小屋の青い屋根が見えてくる。

小屋の前に到着すると、さすがに両膝《りょうひざ》に手を当てて肩を上下させ、息をつく。そんな夏実の姿を大きく舌を垂らしながら、メイが嬉《うれ》しそうに見上げている。

南から吹き寄せる風が心地よくて、夏実は深呼吸を繰り返した。

周囲には登山者たちが数名、気持ちよさそうにくつろいでいた。景色の写真を撮影したり、外テーブルで生ビールを酌《く》み交わしたりしているグループもいる。

かぶっていたキャップをとって額《ひたい》の汗をバンダナで拭いていると、小屋の扉が開いて長身痩軀《そうく》の男性が出てきた。

「夏実さん、パトロールですか。お疲れ様」

北岳肩の小屋二代目の小屋番、小林和洋《こばやしかずひろ》だった。まだ三十代という若さで、父親のあとを継いで小屋の切り盛りをしている。

「冷えた麦茶です、どうぞ」

差し出された紙コップを受け取った。

「ありがとうございます！」

汗ばんだ姿で一気に飲み干してしまうのを見て、和洋が少し笑った。

「もしかして〝山頂ダッシュ〟に挑戦ですか？」

そういわれて夏実が肩をすぼめた。「いえいえ、そんな滅相もない」

思わず照れ笑い。

〝山頂ダッシュ〟というのは、和洋や若いスタッフたちがやっている競技で、文字通り、肩の小屋と北岳山頂を往復するタイムを競うものだ。標高差は二百メートルもあり、普通のコースタイムは往復で七十から九十分はかかる。それを和洋は往復で十三分という記録を打ち立てていて、どんなに健脚なスタッフでもまだ破れていないという。

もともと自衛隊出身で、今でも予備役。体力では誰にも負けない自負がある和洋だった。

実は夏実もこっそり挑戦したことがあるが、いくら頑張っても三十分はかかってしまう。

山岳救助隊はもちろん山で鍛《きた》え抜いた健脚ぞろいだが、それでも小屋番の和洋にはどうしてもかなわないのだ。

紙コップを外テーブルに置いた夏実は、メイの胴体に装着したドッグパックから犬用の水皿を取り出して、ペットボトルの水を入れた。メイが舌を鳴らして飲み始めた。

「麦茶、お代わりいかがですか」

「あ。お願いします」

夏実から受け取った紙コップを持って和洋が小屋の中に入っていく。

開けっぱなしの扉から、スタッフたちが厨房《ちゅうぼう》と二階をあわただしく往復しているのが見えた。もうすぐ午後四時になる。そろそろ山小屋の夕食の準備が始まるようだ。

水を飲み終えたメイの口の周りを、バンダナでていねいに拭いてやる。

それから、あらためて南に見える富士山を眺めた。その山肌がうっすらとピンク色に染まっていて、とても美しい。日本で二番目に高い山の肩から見る、日本一の山。

なんてここは贅沢《ぜいたく》なんだろうとあらためて思う。

――警備派出所から星野隊員。取れますか？

ふいに無線の声。深町だった。

夏実は反射的にザックのショルダーストラップに手を伸ばし、ホルダーからトランシーバーを抜き出す。PTTボタンを押しながらいった。

「こちら星野です。深町さん、どうぞ」

――両俣小屋の加賀美さんに連絡はつきましたか？

「ええ。無線交信できました」

そのとき和洋が小屋から出てきて、また紙コップを渡してくれた。

ペコリとお辞儀をしてから、夏実は深町にいった。

「悠人くんは元気そうです」

野呂川の谷間にある両俣小屋との交信は、頂稜《ちょうりょう》南側の稜線上からでしかできない。北岳山荘の無線局が唯一の中継点になっているのはそのためだ。

――そうですか。安心しました。でも、相変わらずなんだろうなあ。

夏実は少し笑った。

――パトロールの報告をお願いします。

「現在、肩の小屋です。大樺沢から山頂付近、異常なし。これよりまっすぐ派出所に帰還します」

――諒解《りょうかい》しました。ハコ長と副隊長に伝えておきます。下山、気をつけて。

「星野、諒解。以上」

紙コップの麦茶のお代わりを少し飲んだ。

「悠人くんって、加賀美さんのところに預けられてる、引きこもりの子ですよね」

しゃがみ込み、メイの頭を撫《な》でている和洋にいわれて頷《うなず》いた。

「そうなんです。近く、深町さんが様子を見に行くっていってました」

山小屋同士の無線の定時連絡では雑談も交わされるため、悠人のことはすでに各小屋で話題になっているようだ。

「加賀美さんのことだから厳しく鞭打《むちう》ってるかもしれませんが、ひとりで逃げ出したりしなきゃいいんですけど」

「案外と馴染《なじ》んでいるかもしれませんよ」

そういって夏実は、少し肩をすぼめてみせた。「和洋さんのお父さんは厳しかったですか？」

「いや」

彼はふと目を逸《そ》らしてからいった。「子供の頃から厳しかった記憶がこれっぽっちもないなあ。むしろ優しすぎて……それで反面教師ってわけじゃないけど、逆に自分から逆境に足を突っ込まなきゃって思ったぐらいです」

「だから自衛隊に？」

「そうかも」

そのとき、小屋の裏から噂《うわさ》の小林雅之《まさゆき》がひょっこり姿を現した。いつもの青いジャンパーに長靴姿だ。工具箱を片手にぶら下げているので、何か作業をしていたのだろう。

「おや。星野さんじゃないか。コーヒーでも飲んでいくか」

「あ。美味《おい》しい煮茶をもう二杯もいただきましたから。これから御池に下ります」

「そうか。いつもご苦労さん。ハコ長によろしくな」

夏実はザックのストラップを締め直し、小林親子に頭を下げた。

「ごちそうさまでした。じゃ、これで失礼します！」

手を振ってくれるふたりを背にして、メイといっしょに小太郎尾根を下っていく。

3

両俣小屋の薄暗い土間に立った加賀美淑子は、二階へ続く階段の上をじっと見つめている。

眼鏡の奥の目を細めて、口をギュッと引き締めている。

二階フロアからは、相変わらずゲームの電子音がかすかに聞こえていた。

中江悠人がここに来て三日目。食事やトイレのときは一階に下りてくるが、それ以外はほとんど二階の板の間に座り込み、朝から晩までゲームをやっている。

ここ数日、釣り客を中心に宿泊者が増えていて多忙なのだが、悠人に関しては当面、放置しておくことに決めた。たった十三歳の少年に無理強《むりじ》いをして、ここの仕事をさせるわけにはいかないからだ。

ふいに猫の声がした。

見れば、淑子が飼っている二匹の猫のうち、お腹の白いユンナが足元にいた。尻尾を立てて、背中を淑子のふくらはぎにこすりつけてくる。ふとそれを見下ろして、淑子はニッコリと笑う。かがみ込んでネコの喉《のど》を撫でてやってから、ふとまた二階を見上げて独りごちた。

「さてさて。どうしたもんかねえ……」

腕組みをして溜息《ためいき》をつく。

あの子に必要なのは自立だと夏実たちの前でいきまいた。あげく、うちに連れておいでと悠人を預かったはいいが、けっきょくそんな淑子にも、あの少年をどう扱っていいかわからない。

いちいち叱《しか》りつけながら、礼儀や行動の仕方を悠人に教えるなんてこともできなかった。

だったら、どうしてうちで預かるなんてことを、あのふたりにいったのだろう？

そのとき、表の方に足音がして、ウェーダーを履き、フライベストを着た釣り姿の若者が姿を現した。疲れ切った様子で小屋に入ってくる。

「どう？　岩魚《いわな》ちゃんたちと遊べた？」

淑子がいうと、笑いながら彼が答えた。

「ここんとこ、釣り客が多いからかなり魚の出が渋かったですよ。でも、尺ものが二尾も釣れて満足です」

尺もの、すなわち三十センチ超えの岩魚が二尾も釣れるのだから、渋いとはいえない。が、ここらはいつ何時、入れ食いになってもいいぐらいに釣れる場所だ。それゆえ彼は少し不満だったのだろう。

もっとも、この辺りはキャッチ・アンド・リリース区間なので釣った魚の持ち帰りはできない。だから、それぞれ流れに戻す。彼のデジカメには美しいヤマトイワナの写真が収まっているはずだ。

「そう。お疲れ様。五時からご飯だから、それまで待っててね」

さらにふたり。またひとりと、釣り客たちが小屋に戻ってきた。

それぞれ土間でウェーダーを脱ぎ、分解したフライロッドなどをケースにしまい込んでいる。淑子はひとりひとりをねぎらっては声をかけた。

今日は宿泊が八名。テントが四張り。

両俣小屋のような小さな山小屋では、淑子ひとりでなんとかなるが、来週辺り、これ以上に宿泊客が増えたら、またアルバイトスタッフが必要になるだろう。

ふと腕時計を見た。もうすぐ午後四時になる。

淑子はあわてて食堂に入ると、テーブルの上にポータブルラジオを置いてスイッチを入れた。あらかじめ用意していた〈ラジオ用天気図用紙〉を前に広げ、三色の色鉛筆と黒のボールペンを右側に置いた。天気図用紙の左上には、今日の日付がすでにボールペンで書き込んである。

いつもNHK第二に合わせているラジオに聴き入る。

――午後四時になりました。気象通報の発表です。

男性アナウンサーの地味な声が始まった。

まず、全国各地の天気に始まり、続いて重要な漁業気象となる。淡々と伝えられる低気圧の位置を北緯と東経をしっかり聴きながら、淑子は手馴れた様子で天気図用紙に等圧線を描く。寒冷前線や温暖前線に等間隔で刻まれる三角や半円を、赤と青の色鉛筆でていねいに塗り分けていく。

毎日、この時間――淑子は天気図の作成に意識を集中する。

猫のユンナが、もう一匹のミニョンとともに足元に寄ってきたが、このときばかりは淑子もかまわない。

もちろん小屋の常連の釣り客たちも、決して淑子に声をかけない。それはこの山小屋の不文律であった。

気象通報を聴きながら、淑子は一心にペンを走らせる。

そして四時二十分。気象通報が終了すると、ていねいに描き込んだ気象図を顔の前に持ってきて、淑子は満足げにそれを見つめる。

ゆっくりと立ち上がり、食堂を出ると土間を歩き、出入口のところにやってきた。

壁に昨日までの天気図用紙が重ねてピンふたつで貼ってある。それらのピンを抜き、今日の天気図を上から重ねて、またピンで留めた。


翌朝、珍しく悠人が二階から階段を伝って下りてきた。

ゆうべから宿泊していた釣り客たちはすでに野呂川に入り、小屋には淑子の他、誰もいなかった。土間の掃《は》き掃除をしていたとき、かすかに足音が聞こえて振り向くと、半ズボンの痩《や》せ細った素足が見えた。

どうせトイレだろうと思っていたら、土間でサンダルを履き、板の間の上がり框《がまち》のところに腰を下ろした。淑子に向かい合うかたちだ。

「どうしたんだい？」

腰に手を当てて悠人にいった。

少年は俯《うつむ》いていたが、やがて口を開いた。

「もう、うちに帰っていい？」

足元を見つめたまま、小さな声でいう。

「そりゃ、ここにいようがいまいが自由だよ。だけど東京のおうちに戻っても、君の母親はいない。父親にまたひどいことをされるんじゃないの？」

悠人は俯いたまま黙っていた。

「ママがいたって同じことだよ……」

蚊の鳴くような声で悠人がつぶやくのを、淑子は気の毒げに見ていた。

「なんでかねえ」

「だって」

険しい顔をして、悠人はいった。「ママはぼくのことが嫌いなんだ」

「私《あたし》ゃ今の今まで親になったこともないけど、我が子を毛嫌いする母親ってどうなんだろうね。たしかに、世の中にはだらしのない親たちがいっぱいいることは知ってるけど」

淑子はそういいながら悠人を観察した。

顔の痣《あざ》はやっと薄くなってきた。それにしてもカトンボみたいにガリガリに痩せて、細長い手足だった。

「だったらどうするつもり？　そんな家に戻って、また部屋にずっと閉じこもってるのかい？」

悠人は身じろぎもせず、俯いたままだ。

「……わかんない」

小声でぽつんといった。

「一生、ずっとわかんないままで、どうやって生きていけるの？」

悠人は無言だ。

「たった十三歳で気の毒だと思うけど、やっぱり自分で決めなきゃなんない」

初めて彼が顔を上げた。哀しげな表情で淑子を見た。

「何を決めるの？」

「この先、君がどう生きるかってこと」

悠人の目が小刻みに揺れている。が、ふいに眉根《まゆね》を寄せて、また俯いた。

「そんなこと、やっぱりわかんないよ」

淑子はフッと笑った。腰に手を当てたまま、いった。

「だったら、もうしばらくここにいれば？　ひとりで二階にこもってゲームやっててもかまわないよ」

「それでもいいの？」

「私ゃ、君を束縛したことなんてこれっぽっちもないじゃない」

そういって淑子は笑った。「だけど、たまにこうして下りておいで。こんなふうに話し相手になってあげるから」

それから持っていたホウキで掃除の続きをし、チリトリに掃きためたゴミを捨てるために小屋の外に出た。

谷間から見上げる空は青く澄み切っていて、白い雲がぽっかりと浮かんでいた。川風が涼しく、心地よかった。

淑子は深呼吸をし、それから焼却炉の中にゴミを入れた。

小屋に戻ってくると、さっきまで悠人が座っていた場所に少年の姿はなかった。

ふと天井に視線をやる。二階の板の間からゲームのかすかな電子音が聞こえてきた。

4

桜井和馬は都内千代田区神田《ちよだくかんだ》にあるアウトドアショップの前に立っていた。

自宅は都下の三鷹《みたか》市。最寄りはＪＲ中央線の三鷹駅である。こんな都心に出向くのは本当に久しぶりのことだった。

しばらく逡巡《しゅんじゅん》してから、思い切って自動扉を開き、中に入った。しかし自分が何を買えばいいのか判然としない。広い店内には客がいっぱいいて、店員たちと歓談したりしている。何気なく聞き耳を立てても、専門用語の羅列《られつ》で何をいっているのかわからない。

そんな中でただ和馬は漫然と店内をうろついていた。

店の壁に、雄大な山を背景に登山者姿で立つ男女のポスターが貼ってあった。和馬はそれをぼんやりと見ていた。自分とはまったく違う世界だと思った。

それでも、あのポスターのふたりが自分と安西友梨香だったら――と想像してみる。自然と笑みが浮かんできた。

「お客様。何かお探しでしょうか？」

声がして、あわてて振り向いた。若い女性店員が後ろに立っていた。

胸に〈岡田《おかだ》〉と名前のプレートがあった。

小柄で少し下膨《しもぶく》れの顔だが、いかにも山をやっていそうな浅黒い顔だった。それを見ていて、ふいに和馬はドギマギしてしまった。

「いや。ちょっといろいろと……」

「どこか山に行かれる予定ですか？」

和馬はうろたえた。

「あの……北岳、とかに行こうと思ってるんですが」

彼女は少し驚いた顔をした。無意識に和馬の小太りの体型を見ている。色白だし、Tシャツから出ている腕に筋肉もろくについていない。

「南アルプスの北岳ですか」

「ええ」

「もしかしてビギナーの方ですか?」

「あ、いや……」なんといっていいかわからず、和馬は口ごもる。「実はそうなんです。登山なんかやったこともなくて、そんなんで日本で二番目に高い山に登るなんて無茶ですよね」

すぐにでもこの場から逃げ出したくなった。

すると岡田という女性店員は、営業用の笑顔を見せて、いった。

「ゆっくり時間をかけて登れば大丈夫ですよ」

「本当ですか」

思わずそう訊《き》いた。

「ええ。あそこは切り立った崖《がけ》とか、危険箇所があまりないので、技術的にはビギナーでもOKです。ただアプローチが長くて大変なところなんです。だから、行動の日程に余裕を持って、マイペースでゆっくり登れば、きっと大丈夫だと思います」

「じゃあ……ちょ、挑戦してみます」

「おひとりじゃリスクもありますから、どなたかベテランの方とごいっしょされたほうがよろしいかと思いますが」

「ええ。そうですね」

和馬はふと目を泳がせて、壁にいくつもかけてあるザックを指さした。

「やっぱりあんなに大きなザックが必要なんですか？」

彼女は笑った。「山小屋泊まりだったら、四十リットルぐらいで充分ですよ。試しに背負われてみてはいかがでしょうか？」

「お、お願いします」

ザックのコーナーに連れて行かれ、和馬は訊かれた。

「メーカーとかでご指定はございますか？」

「いえ。よくわからないものですから」

「それでは当店のお薦《すす》めをいくつかお出ししてみますね」

そういった岡田店員は、脚立を持ってきて素早く登り、かけてあったザックをいくつか取って下りてきた。

和馬が決めたのはグレゴリーの四十リットル。荷物を入れて重くして背負ってみると、体にピッタリとフィットする。色やデザインも気に入った。

それから登山靴を選び、上下のウェアやレインウェアなど。そろえるべきものはたくさんあった。

「ナイフって……必要ですか」

ふと、和馬は岡田店員に訊《たず》ねてみた。

彼女はきょとんとした顔で見返してきた。

「ナイフ、ですか？」

少し悩んだような顔をして、こういった。「本格的なクライミングならともかく、近頃は一般的な登山でナイフが必要なことってめったにないですねえ。皆さん、持っていかれるとしても、スイスアーミーみたいな小さな十徳ナイフの類《たぐ》いです。例えばレトルト食品の封を切るときとか、使う機会はそれぐらいかしら？」

「でも、いちおう見せてもらえます？」

和馬がいうと、彼女は納得できぬような顔で答えた。

「あちらのケースの中にいくつかございます」

彼は岡田店員のあとに続いた。

5

ガツンと音がして、ダケカンバの玉切りの真ん中に斧《おの》が落ちた。

素性が悪かったらしく、突き刺さったまま割れないため、足をかけて斧を無理やり引っこ抜くと、また頭の上から振り下ろした。少しずれた場所に斧の刃が落ちる。今度は嘘《うそ》のように玉切りがふたつに割れた。

悠人が両俣小屋に来て、五日目だった。

午後二時を回り、緑に囲まれた谷間にまばゆい光が満ちていた。野呂川の瀬音が心地よく聞こえてくる。近くの木末《こぬれ》で美しくさえずっているのはコマドリだ。

転がった木のひとつをとって薪《まき》割り台の上に立て、加賀美淑子はまた斧を振り上げる。

トーンと気持ちのいい音とともに、今度はきれいに割れて左右に飛んだ。

それをさらに細かく割った。周囲に転がっている薪をひとつひとつ拾っては、近くにある薪の山に放った。

昔、小屋で小さな薪ストーブを使っていた。しばらくの間、それをやめていたが、この春に常連客たちが新しく手作りの薪ストーブをプレゼントしてくれた。数人でリヤカーに載せてわざわざ運んできてくれたのだ。

さいわい、ここらには薪にする木には事欠かない。流木も風倒木もいっぱいある。

三十分ばかり薪割りを続けてから、斧を薪割り台に立てた。

腰に手をやって、大きく伸びをする。首を左右に振って筋をポキポキといわせ、淑子は額の汗を首にかけていたタオルで拭いた。それから振り向いた。

両俣小屋入口の左にある、青くペンキを塗られた簡易ベンチに中江悠人の姿があった。痩せっぽっちの体型で、猫背気味になってゲーム機の画面に見入っている。その電子音がさっきからずっと聞こえていた。

ミニョンとユンナ——二匹の猫が少年の足元にいて、毛繕《けづくろ》いをしている。猫たちは悠人のことが気に入っているようだった。

悠人に関していえば、ふたつばかり進歩がある。ひとつはずっとこもっていた二階の板の間から出てきて、山小屋の食堂や、こうして外にいるようになったこと。もうひとつは猫たちと仲良くなってくれたことだ。

たいした進歩じゃないかもしれないが、それでもいい。

彼がここにいるかぎり、時間はいくらでもあるのだ。

「ユウくん」

声をかけてみた。

悠人がちらと淑子のほうを見た。

「ね」肩を持ち上げて笑い、彼女はいった。「薪割りとか、やってみない？」

すると興味なさそうに悠人はまた俯き、ふたたびゲーム画面に見入った。

「こうして思い切り汗をかくと、とても気持ちいいのよ」

しかしゲームの音が聞こえるばかり。

「釣りなんかどう？　ここの川、岩魚ちゃんがたくさん泳いでるの」

悠人はふいにしかめ面になった。

ゲーム画面から顔を上げ、こういった。

「どうしてぼくが薪割りとか釣りをしなきゃいけないのか、よくわからない」

淑子は腰に片手を当て、ふんと鼻を鳴らした。

「それがここでの楽しみだからよ」

「ぼくには関係ないことだと思う」

そういって悠人はまたゲームに専念した。

淑子はふっと笑った。

「たしかに一理あるわね」

そう独りごちた。


クマ鈴の澄んだ音が聞こえた。

川の上流から釣り人がひとり、森を抜けて下ってきた。

ブッシュハットをかぶり、焦げ茶のサングラス。ベージュのウェーダーを履いているが、よくあるベストではなく、フィッシングバッグを斜めに肩掛けしている。もちろん右手にはフライロッド。一八五センチはありそうな長身の男性だ。

高垣克志《たかがきかつし》、二十五歳。関西出身。常連客のひとりだったが、すっかり両俣小屋に入れ込んで、今では夏のアルバイトスタッフに欠かせないメンバーでもある。

両俣小屋の周辺はキャッチ・アンド・リリース区域であるとともに、餌釣《えさづ》りも禁止され、疑似餌《ぎじえ》を使った釣りしかできない。まれにルアーを飛ばす者もいるが、ほとんどがフライフィッシャーだ。

「ガッキー。岩魚ちゃん、釣れた？」

小屋の前のテーブルに向かって座り、マグカップで紅茶を飲みながら淑子が訊いた。

ガッキーは彼の渾名《あだな》だ。

高垣はブッシュハットを脱いで汗を拭《ぬぐ》い、サングラスを外して、よく日焼けした顔を歪《ゆが》めて笑った。

「左俣沢の大滝《おおたき》の辺りでぎょうさん出たっすね。小ぶりやったけど、入れ食いでした」

近くのテーブルにフライロッドを立てかけ、フィッシングバッグを脱いでそこに置いた。

「今日はもう竿《さお》を納めるの？」

「ちょっと昼寝をさせてもろうて、夕方に下流に入りまーす」

「まあ、お茶でも飲んで」

淑子はポットのお湯をマグカップに注ぎ、ティーパックをそこに浸し、スプーンでかき混ぜた。

マグカップを差し出すと、高垣は向かいに座った。

「ごちそうになります」

右手で持ったマグカップを少しすすった。

「下界はさぞかし暑いでしょうねえ」

眼鏡の奥の目を細めて淑子がいう。

「先週はずっと甲府におったんやけど、まあ連日、人の体温ぐらいの気温っすわ。夜は夜で蒸し蒸しして眠れへんし、エアコンなかったらもう生きていけへん感じです」

「今度のお盆から、また手伝いに来てもらえる？」

「もちろん！　ちゃんとスケジュール調整してるから大丈夫っす」

高垣は大学を卒業して以来、ずっと無職。冬はあちこちでアルバイトをしながら金を貯めて、バイクで北海道をツーリングしたり、全国を釣り歩く日々。当然、両俣小屋はデフォルトの定着ポイントである。

「お盆になったら、またここも混みそうやねえ」

「すでに釣り客の予約でいっぱいなのよ。お盆は殺生を禁じられてるはずなのにね？」

するとと高垣が片眉を上げてこういった。

「キャッチ&リリースやから、ええんとちゃいまっか」

あっはっはと、淑子が大笑いする。

高垣も笑みを返し、また紅茶をすすり、ふうっと吐息をついてから、小屋の入口に何気なく目をやった。

ゲームに興じている少年の小さな姿がある。

「あの子は相変わらずやねんな。あのままでええんですか？」

淑子も悠人を見てから、こういった。

「十三歳の少年を自立させるのはとても難しいことなの。無理強いはできないし、かといってあのまんまでも変わりようがない。どうすればいいんだかねえ」

「加賀美さん。またまた厄介《やっかい》な荷物を引き受けてもうて」

すると淑子が破顔した。

「いいの、いいの。これで私は楽しんでるんだから。どうやって難関を攻略すればいいか、なんてね。ゲームみたいなものよ」

「なるほど。加賀美さんらしゅうてええですなあ」

そういって微笑《ほほえ》み、高垣はまた紅茶をすすった。

それからふうっと息を吐いて、気持ちよさそうに空を仰ぎ、木立の向こうを流れる野呂川を見つめた。

「ここは桃源郷やな……」

ぽつりと、そうつぶやいた。高垣の常套句《じょうとうく》であった。

6

「そろそろ起きて！」

淑子は二階の板の間に登って、毛布にくるまって眠っている悠人を揺さぶった。

週末を目前にした木曜日の早朝である。

悠人は横向きになって胎児のように体を丸め、寝入っていた。淑子が執拗《しつよう》に肩を揺さぶるものだから、さすがに目を覚ました。

「何時……」

寝ぼけ眼《まなこ》で訊いてくる。

「六時半よ」

毎日、夜更かしをしているものだから、翌朝の起床は遅くなる。ときには昼近くまで寝ていることだってあった。

「どうしてこんな早くに起こすの？」

「出かけるから」

悠人は何のことかわからないという顔をしていたが、淑子にいった。

「出かける……どこへ？」

「この週末からずいぶんと予約が入っているし、来週は来週でお盆休みだもんだから、ここも激混みになるの。食材やらなんやらの買い出しが必要なのよ。さいわい今日と明日はお客の予約が入ってないから」

「麓《ふもと》に下りるの？」

「そう。南アルプス市」淑子はニッコリ笑っていった。「北岳に来て何日になるのかしら。君も、そろそろ街の賑《にぎ》わいが恋しくなったんじゃない？　ひと晩、芦安《あしやす》の家に泊めてあげるから、いっしょに行こう」

悠人は無理に目をつぶって淑子に背中を向けた。

「それとも、ひとりここで留守番する？　猫たちもいなくなっちゃうけど」

ようやく不機嫌な顔を向けてから、身を起こした。

「ほら。さっさと起きて、顔を洗っておいで。朝ご飯はもうできてるから」

「わかったよ」

すっかり寝癖の付いた髪の毛をかき回してから、悠人はうなだれて溜息《ためいき》をつく。

《明日まで留守にします　管理人》

手書きで書かれた札を小屋の入口脇の釘にかけて、淑子は背負子《しょいこ》を背負った。

「よいしょ！」

いつもの癖でそういってしまう。

七十歳の女性が担ぐにしてはかなり大きいが、それは猫たちが入ったケージがふたつ、荷物といっしょに縛り付けられているから仕方がない。隣に立っている悠人は小さなデイパックを背負って白い野球帽をかぶっている。背負子に縛られた猫カゴをいつまでも見つめているものだから、淑子は苦笑いをする。

「いちいち猫を連れていくの？」

「仕方がないでしょ。猫ちゃんたちをここに置いていくわけにはいかないし、かといって犬みたいにいっしょに歩いてくれるはずもないから」

淑子は背負子のベルトを締め直した。

「さ。行こうか」

軽く背中を叩《たた》くと、悠人はやっぱりどうしても納得できないという表情で俯き、仕方なく足を踏み出した。淑子と並び、木立に囲まれた川沿いの道を下り始めた。

野呂川の清冽《せいれつ》な流れを右に見下ろしながら、左岸に作られた林道をどこまでも歩く。

小さなデイパックを背負った悠人の背中が曲がっている。

この子の姿勢の悪さは、ずっとゲームをやってるから前屈みの癖が付いているせいだと淑子は思った。背筋をまっすぐにしておかないといけないが、言葉でいってそれがわかったり、治る子でもないだろう。

ちょうど一週間前、悠人は山岳救助隊のふたりとともに、この道をたどってやってきた。不健康なまでに顔色が白く、カトンボのように痩せっぽっちの体型だった。そのときと見た目は変わらないが、それでも少しは何らかの変化があるような気はしていた。

それが具体的に何なのか、淑子にはわからない。

それでもいいんだ。とにかく、少しずつ、少しずつ前に歩み出してくれたら。

「音楽、聴いてもいい？」

横を歩く悠人が訊いた。

「だめ」

淑子はきっぱりといった。「こんな自然の中にいて、自分から耳を塞《ふさ》いでどうするの？　川の音も鳥たちの声も聞こえないなんて、もったいなさ過ぎじゃない？」

悠人は気難しげな顔で、俯いて歩を運び続ける。

「そんなのって興味がないし」

また、蚊の鳴くような小さな声でいった。

「興味とかそういうんじゃないの。なんていうかな……今、君が生きて、ここにいる。そのことが大事なの。それを感じるためには、自分から耳を塞いじゃいけないっていうことなんだけどね」

「それって、よく意味がわからない」

悠人は俯いて歩きながら、かすかに首を横に振る。

淑子はフッと笑う。

「じゃあ、こういっておこうかな。君がイヤフォンで耳を塞いで音楽を聴いてちゃ、後ろからクマがやってきたって気づかないってこと。そりゃ、私もいるけど。ひとりよりふたりぶんの耳があったほうがいいでしょう?」

するとと悠人がちらと彼女を見た。

「クマ、出るの?」

淑子が笑う。「深町くんたちから聞かなかった? ここらはクマたちの天国なのよ」

さすがにこわごわとした表情で、悠人は自分の周囲に目をやった。

「そんなにビクつかなくてもいいわ。ツキノワグマはもともとおとなしい動物だし、こっちが挑発したりしなきゃ、向こうからとっとと逃げてくれるわよ」

しかし悠人の様子は明らかに変わっていた。

少し緊張した顔のまま、口を引き結んで歩き続けている。

一時間近く歩くと、さすがに悠人がバテてきた。

隣にその姿がないのに気づいて、淑子が振り向くと、数メートル遅れてトボトボとした様子でついてくる。彼女は足を止めた。

「さすがに疲れたわね。ちょっと休もうか」

ちょうどすぐ前に道を塞ぐように太い倒木が横たわっている。淑子はそこまで歩くと、背負子を下ろして、倒木の上に座った。しかし悠人はうなだれたまま、目の前に佇立《ちょりつ》しているだけだ。

「何やってんの。お座り」

唇を噛《か》んでいた悠人は、上目遣いになって淑子を見た。

「ぼく、もう疲れた」

「疲れたんだから、ここに座ればいいの。ぼうっと立ってちゃ、よけいに疲れるわよ」

悠人は黙って淑子の隣に座り、膝の上に肘を乗せて猫背になった。そのままじっと地面の一角をにらみつけている。

背負子にくくりつけたケージの猫たちを確かめてから、淑子はテルモスの水筒を引っ張り出した。いつもは麦茶だが、今日はオレンジジュースを入れておいた。中の氷もまだ溶けずにカラカラと音を立てている。

マグカップに注ぐと、それを悠人に差し出した。

「喉、渇いてるでしょ。飲んで」

例によって無反応。

淑子はじっと少年の横顔を見ていた。

「気温も上がってきたし、水分を摂《と》らないとすぐに熱中症よ」

しかし悠人は俯きがちに座ったままだ。

溜息をついてから、淑子はいった。

「私は七十年生きてきた。その間にいろんな経験をしてきたの。長いこと、この山にいたからね。ふつうの女性じゃあり得ないことばかりだった。怪我《けが》をした登山者を何人も救助したし、目の前で人が亡くなったこともある。そんなこんなでいろんなことを学んできたし、多くのことを知っている」

そういいながら、悠人の様子をうかがった。「七十年って時間は、決して私にとって無駄な時間じゃなかったと思う。だから、君にいってんのよ。水分を補給しなさいって。たった十二歳の子が、それに逆らう？」

悠人は口を引き結んだまま、淑子を見た。

彼女はジュースのマグカップをまた差し出した。悠人が手を伸ばして受け取った。両手でそれを持って中身を見ていたが、ふいに口につけた。ゴクゴクと喉を鳴らして飲み始めた。

悠人はジュースを飲み干してから、また俯いた。

前髪が垂れて目にかかっている。鶴のような細い首筋。

それを見ながら淑子はふと思った。

——この子はすでに人生に疲れている。

多感な少年時代にもかかわらず、親の愛を受けられず、学校に行けず、友達もいない孤独な毎日。本当はそれがつらくてつらくて仕方がないのだ。それなのに悩みを打ち明けたり、胸に取りすがって泣く相手もいない。

だから周囲に殻《から》を作って中にこもっているしかなかったのだ。

ふいに目頭が熱くなった。

淑子は悠人から視線を外し、あらぬほうを見て目をしばたたき、眼鏡を押し上げながら指先で目尻を拭った。

7

犬舎とドッグランの間に、上下ジャージの神崎静奈の姿があった。

両足の踵《かかと》を合わせる結び立ちの姿である。

ゆっくりと息を吸いながら頭を下げ、そっと吐き、また吸いながら頭を上げる。

礼三息《れいさんそく》。

閉足《へいそく》立ち。両手を下向きにして、体の前で掌《てのひら》と手の甲を重ねる。そのまま、数秒。

ふっと右を見た静奈は腰を少し沈めながら、ゆっくりと足を交差させ、横移動。右足を上げて踏み込みつつ、右手を水平に開きながら、騎馬立ちのかまえ。同時に左手を拳にして腰の位置でかまえる。

左の猿臂《えんぴ》(肘《ひじ》打《う》ち)を右掌に当て、右腰がまえ、左拳を斜めに打ち下ろしてから、胸の前でカギ突き。この四つを一挙動で行った。

体の正面で右中段内受け、右拳を突き出すと同時に左背腕《はいわん》流し受け。そこから一気に左裏拳を真正面に打ち込む。

左に顔を向け、左足の波返しと同時に左側面中段受け。

右に顔を向け、右足の波返しと同時に右側面中段受け。

両の拳を右腰がまえ。鋭い気合いと同時に、夫婦手《めおとで》の両拳突きが空気を切る。

ポニーテールの黒髪が大きく揺れた。


ドッグランの柵に手を載せてもたれながら、夏実が見ていた。

足元にはメイがお座りをしている。

神崎静奈はオフのときは街の道場に通っているが、山の勤務のときも、時間ができればこうして稽古《けいこ》を欠かさない。モデルのようにスラリとした体型で、猫のようにしなやかに動き、鞭のように鋭い技を繰り出す。

そんな静奈の姿は、いくら見ていても飽きることがない。

メイも同じらしい。ボーダー・コリーは頭の良さもあって、好奇心が実に旺盛《おうせい》である。人間がふだんしない動きを見つけると、目を輝かせてそれを眺めている。

やがて型の稽古を終えた静奈が、タオルで額や首筋の汗を拭きながらやってきた。

気温は二十七度。無風。下界――とりわけ都会の暑さに比べるとここは天国のようだが、それでも標高二二三〇メートルのこの辺りだと暑さを感じる。

柵の内側に背中でもたれて、静奈が夏実を見た。

夏実が用意していたスポーツドリンクを静奈に渡すと、受け取って一気に半分ぐらい飲んだ。口元を拳で拭い、静奈がはあっと息をつく。

「さっきのって鉄騎《てっき》初段ですね」

夏実が型の名を口にした。自身は空手をやらない。が、門前の小僧じゃないけど、静奈といっしょにいると嫌でも憶えてしまう。

「沖縄じゃ、〝ナイファンチ〟っていうの。あらゆる型の基本といわれてる」

またタオルで首筋を拭きながら、彼女がいった。「見ての通り、とてもシンプルな動きだけどね。その中に無数の技が隠されてる」

「拳を出すときに腰も使うんですね」

「むしろ腰から打つって感じ」

静奈はいって、自分の臍《へそ》の辺りを掌で押さえる。「臍下丹田《せいかたんでん》っていうこの辺りから一気に力を出すの」

「いつもあんな凄《すご》いパンチが出せるのに、静奈さんの腕って、どうしてそんなにホッソリしてるんですか」

「筋肉をほとんど使わないからよ。ムチミっていってね。腰の振りとか反動を利用して突きとか蹴《け》りにする。こんなふうに」

静奈が無造作に右拳を放つと、ぶんと風を切る音がした。

「それに人間の体って不思議なもので、体軸《たいじく》がちゃんと決まってると予想外のパワーが出るの。よく火事場の莫迦力《ばかぢから》っていうでしょ。あれって無意識に体軸を使ってるから」

「あー、それって前に静奈さんから教わりました。〝要救〟の方を抱えるときに、腰から行くようにすると、腕の力がなくても重たい男の人がびっくりするぐらい軽々と持ち上がるって。現場でいつも役に立ってるんです」

そういって夏実はシャツの手首のボタンを外し、腕まくりをした。

「今まで必死に筋肉を使って、人を背負ったり運んだりしてましたから、すっかりこんなです。だから、色気も素っ気もないなんていわれてるんですよ。もうちょっと早くに静奈さんから習っときゃ良かったな」

「何いってんの。色気も素っ気もちゃんとあるじゃないの」

静奈にいわれて驚いた。

「そのショートボブの髪型、凄く似合ってるよ」

「え。ホントに？」

そういいながら、無意識に前髪をいじってしまう。

「ところで、深町さんとはちゃんとうまく行ってんの」

とたんに夏実は頬《ほお》の辺りがカッと熱くなるのを感じた。

「いや。その……」

肩をすぼめて口を尖《とが》らせた。

そのとき、登山靴独特の重たい足音がした。見れば、御池の方から歩いてくる登山者が二名、ふたりの前を通過した。どちらも中年女性だった。

——こんにちは。

先に挨拶《あいさつ》されたので、あわてて夏実が頭を下げた。

「お疲れ様です！」

ふたりが御池小屋のほうに行って見えなくなると、静奈がふといった。

「そういえば安西友梨香が北岳に登りに来るんだってね？　しかも御池小屋泊まりで」

「あれ。静奈さんも彼女のことをご存じなんですか」

「〈ANGELS〉のヴォーカリスト。今やトップアイドルでしょ？」

「そうらしいですねえ」

「松戸くんもパークってるんじゃない？」

「それがですね。さすがにマネージャーさんもスケジュールを変更して、夏の繁忙期の入山は避けてくれたそうです。お客さんが多すぎると撮影に支障があるでしょうし、山小屋だって寿司詰め状態ですからね」

「いつ来るの」

「九月第一週の二日間を予定しているそうです」

「まだまだ人が多い時期じゃない。黒山の人だかりにならなきゃいいけど」

「事務所のほうからうちの署に警護の依頼があったそうです」

そういって夏実は笑った。「断ったそうですけど」

「相手がいくら有名人とはいえ、警察による私人の警護なんてできないものね」

「ですよねえ」

そういって、ふと夏実は空を見上げる。

南に入道雲が三つ。どれもびっくりするほど大きく、真っ白で、三人の仁王が立ちはだかるように、もくもくと膨《ふく》れ上がりながら、天高く昇っている。

「悠人くん、何をしてるでしょうね」

ぽつりとつぶやいてみた。

「スパルタ教育のおかげで見違えるほどたくましくなってたりして」

そういって静奈が少し肩を持ち上げて笑う。「今頃、薪運びなんかしてるかもよ」

「ああ見えても加賀美さんって、けっこう繊細で、優しい人だと思うんですよ」

「そういえば人一倍、涙もろいって、いつかご本人もおっしゃってたかな」

眼鏡の奥で目を細めて微笑《ほほえ》む顔を思い出し、夏実はたまらなく彼女に会いたくなった。

北岳に山小屋は五つもあって、それぞれに管理人、小屋番がいるが、両俣小屋の彼女ほどユニークな存在も珍しい。

「時間ができたら、深町さんと行ってみたら？　両俣」

静奈にいわれ、夏実が笑った。

「はい！」

元気よく返事をする。

8

スーパーマーケットの駐車場にミニバンを停めた。

助手席に座る悠人は相変わらずゲーム機の液晶画面に見入って、器用に指を動かしている。

淑子はサイドブレーキを引き、エンジンを切った。

「さあ、お店に行くわよ」

シートベルトを外しながらいった。

しかし悠人はゲームを続けている。

「ぼく、ここで待ってる」

眉根を寄せた淑子は、無理やり彼のシートベルトを外した。

「外の気温は三十六度。エアコンのためにずっとエンジンかけっぱなしで、君を車に置いとくわけにはいかないの。さっさとおいで」

ドアを開くと、外は蒸し風呂のような暑さである。

悠人は仕方なく車外に出た。

ミニバンをロックして、淑子は店に入る。入口でショッピングカートに買い物カゴを載せると、すぐ傍《そば》に緑の公衆電話があった。

「ご両親に連絡とかは？」

隣に立つ悠人は俯いたままだ。

「横浜の伯母さんにも何か伝えなくていいの？」

黙って首を横に振っただけ。

「仕方ないねえ」

淑子はカートを押しながら店内を歩き始めた。後ろを悠人がついてくる。

野菜コーナーでピーマンやカボチャ、ジャガイモなどを選んだ。多くが天ぷらの材料である。精肉コーナーでは生ハムやベーコン、ウインナーなど。買い物リストのメモ用紙片手に、淑子は店内をどんどん進む。

「何か買ってあげようか。アイスとか、チョコレートは？」

後ろにいる悠人にいったが、返事がない。

「山に戻ったら、欲しくても食べられないものがいっぱいあるんだよ」

「マックが食べたい」

悠人がぼそっといった。

「え。何？」

「マクドナルド……」

ふっと笑ってしまった。

「そっか。いいわ、あとで寄ってあげる」

そう答えてから、淑子は買い物リストのメモを持ったまま、ふたたびカートを押して歩き始めた。

マクドナルドは市内のショッピングモールの中にあった。

車を停めて、ふたりで入った。

午後一時を少し回った時間だったので、淑子もちょうど空腹をおぼえていた。本当は手打ち蕎麦《そば》でも食べたかったのだが、この際、仕方がないとあきらめる。

平日のせいか、店内はそこそこ空《す》いていた。

ハンバーガーにフライドポテト、それから冷たい飲み物を買って、ふたり掛けの小さなテーブルに向かい合わせに座って食べた。

テーブルにつくや否《いな》や、ゲーム機を出して始めようとしたため、さすがにそれだけはたしなめた。悠人は不機嫌そうにしまったが、よほどお腹が空いていたらしく、がっつくようにハンバーガーを食べては、コーラを飲んだ。

そんな姿を見ながら淑子は微笑む。

「そういえば御池小屋の前の管理人の高辻さんがいってたけど、アルバイトの子たちが久しぶりに山を下りると、決まってこんな店に駆け込むんだってね。今どきの若い子たちにとって、こういうのがソウルフードなのかねえ」

むろん淑子の独り言だし、悠人は無反応である。

悠人の頰にフライドポテトのケチャップがついていたので、紙ナプキンで拭いてやった。

自分はついぞ結婚もしなかったし、子供を持つことはなかったが、こうして十三歳の少年と向き合っていると、なんとなく親の気分になれて、少し嬉しかった。

「ふだん、どんなものを食べてたの」

悠人はちらと淑子を見てから、またハンバーガーを口に持っていった。

「サンドイッチとかお弁当。お菓子やジュースとかも」

食べながら、そういった。

「お母さんがちゃんと作ってくれるの?」

悠人は首を振る。

「いつもママがコンビニで買ってくる。たまに〝てんやもの〟とかっていって、ラーメンとかいろいろ配達してもらってたけど、ぼくはカップ麺ばかりだった」

当然のようにいいながら、悠人はハンバーガーを食べ続けた。

暴力をふるう父親はともかく、母親までもがすっかり育児を放棄している。

淑子はあらためてガリガリに痩せた体を見つめてしまう。

思えばこの一週間、両俣小屋にいる悠人はほとんど口をきいてくれなかった。だから、悠人の貧困な食生活に関して知ることができたのは、今日が初めてだった。淑子は少なからずショックを受けた。

食は人生の基本のひとつだと思っている。

だから山小屋で出す食事だって、決して手を抜かない。お客さんが美味《おい》しく食べてくれる、その姿に仕事のやりがいを感じるのだ。この子は親の愛情がこもった手作りの料理を一度として口にしたことがないのだろう。それがどんなに悲しいことか。

自分はこの子の親にはけっしてなれない。

淑子はそのことがよくわかっていた。自分は悠人の親どころか、教師やカウンセラーにもなれない。しかしなんとかして莫迦な親たちから切り離してやりたい。本人自身にそのことを決意させなければならない。

しかし、一方で迷いもあった。

たった十三歳の少年が両親から独立して、どうやって生きていくというのか。

そして何よりも、これは他人による過干渉ではないだろうか。

悠人といっしょに過ごしながら、淑子は常にそんなことを考えていた。救助隊のふたりの前で、どんと胸を叩いて引き受けはしたものの、いざ預かってみると、思い切り踏み出すことができずにいる。

だからといって、このまま問題解決を先送りにするのもどうかと思う。

「おばあさん、泣いてるの？」

ふいに悠人にいわれ、我に返った。あわてて指先で目尻を拭う。

「ちょっと。おばあさんだなんて失礼な」

そういって無理に笑った。

「だったらなんていうの。オバサン？」

「私ね、こう見えても、小屋の常連さんたちからは〝両俣のおねえさん〟って呼ばれてんのよ」

きょとんとした顔で見つめる悠人を見て、また微笑んだ。

「なあんてね。私の名前は加賀美淑子。名前ぐらい覚えといてね」

そういってから、淑子は食べかけていたハンバーガーを齧《かじ》り、アイスコーヒーのストローを口に持っていった。

「明日はまた山に戻るからね。今日は好きなところに連れていってあげるよ。どこがいい？」

しばし考えてから、悠人は彼女にいった。

「ゲームセンターに行きたい」

ふっと吐息を洩《も》らしてから、淑子は肩をすぼめた。

「いいよ。あとで行こう」

そういって苦笑いを浮かべた。

9

桜井和馬は自宅近くの路上を走っていた。

速乾性のTシャツにハーフパンツ。足元はミズノのランニングシューズ。いずれもスポーツショップで買ったばかりの新品だった。

初めて走った数日前は、さすがにヘトヘトになった。

何しろ何年も自室に引きこもりの生活をしていて、ランニングどころか、ろくに体を動かしてもいなかった。一六五センチの身長なのに体重は八十五キロを越え、体脂肪率は三十七もあった。

そんな状態でいきなり走れるはずがなく、二百メートルも行かないうちにへたり込んでしまった。散歩中の老人が心配そうな顔で声をかけてくれ、あわてて立ち上がったが、足が前に出ない。よろよろと歩き、公園のベンチを見つけて座り込んだ。

これでは山に行くどころの話ではない。

あきらめるべきかと思ったが、安西友梨香のことを頭に思い浮かべると、なんとかしなくてはと、ふたたび覚悟を決めた。

翌日から無理をせず、少しずつ走る距離を伸ばした。

一週間で一キロ以上を走れるようになった。しかし、周囲を走るランニングやジョギングの男女に比べると、彼らの軽快な走りには到底及ばず、中にはあからさまな嘲《あざけ》りの表情を浮かべながら、彼を追い抜いていく者もいた。

口惜しかったが、仕方がない。

自分には目的があるのだ、そういいきかせた。

やがて体が馴れていった。当初は呼吸が苦しく、心臓がバクバクいっていたが、だんだんとそれがなくなってきた。足腰の筋肉痛も取れてきた感じだ。

毎日、朝と夕方の涼しい時間を選んで走った。

といっても都内の気温は三十度を下らない。腰につけたペットボトルのスポーツドドリンクはあっという間に空になる。二本、三本と飲むため、糖分の過剰摂取となり、体重はちっとも落ちなかった。むしろ体重計に乗るたびに数字が増えていく。ネットなどでいろいろ調べると、ランニングを始めると筋肉がついていく。それが体の重さになるのだとわかって、少しホッとした。

驚いたのは彼の母親だった。

ずっと部屋にこもっていたひとり息子が、いきなり毎日外出をするようになった。それもランニングをしていると知って母親は喜んだ。嬉しいからとステーキなどの料理を作って部屋に運んでくれる。しかし和馬は肉類と野菜は口にしても、ご飯だけは食べなかった。糖質制限をすれば体重が減るはずだと思ったからだ。

実際、一週間も走っているうちに、いったん増えた体重が少しずつ落ち始めた。

それが嬉しくて、朝夕のランニングが楽しみになってきた。

さらに自転車を購入した。タイヤの細いロードバイクである。ランニングと自転車。それを交互にやった。それが日課となった。

いい汗をかく——その言葉の意味がわかってきた。

公園で休み、ペットボトルを飲みながら、自分はなんと健全な人間になったのだろうかと思った。そうしているうち、ふと安西友梨香の顔が思い浮かぶ。

とたんに心の中にある闇《やみ》が、じわっと濃くなっていく。

すべては彼女のためだ。

自分の望みを果たし、欲望を遂げる。

それこそが究極の目標――。


和馬は安西友梨香についてのあらゆる知識を得ているつもりだった。

もちろんすべてはネットを通してだが、一般のユーザーが入り込めない場所から秘《ひ》匿《とく》情報を自由自在に引き出すことによって、彼女のスケジュールから私生活まで知っていた。

依頼のあった仕事をこなす合間に、頻繁《ひんぱん》に〈バーミリオン・エージェンシー〉の関係者専用サイトに入っては、新しい情報を血眼《ちまなこ》になって追いかけた。

ありがたいことに、安西友梨香の北岳登山のスケジュールが八月から九月上旬に変更された。どうやら山の繁忙期を避けて、撮影をスムーズにするためらしかった。

それは和馬にとって好都合だった。自分の体を山登りに馴らすための期間が、それだけ延びるからだ。八月中の撮影となれば、ろくに運動もできぬ体のまま、日本で二番目に高い山に登ることになる。今にして思えば自殺行為にも等しかった。

友梨香が北岳に向かう九月上旬まであと二週間。

付け焼き刃かも知れないが、少しでも体力をつけておく。

和馬は北岳に関するいろいろな知識をネットを通して得た。

標高三一九三メートル。南アルプス北部にあるため、北岳という名がついた。地味な名前であるが、富士山に次いで国内二番目の高山であることは揺るぎない事実。当然、高山病などのリスクもある。

山小屋はぜんぶで五つあるが、両俣小屋だけは一般の登山コースから外れている。標高二二三〇メートルの白根御池小屋の隣には南アルプス警察署地域課の山岳救助隊夏山警備派出所が置かれ、救助隊員が三頭の救助犬とともに常駐しているという。これから自分が向かう山に常に複数の警察官がいるというのは意外だったが、どうやら彼らに関していえば、一般の警察とは違って山岳救助や登山指導などに特化したチームらしい。

救助犬を駆使《くし》するユニットは〈K−9チーム〉と呼ばれていて、その中に女性隊員が二名もいることが驚きだった。

ネットで見ることができる彼女たちの姿はいかにも勇ましかったが、ふたりともそれぞれ違ったタイプの美人であることにもびっくりした。ひとりはモデルのように凛々《りり》しく整った顔立ち、もうひとりは親しみやすい独特の可愛らしさがあった。

ダウンロードした彼女たちの写真をぽーっと見つめているうち、安西友梨香のことを思い出し、思わず小さく舌打ちをする。

本命は彼女だ。

自分と友梨香はいずれ巡り会う運命にあるのだから。

YouTubeで〈ANGELS〉の未発表ライヴ映像をたまたま見つけ、興奮しながら観ているとき、傍《かたわ》らのデスクの上に置いたスマートフォンが震え始めた。

「何だよ、まったく……」

つぶやきながら動画を静止させ、スマホをつかんで液晶を見る。

相手の名前あるいは電話番号ではなく、〝非通知設定〟と表示されている。

「もしもし？」

低い声でいった。

——桜井さんの携帯ですね。私、帝国信金の丸山《まるやま》と申します。

和馬は顔をしかめた。

名前に覚えがあると思ったら、やはりそうだ。ネットのハッキング情報を流している取引相手のひとりだった。最近、大手銀行からの依頼が増えていた。そのうちのひとつが帝国信用金庫だ。丸山というのはおそらく偽名だろうが、これまで和馬とは三度、取引をやっていた。

「丸山さん。困るんですよね、直接の電話は禁止しています。仕事のご依頼ならメールでお願いしているはずですが?」

――急を要することなので。

「急って、何ですか」

しばし間を置いてから、丸山がこういった。

――昨日、お願いしていた件なのですが、こちらからの依頼を取り下げたく思います。

「どうしたんです」

――実は……私どもとのお取引に関して、ここのところ、どうも警察が密かに動いているらしいという情報が入りました。

「警察……」

和馬は一瞬、背筋が寒くなった気がした。「そんな莫迦な。相手から被害届でもあったんですか? こちらからの操作は絶対に気づかれていないはずなんですがね」

――ご存じなかったかもしれませんが、数年前に不正競争防止法が改正されて、当事者からの被害届がなくても警察は捜査、摘発できるようになったんです。罰則も引き上げられています。弊社《へいしゃ》としましては、リスク回避のためにやむを得ず、先日のご依頼をキャンセルすることとなりました。

「あの……ということは、警察は企業側ではなく、ハッカーを対象に捜査しているということですか」

——申し上げにくいのですが、つまりそういう事情でございます。

丸山は淡々とした声でいった。

——念のためにそちらとのメールはすべて端末およびサーバから削除いたしました。この電話もプリペイド式の携帯からかけさせていただいております。そういうわけで、これまでいろいろとお世話になりましたが、これをもちまして最後とさせていただきます。では——。

いきなり通話を切られた。

和馬はスマホを耳に当てたまま、しばし呆然《ぼうぜん》としていた。

「警察が動いてるって？」

そう、独りごちた。

とたんに背中を寒気が這《は》い登ってきた。

得体の知れない不安が襲ってきて、思わず立ち上がり、ブラインドの隙間《すきま》を開けて外を覗《のぞ》いた。家の周囲の道路に覆面パトカーのような車がいるのではないか。そんな想像をしてしまったからだ。

しかし、向かいのマンションの前に宅配便のトラックが一台、停まっているきりだった。

マンションのエントランスからキャップをかぶった宅配便の運転手が出てきて、トラックの運転席に乗り込み、やがて走り去っていく。

和馬はふうっと吐息を投げ、ブラインドをまた閉じた。

パソコンの前に座った。

警察のサイバー犯罪対策課は警視庁生活安全部に置かれている。コンピュータ犯罪捜査官やハイテク犯罪テクニカルオフィサーなどと呼ばれるサイバー犯罪捜査官を中心に組織が構成され、ハッキング（クラッキング）などの不正アクセス禁止法違反や、コンピュータウイルス、フィッシングやスパム、ネット掲示板における犯行予告などを監視し、犯罪の具体的証拠をつかめば捜査員が検挙に動く。

自分がかかわっている犯罪ゆえに、そうした知識は日頃から和馬も得ていた。しかし、まさか自分自身が当事者になるとは思ってもみなかった。むしろ、他人事《ひとごと》のように感じていたのだった。

いくつかの語句を並べて検索をかけ、サイバー犯罪についての情報を閲覧した。そんなことを続けていると、また名状しがたい不安というか、恐怖感に襲われてしまった。

和馬は椅子を引いて立ち上がり、部屋の中をうろついた。

「誰かが俺を売りやがったのか」

いろいろと心当たりを探るがわからない。これまで彼が取引をしてきた相手は、和馬の犯罪が明るみに出れば、自分たちも一蓮托生《いちれんたくしょう》で罪を着せられることを知っている。それがゆえに互いの秘密厳守という不文律に縛られてきたはずだ。

過去、複数の取引の中で、先方が満足できない結果になったことも多々あった。大きな損失を受けた会社もあったはずだ。だからといってハッカーである和馬を密告すれば、自分にもしっぺ返しがくることはわかっているはず。

どう考えてもわからなかった。

しかし、最前の電話は夢ではない。自分自身が警察にマークされている可能性は大いにあるということだ。

デスクに両手を突いた。

今のうちにすべての証拠を消してしまうべきか。そうすれば、たとえふいの家宅捜査があっても、犯罪の証拠は出てこなくなる。だが、これまで培《つちか》ってきたハッキングの技術がすべて無に帰する。この先、無収入になるということだ。

液晶表示を点灯させている三つのパソコンを、和馬はじっと見つめた。

10

八月中旬――両俣小屋の繁忙期がやってきた。

連日、三十人という収容人員をオーバーする宿泊客を迎え、小屋は大所帯だ。ことにゆうべは客の全員が狭い食堂にひしめき、外の土間にまで椅子を置いて食事となり、酒を酌《く》み交わしての賑《にぎ》わいが続いた。

淑子はこの時期、二名のスタッフを雇っていた。

ひとりは女子大生の園川珠美《そのかわたまみ》。渾名はおタマさん。もともと小屋の常連客のひとりで、都内の大学のワンダーフォーゲル部の部員である。仙塩尾根ルートの縦走で両俣小屋に投宿して、すっかり淑子の人柄に魅了され、翌年からひとりでここを訪れるようになり、去年からはスタッフとして小屋に来るようになっていた。

もうひとりはガッキーこと高垣克志。予定通り、今期も手伝いで来てくれたのがありがたい。

そんなふたりが今朝から大忙しで、小屋の掃除をし、布団を干し、壊れた建具の修繕をやったり、もちろん料理の下拵《したごしら》えもする。猫の手も借りたいと常套句をいいながら、ミニョンとユンナの餌やりや糞《ふん》の始末まで。

そんな中、悠人はひとり、喧噪《けんそう》の隅にいてゲームをしていた。

珠美も高垣も邪魔者扱いすることこそないが、彼にかまってもいられず、朝から晩まで働きずくめだった。

宿泊客たちの大半は釣り客。中には縦走目的の登山者たちもいて、それぞれが起き出す時間も違うし、朝ご飯もずらして出さねばならない。どちらも午前八時を過ぎればすっかりいなくなるため、その時間から昼前後までは比較的、自由が取れる。

珠美は写真が趣味で、自慢のデジカメを持って小屋の周辺を撮影してまわる。そして高垣はもちろん釣りである。当然、小屋泊まりの客の大半がヤマトイワナを狙って渓流に入っている。が、常連の彼は穴場を知っているのだった。

今日も夕方の食事の支度の前まで、釣りに行くつもりらしい。

「ユウくん。いっしょに行かへん？」

小屋の外のテーブルのひとつに座り、フライロッドをつなぎながら、高垣が声をかけた。向かいの椅子に悠人が座って、さっきからゲームをしていた。もちろんそんな誘いをかけても乗ってくる相手ではないことを知っているが、高垣はいつも悠人を釣りに連れ出そうとする。

「いっぺんでええから、ここのヤマトイワナを見てほしいんやけどなあ」

コルクグリップにフライリールを取り付けながら、高垣はあきらめない。「ホンマにきれいな魚やけどな」

悠人はちらと高垣のことを見たが、またゲーム画面に目を戻す。

「魚とか興味ないから」

ぽつりといった。


その日の午後、三組の宿泊客が両俣小屋にやってきた。

釣り目的の中年男性ふたりと、単独行の初老の登山者がひとり。それから両親と十二、三歳ぐらいの息子三人の家族連れである。

釣り師ふたりは宿泊申し込みをして、荷物を置くや、すぐに竿を持って川に向かった。登山の男性は小屋前の平地にテントの設営を始めた。家族連れは悠人が座っている外テーブル席の隣のテーブルで、手作りらしい弁当を広げ、遅い昼食を食べ始めた。

淑子が小屋の出入口から見ていると、その少年は同じ歳《とし》ぐらいの悠人が離れたテーブルにいるのが気になるのか、ちらちらと目をやっていた。

書かれたばかりの宿泊帳を見ると、塚本晴彦《つかもとはるひこ》と妻の京子《きょうこ》。子供は友哉《ともや》という名前だった。住所は都内板橋《いたばし》区だ。

少し交わした会話によると、塚本夫妻はともにフライフィッシングが趣味で、息子の友哉にも教えているらしい。両俣小屋は初めてだという。やはりヤマトイワナという希少種が釣れるということで、噂に聞く両俣小屋をぜひ訪問してみたかったそうだ。

厨房に入って夕食の仕込みを始めていると、父親が少年を連れて小屋に入ってきた。

「あの……これから釣りなんですが、遊漁券ってここで買えます？」

鍋に火をかけていた淑子が振り向いた。

「あらー、ごめんなさい。うちじゃ売ってないのよ」

塚本は頭を掻きながらいった。「実は、大人のぶんはインフォメーションセンターで購入したんですが、この子のぶんをうっかり忘れてたんです。困ったな」

友哉という少年は所在なさげな顔で俯いている。

「だったら大丈夫」淑子はニコニコ笑いながらいった。「この川は中学生以下は無料だから、遊漁券はおふたりのぶんだけでいいのよ」

「それは助かりました。良かったな、友哉」

そういって塚本は息子の頭をぽんと軽く叩いた。ふたりは頭を下げ、いそいそと小屋を出て行った。

ふと気になって淑子も布巾《ふきん》で手を拭き、彼らのあとを追って出てみた。

外テーブルでは相変わらず悠人がゲームに熱中している。その彼に、さっきの友哉という少年が声をかけていた。

――あ！〈ゼル伝〉やってんだ。思わず淑子は聞き耳を立てる。

そういいながら友哉が悠人の画面を覗き込んでる。

——これって〈夢を見る島〉って奴?

問われて悠人はしばし黙っていた。が、ふいに顔を上げた。

彼が笑顔になっているのに気づいて、淑子は驚く。

——うん。こいつ、マジ燃えるよ。

——いいなあ。ぼくは前の〈ブレス オブ ザ ワイルド〉は最後までクリアしたんだけどなあ。〈夢島〉のほうは手に入れてなかったんだ。他に、どんなゲーム持ってる?

——〈ポケモン〉シリーズがやっぱり好きだよ。それから、〈ドラクエ〉とか〈スーパーロボット大戦〉も。

——どれもけっこうやったけど、やっぱりぼくは釣りゲームが良かったなあ。〈川のぬし釣り〉シリーズとか。

——それ、いくつかやった。

——おもしろいよね、あれ。

——うん。

そのとき、友哉の両親が川に行くぞ、と声をかけてきた。

友哉は少し迷ってから、何やら意を決したような感じで悠人にいった。

——ね。せっかくだから、そういうんじゃなくてリアルな釣りしてみない？

——え？

また顔を上げた悠人に向かって彼がいった。

——ぼくらがやってるの、フライフィッシングっていうんだ。パパから習ったんだけど、餌じゃなくて疑似餌で魚を引き出すから凄いゲーム性があるんだよ。

何気ない言葉が悠人の琴線に触れたようだ。明らかにさっきまでとは違う、好奇心に満ちあふれた表情で友哉の顔を見つめている。

——ゲーム性って、どんなふうに？

——いつも魚が食べてる虫そっくりに作った毛鉤《けばり》を使うんだよ。魚が騙《だま》されて飛びついたら勝ち。無視されたり、逃げられたりしたらこっちの負け。大物が釣れたときなんか、もう最高に興奮するよ。

——友哉。パパが予備の竿を持ってきてるから、そのお友達とふたりで釣ったら？

母親がいうと、友哉が頷《うなず》いた。

——ね。いっしょに釣りしよう！

悠人はさすがに途惑《とまど》いがちな表情だったが、渋々といった感じで頷いた。

父親がやってきて、小屋の中に置いたザックから予備のロッドとリールを引っ張り出した。それを持って、外にいる淑子に声をかけた。

「あの子といっしょに釣りをしてもかまいませんか？」

もちろん淑子としては断る理由なんかない。

「いいよ、いいよ。行っておいで。きっと岩魚ちゃんもいっぱい釣れるだろうから」

頭を下げて家族のところに父親が戻ると、外テーブルのところで悠人がきょとんとした様子で立っていた。友哉がロッドをつなぎ、リールを取り付けて彼に渡した。

「ユウくん。行ってらっしゃい」

淑子はエプロン姿のまま、肩の横で小さく手を振った。

悠人はかなり困惑した表情だったが、やがて三人のあとに従った。

11

悠人たちが戻ってきたのは、淑子がいつものようにラジオを聞きながら天気図を描き終えた、午後四時二十分ちょうどだ。

釣り客の大半はすでに戻っていて、気の早い連中は外テーブルでビールを飲んだりしている。

ふいに外から子供の声がした。

淑子は食堂のテーブルに置いていた天気図用紙をつかんで立ち上がり、山小屋の出入口脇の壁に行って、前日の天気図の上に貼り付けた。それから急いで外に出てみた。ちょうど彼らが河畔林《かはんりん》を抜けて小屋の前に戻ってきたところだった。

フライロッドを持った四人——塚本夫妻と息子の友哉。そして悠人が歩いてきて、小屋前の外テーブルのひとつを囲んで座った。淑子は食堂にとって返し、用意していたグラスとレモンティーを入れた冷水ポットをトレーに載せて、外に出て行く。

「お帰り。岩魚ちゃんたち、遊んでくれた？」

そういいながら、外テーブルにグラスを置いて、冷えたレモンティーを注いだ。

「釣り人が多いせいか、さすがにスレてましたね。ぼくが一尾、友哉が一尾だけです。型はそこそこでしたが、ほとんど〝向こう合わせ〟な感じで釣れましたよ」

「ユウくんは？」

するとと悠人は少し肩をすぼめただけだ。

無言だったが、決して不機嫌な様子ではなかった。塚本にロッドを返却して、自分のゲーム機を置いたままのテーブルに向かって座った。しかし、ゲーム機には手を触れなかった。

「喉が渇いたでしょ」

淑子が差し出したグラスを受け取ると、悠人はゴクゴクと飲んだ。

「いただきます！」

塚本夫妻と友哉もレモンティーを飲む。

「きれいだったね、ヤマトイワナ」

妻の京子がいうと、塚本が目を輝かせていった。

「写真を撮ってきたんです」

「見せて！」

淑子がいうと、フライベストのポケットから小さなデジカメを取り出し、液晶画面に表示してみせた。ランディングネットに横たわる美しい魚はまさにヤマトイワナ。黄金色の魚体に虫食い模様が走り、腹はオレンジ色、全体に朱点が散っている。

「二十五センチぐらいかしら？」

「ですね」

塚本が答えた。「友哉のはもうちょっと大きかったな。写真、撮り損ねたけど」

友哉が頷いていった。

「ユウくんも惜しかったんだよね」

「え。そうなの？」

淑子が驚いて彼を見ると、悠人が笑いながら黙って頷いた。

「最後の最後に来たんだよね。あとちょっとでネットですくえるってところで毛鉤が外れて逃げられちゃったんだ。けっこうでかかったし、悔しかったよねえ」

友哉の言葉に笑みをこぼしながら、悠人はまたレモンティーを飲んだ。

本当に嬉しそうだ。

よくよく見れば、悠人のズボンが黒ずんでいた。渓流に立ち込んで水に濡《ぬ》れたせいだとわかった。靴の中も湿っているはずだ。ウェーダーがなかったから仕方ない。野呂川源流の水は、真夏でも切れるほど冷たいが、平気だったのだろう。

淑子の心の底から喜びがわき上がってきた。

良かった。本当に良かった。

「私《あたし》や、そろそろ夕食の支度があるから失礼するね。ユウくんも風邪《かぜ》ひかないうちにズボンと靴下を履き替えてきてね」

そういって立ち上がった。

「夕食は五時からだからね」

踵《きびす》を返して小屋に戻る淑子の顔に、自然と笑みがあふれていた。

その夜は二十七名の宿泊で、食堂は夕刻から満杯となり、ギュウギュウ詰めの状態だった。淑子もアルバイトのふたりも加わって、午後八時の消灯まで賑わいが続いた。

塚本友哉もそんな中にいて、大人たちの釣り談義にときおり飛び込んでいたが、彼の隣には悠人の姿があった。しかも相棒ともいえるゲーム機は二階の荷物の中にしまわれたまま。

初めてのリアルな釣り――それもフライフィッシング。ボウズだったとはいえ、岩魚を釣りかけたときの昂奮《こうふん》が、まだ悠人の中に残っているようだった。

そんな姿をちらりと見ながら、淑子は喜びを隠しきれない。

たびたび笑みがこぼれてしまうのだ。


その晩は嬉しくて淑子はなかなか眠れなかった。

いつものように午前二時、目覚まし時計が鳴るよりも先に布団から起き出し、真っ暗な中、懐中電灯を片手に発電機を始動して朝食の準備にかかった。

まずは朝、客たちに渡す弁当を作る。宿泊者のうち半数近くが注文していたため、狭い厨房のテーブルいっぱいに弁当を並べて、そこにご飯を盛り付けたりおかずを入れていく。足元にすり寄ってくる猫たちにも餌を与えた。

午前四時頃にスタッフの高垣と珠美が起き出して、朝食の準備を手伝ってくれる。味噌汁を作り、おかずの皿に茹《ゆ》でたウインナーやスクランブルドエッグ、ポテトサラダなどを盛り付けていく。

夏の夜明けは早い。あっという間に朝食の時間が来る。

早立ちの登山者たちは、暗いうちからすでに何名かが朝食抜きで出発していた。残りの登山者たち数名が食堂であわただしく朝食を摂《と》り、まだ薄暗い中、ひとりまたひとりとザックを背負って出発する。

淑子はエプロン姿で土間に出て、彼らを見送る。

釣り客たちは早い者で夜明け前に起き出し、朝食のあとすぐに竿を持って川に行く連中がいる。が、たいていは明るくなってから起き出してくる。そのため、ここは他の山小屋と違って朝食もフレキシブルだから大変なのである。

塚本夫妻と友哉は午前六時頃に二階から下りてきて、朝ご飯を食べ始めた。彼らは今日、小屋を出発して帰途につく予定だった。驚いたことに悠人もひとりで階段を下り、友哉とふたり並んで朝ご飯を食べていた。

いつもは午前十時過ぎまで起き出してこないのにと、淑子は驚く。

寝ぼけ眼《まなこ》をこすり、たまに欠伸《あくび》をしながら悠人は黙々と食べている。

七時過ぎに淑子がスタッフのふたりと朝ご飯にありついた頃になって、塚本一家がザックを背負い、小屋を出発することになった。

まだ食べかけのご飯を残し、淑子は表に出た。悠人もついてきた。

「来年も絶対にここに来ます」

塚本が嬉しそうにいい、京子、友哉とともに頭を下げた。

「またおいで。待ってるからね」

そういって淑子が手を振る。

三人が林道を歩き出した。悠人は淑子と並んでずっと彼らの後ろ姿を見ていた。

途中で友哉が振り向き、大きく手を振ってきた。

悠人も嬉しそうに両手を挙げて手を振り返した。

淑子は微笑み、小さな肩をそっと叩いた。

12

八月三十日、午前十時過ぎ。

桜井和馬は新品のザックを背負い、奥多摩《おくたま》の鴨沢《かもさわ》バス停にいた。

一泊二日の予定で雲取山《くもとりやま》に登るという計画。きたる北岳山行に向けての予備登山だ。どうして雲取山を選んだかというと、たんに東京都でいちばん標高の高い山だからという理由。標高は二〇一七メートル。むろん北岳に及ぶべくもないが、そこそこの高さだし、自分を試すにはちょうどいいだろうという判断だった。

登山口から頂上まで、標高差は一五〇〇メートル近く、およそ五時間のルートとなる。山馴れしていない自分がコースタイムを二時間ぐらいオーバーしても、夕方までには山頂に到達できるだろう。山小屋や避難小屋があるらしく、そこで一夜を過ごして下山するという予定だった。

あの日——帝国信金の担当、丸山氏からの突然の電話。警察のサイバー犯罪捜査の手が自分たちに及んでいる可能性について、和馬はずっと悩みながら考えていた。

あれからいっさい、企業サイトへの不正アクセスは行っていない。日頃のランニングや自転車走行、あるいは自室の窓から外を見て、周辺の様子をうかがうが、警察関係の車輛《しゃりょう》や不審人物などは見つけることができなかった。

杞憂《きゆう》だと和馬は思った。

きっと思い過ごしなのだ。

ハッカーなどのサイバー犯罪は世の中に星の数ほどあるし、それらひとつひとつがしらみつぶしに捜査され、被疑者が検挙されるはずがない。かりに誰かが捕まることがあるとしても、それはきっと自分ではない。

そんな楽観が少しずつ湧いてきて、いつしか不安を忘れていた。

夏山シーズンが終わろうとしているにもかかわらず、鴨沢バス停を出発して登り始める登山者の数が半端なく多かった。土曜日のせいだった。

しかし、和馬はなかなか歩き出せない。というのも、JR青梅《おうめ》線奥多摩駅から出発したバスに四十分以上揺られっぱなしで車酔いしてしまっていたからだ。

〈かもさわ登山口〉と木の看板がかかったバス停の横にトイレを見つけ、そこに駆け込んで胃袋をすっかり空にした。ぐったりとなって休憩所のベンチにしばし座り込んでいた。

おおかたの登山者たちが登山口脇の階段を上り、周囲からいなくなると、さすがに不安に襲われた。ペットボトルのスポーツドリンクをゴクゴクと飲んでから、仕方なくザックを背負い、ストックふたつを突いて歩き出した。

午前十一時ちょうどだった。

最初はアスファルトの道路をたどり、やがて山道に入ってもゆるやかなルートだった。

安堵《あんど》して歩いているうち、次第に息が上がってきた。やはりふだんやっているランニングや自転車のようにはいかない。平地ではなく高さを稼いでいくものだから、使う筋肉がまるで違うようだ。心肺機能も極限まで酷使するため、ハアハアとあえぎながら進んでは足を止める。

ふいに後ろから足音がして振り向くと、短パンにデイパックと軽装の痩せた男性がトットットと走ってきて、彼を追い抜いていってしまった。トレイルランというものらしい。

――こんにちは。

明るい声で挨拶されたが、和馬は答えられなかった。

あっけにとられてその後ろ姿を見ていた彼は、仕方なくまた足を進めた。

滝のように流れ落ちる汗をタオルで拭きながら少し登り、ザックを下ろして休憩し、水分を補給する。呼吸が落ち着くまで休んで、またザックを背負い、歩き出す。

奥多摩駅からのバスですっかり酔ってしまい、トイレで嘔吐《おうと》したのもまずかった。それで歩き出す前から体力を使ってしまったのだろう。

林間を抜ける道はトラバース気味で右側が切れ落ちていて、少し怖い。しかし緊張する余裕もなく、息を荒くつきながら登り続ける。

また百メートルぐらい歩いて膝に手を当てて休んだ。

その頃になって、ようやく気づいた。

ザックが重すぎるのだ。

登山用品店の女性店員に勧められるまま、山道具を買った。それからネットでいろいろと調べて、何を持っていくべきかを考えて、思いつくままザックに詰め込んできた。

水は二リットル以上。それだけで重さが二キロになる。さらに大量の着替えや、防寒のためのダウン、ヘッドランプ、レインウェア……。もちろん行動の途中で昼食を摂るため、ガスストーブにドライフード類。パン、インスタント麵。カロリーメイトなどの行動食。いざというときのビバークのためのツェルト（簡易テント）まで用意していたため、ザックは十五キロ近くになった。

日頃のランニングと自転車で心肺機能を鍛え、体重を五キロ以上落としたはずが、ザックの重量のおかげで今までの自分よりも体が重くなっている。筋肉はそこそこついてきたはずだが、やはりこれで山に挑むのは無理があるのではないか。

そんなことを考えながらあえぎあえぎ登り続けていた。気がつくと、誰にともなく悪態をつきながら歩いている。

どうして自分がこんなつらい目に遭わねばならないのか。

この野郎。くそったれ。

ずるっと右手のストックが滑り、あっと思ったとたん、右の斜面に転げ落ちそうになった。あわてて立木をつかんだとたん、ストックがひとつ、疎林《そりん》の間を転がり落ちていった。

和馬は杉の幹にしがみついたまま、遥《はる》か下に横たわっている自分のストックを呆然と見下ろしていた。

それを取りに行く勇気も体力もない。

仕方なくストック一本でまた歩き出した。

廃屋が一軒あって、ちょっと気味悪かったので、足早に通り過ぎた。

その頃から、少し体が楽になってきた気がした。

きっと登山に馴れてきたのだろう。

また休憩をとって水分を補給した。空腹は覚えなかったが、カロリーメイトを少し食べた。ペットボトルを取り出そうとザックの中をまさぐっていると、ふと、それに触れた。

和馬はゆっくりとザックから出した。

ナイフである。

登山用品店の女性店員から、今どきの登山には大仰《おおぎょう》だといわれたが、あのときショーケースのガラス越しに見たそのナイフに一瞬で魅《み》せられた。

スパイダルコというメーカーのフォールディング、すなわち折りたたみ式のナイフだ。

ステンレス製の三角形のブレード。根元には大きな孔があって、そこに拇指《おやゆび》を当てれば、片手だけで刃を引き出せるようになっている。

それを握っていると、自分が強くなった気がした。

家にいるときはいつも傍《かたわ》らに置き、ランニングのときもポケットに、眠るときは枕元に置いていた。

目の前でブレードを開いた。

カチッ。

音がしてロックがかかった。

木の間越しに落ちる陽光を受けて、ステンレス製の刃がギラリと光る。

知らず、和馬は微笑んでいた。

――こんにちはぁ！

突如、後ろから声がして、彼はあわててそれをザックにしまった。

見れば、若い女性ふたりが登山道を登ってくる。

どちらも短いスカートにタイツ。チェック柄のシャツ。いかにも山ガールといったファッションだった。

挨拶を返すこともなく、ただ呆然としている和馬の横を通り、彼女たちは足早にそのまま登っていく。少し先に行ったところで、ひとりが肩越しに振り向いた。

不穏な表情だった。

見ているうちに、ふたりは足早になり、木立の向こうに見えなくなった。

思わず溜息《ためいき》をついた。

どうして他人同士なのに、山ですれ違うたびに挨拶なんかするんだろうか。

若い女性のかすかな残り香に気づき、和馬はふたりが登っていったルートの先をじっと見つめた。

安西友梨香のことを思った。

自分が友梨香といっしょにここにいたら、どんなに素晴らしいだろう。

そんな想像をしているうちに、和馬は機嫌が良くなってきた。ザックを背負い、ストックひとつを突きながら、ゆっくりと歩き出す。これまでのようなつらさはなく、足もリズミカルに動いてくれる。

俺は友梨香といっしょに山を登っている。

そう思いながら、ハアハアと息をつきつつ歩き続けた。

途中途中に『平将門《たいらのまさかど》　迷走ルート』と書かれたきれいな看板が立てられている。おそらく昔の伝説の舞台だったのだろう。しかし、そんなものに目をやる余裕もなく、和馬は汗まみれになって登山を続けた。

13

両俣小屋の前で悠人がフライロッドを振っていた。

リズミカルに手を振りながら、オレンジのフライラインを前後に飛ばす。最初のうちは空中でもつれたり、失速していたラインが、いつしか前に後ろにきれいなループを作るようになっていた。

隣で指導しているのは高垣克志である。

「手首を曲げずにこうして固めてな。音楽で使うメトロノームみたいに、同じリズムで前後に振るんや」

同じように手を振ってみせる。

ロッドは彼が愛用する渓流用の三番。柔らかな竿らしく、よくしなる。

悠人は朝イチからずっとフライキャスティング、つまり竿振りの練習に励んでいた。

塚本一家と釣りをしたとき、うまくロッドが振れなくて焦っていた。あげくテグスをがんじがらめにしたり、毛鉤を立木の枝葉に引っかけてしまったりして、釣りをする時間よりも、毛鉤を回収したり、テグスのもつれをほどいたりする時間のほうが多かった。

それでも最後の最後に一尾をかけ、あと少しでネットですくえるところだった。その興奮が忘れられなかったようだ。

だから高垣に頼んでロッドを借り、毎日、朝から夕方まで、黙々とキャスティングの練習を繰り返していた。

ふたりは親友のようだった。

ガッキー、ユウくんとお互いに呼び合っている。

淑子はさっきから小屋入口脇のベンチに座り、猫のミニョンを膝に抱きながら、その姿を眺めていた。

心を閉ざし、ゲームの液晶画面にしか興味が向かなかった少年。

それがここでたまたま同世代の少年と出会い、リアルな釣りの楽しさを体験することができた。しかも自分から釣りを上手になりたいと、熱心に竿の振り方を練習するまでになった。淑子とふたりきりでここにいるだけでは、こうはならなかったはずだ。偶然の介在があったとはいえ、この両俣小屋に来たからこそ、こんな楽しみを知ってくれた。

「ユウくん。そんだけちゃんと振れたら、あとは釣るだけや。川、行こか」

高垣に誘われ、悠人が頷いた。

嬉しそうだった。

小屋のすぐ近くで釣るというから、淑子も猫たちといっしょに行ってみた。

高垣は半ズボンにサンダルという格好。悠人もズボンを濡らしながら渓流に立ち込んでいた。周囲に他の釣り人はいない。

淑子は岸辺に大きな流木を見つけてそこに座り、猫たちを撫でながらふたりを見ていた。

悠人はキャスティングが上達していた。もともとのみ込みが早くて運動神経がいいのかもしれない。もう何年もやってるという感じでフライロッドを振り、ロッドをしならせ、きれいなループを作ってラインを飛ばした。

横について立っている高垣が上流を指さした。魚がついているポイントを教えたようだ。

流れの落ち込みと開きが小さな淵《ふち》を作っているところ。その淵尻に悠人が毛鉤を飛ばして浮かべた。

すぐに流れに引っ張られるので、すかさずピックアップしてキャスティング——二度、三度とロッドを振ってから、もう一度、同じ淵の少し違うところに毛鉤を落とした。

小刻みに揺れながら水面《みなも》に浮かんで流れに乗っている毛鉤は、まさに羽化したばかりのカゲロウそのものだった。

突然、水面が割れて、魚が飛び出した。

反転した瞬間、黄金色の魚体がはっきりと見えた。

——出た！

高垣の声とともに、悠人があわててロッドを立てて合わせた。

しなやかなロッドがぐいっと曲がる。魚が毛鉤をくわえたのだ。

――あわてんな。竿を立てたまま、左手でゆっくりラインを引くんや。

悠人は浅瀬に立ち込んだまま、そのとおりにした。

ロッドは三日月のようにきれいな曲線を描いて曲がり、先端から一直線に伸びたオレンジ色のフライラインは水面に突き刺さっている。ラインが回収されるたび、悠人の足元に落ちて流れに引っ張られていく。

すぐ近くで黄金色の岩魚がくねっていた。

――そっとラインを引いて。そうや。もうちょっと。

いいながら高垣が腰にぶら下げていたランディングネットをとり、それをかまえた。

彼の表情も真剣だ。まるで自分が魚をかけたように。

前回はこうして魚を取り込む寸前に逃げられたという。

だから、悠人は慎重だった。前轍《ぜんてつ》を踏まないと決意しているようだ。

釣った魚をなるべく傷つけずにリリースするため、鉤先の返しは潰《つぶ》してある。少しでも力が緩《ゆる》むと魚の口から外れてしまう。だから、常にテンションをかけておかねばならない。

いつしか淑子は無意識に中腰になって立っていた。

ミニョンを抱きしめたまま、もう一方の手に拳を握っている。

悠人はあくまでも冷静だった。

右手のフライロッドを大きく立てたまま、左手でゆっくりとラインを引く。流れの水面直下をくねりながら岩魚が引き寄せられてきた。

――ガッキー、これでいいの？

――そや。もうちょっと手前に寄せて！

高垣が思いきってランディングネットを流れに突っ込んだ。

次の瞬間、飛沫《しぶき》とともに持ち上げられたネットの中で、岩魚が暴れていた。

――やったで！

高垣の歓声。

悠人はといえば、フライロッド片手に呆《ほう》けたように口を開いていた。

――なにぼうっとしとるんや。ユウくんの最初の一尾や！

そういって高垣はネットを悠人に渡した。

受け取った悠人はただ呆然としていた。口を引き結び、目をしばたたき、対岸にいる淑子を見た。

淑子はミニヨンを足許《あしもと》に下ろすと、大きく手を叩いた。

「凄いね。ユウくん。やったじゃない！」

ようやく我に返ったらしく、悠人は上気した顔になって頷いた。

ネットの中の魚を手で触ろうとしたので、高垣が止めた。

——いきなり素手でつかんじゃあかんって。水に手ぇ入れて濡らしてからや。

いわれたとおり、フライロッドを岩の上に置くと、悠人は右手を足元の水に浸してから、自分が釣った岩魚をそっとつかんだ。

渓魚《けいぎょ》の魚体は繊細で、乾いた素手で触ると体温程度でも火傷《やけど》してしまう。粘膜が剝《は》がれるとそこから病気になったりする。だから手を水に浸し、しっかりと冷やして触れなければならない。

——ユウくん。こっち見て。

高垣がベストのポケットから小さなデジカメを取り出し、彼の手の中にある岩魚とともに撮影した。

悠人は少し照れがちに、左手でピースサインを出した。

淑子が小屋に戻ったあと、悠人はそれからさらに岩魚を二尾ほど釣ったそうだ。

今夜の宿泊客が十四名、両俣小屋は相変わらず多忙だったが、淑子は高垣に悠人を任せ、珠美とふたりだけで夕食の用意をしていた。淑子は上機嫌だった。珠美もそれを知っていて、隣でニコニコと笑いながら調理を手伝ってくれる。

いつものように午後四時のラジオ気象通報を聴きながら天気図を描き、それを出入口横の壁に貼り付けていると、外から声がした。

淑子が出て行くと、上流のほうから高垣と悠人が並んで歩いてくるところだった。ふたりとも楽しそうに笑い合い、何か話し合っている。

その姿はまるで年の離れた兄弟――あるいは父親と息子のように見えた。

そう思ったとたん、悠人の実の両親のことを想像して、淑子は少し哀しくなった。

14

桜井和馬は地面に座り込み、山岳地図を前にしてうなだれている。額から流れた汗が頬を伝い、顎下《がっか》から地図の上にしたたり落ちた。

予定ではもうとっくに山頂に着いているはずだった。

七《なな》ツ石山《いしやま》を越えたところにある平らな場所だった。すぐ近くに丸木と板で作られた道標があり、〈ブナ坂〉と読めた。登山地図を見ると、雲取山の頂上までのルートの三分の二近くまで来ていることになる。

地図上のコースタイムだと、登山口からこの場所まで三時間とちょっとだった。

ところが――実際にここにたどり着くまで五時間もかかっている。このペースだと日暮れまでに山頂に到着することは不可能だった。しかも体は疲れ切っていて、足が鉛のように重くて前に進まない。

少し下に七ツ石小屋という山小屋があった。

小屋番をやっているという男女がいて、妻のほうが、「そんな様子じゃ、頂上までは無理よ。うちに泊まっていけば？」といっていたのを思い出す。意固地になって我を張らず、素直にその言葉に従うべきだったのかもしれない。

小屋の素泊まり料金は四千円。避難小屋なら無料だからとケチったこともたしかだ。

時刻はすでに午後四時を回り、周囲に他の登山者もいない。みんなとっくにどこかの山小屋に到着している時刻だからだろう。

しんとして静かな山だった。

誰もいない心細さがじわじわと胸の奥からわき上がっている。

ふいに口笛を短く吹くような音がした。

心臓が止まりそうなほどに驚き、あわてて和馬は振り向いた。

すぐ近くの木立に動物がいるのが見えた。薄茶色の体に白い斑点《はんてん》がある。頭に一対の大きな角を生やしている。

シカだった。

むろん野生のシカに遭遇するのは初めてのことだ。

和馬は緊張した。向こうはじっとこちらを見ている。今にも走ってきて襲いかかってくるのではないかと思った。立ち上がって逃げたかったが、金縛りに遭ったように体が動かない。

またさっきのように「ピィッ」とシカが声を放った。

思わず尻で後退《あとずさ》った和馬の目の前、唐突にシカは踵を返すと、リズミカルな足取りでトントンとジャンプしながら、やがて木立の向こうへと走っていった。真っ白な尻毛が目に焼き付いた。

シカがいなくなると、和馬は心底、ホッとして胸をなで下ろした。怖かった。生きた心地がしなかった。

たしかシカは草食動物だから、人間を襲うことはないはずだ。だが、すぐ身近に野生の存在を目撃して、緊張に体が震えていた。

ようやく気を取り直した。

あらためて引き返そうと決心した。

ヘッドランプは持ってきているが、無理に山頂を目指すのは無謀すぎる。たとえ頂上の避難小屋に到着できたとしても、真夜中になってしまう。

やはり七ツ石小屋まで戻るべきだろう。

何度か息をつき、山岳地図を折りたたむと、ようやく立ち上がれた。

周囲の木立がかすかに揺れている。八月にしてはやけに冷たい風が麓から吹き上がってきた。

ふと安西友梨香のことを思った。

すべては彼女のためだ。

15

北岳は翌朝から雨だった。

夜明け前には、すでに両俣小屋の屋根を叩く雨音が聞こえていた。

世間のお盆休みはとっくに過ぎ、八月も終わろうとしていた。これまで連泊していた宿泊客たちも、少しずつ小屋を去っていき、今日は最後の客たちが山を下りる日となった。

日の出の時刻になっても雨雲が低く垂れ込めているため、小屋の中は薄暗かった。

食堂で朝ご飯を食べた客たちが、次々と下山の準備を終えて、土間にザックを置いた。

「また、来年もおいで」

淑子はいつもの両俣手ぬぐいを頭に巻き、エプロン姿で彼らを見送る。

客たちは色とりどりのレインウェアをまとい、ザックを背負い、クマ鈴を鳴らしながら林道を下ってゆく。

アルバイトスタッフのふたり——高垣と珠美も今日で最終日だ。

高垣は来月から都内でアルバイトがあるというし、珠美は大学だ。

明日の朝には、ともに山を下りていくだろう。

宿泊客の全員を見送ると、淑子はホッとする。これからまた静かな日々が始まる。秋が深まって小屋仕舞いのときまで、猫たちとのんびりここで生活する。

ふと、悠人のことを思い、淑子は肩をすくめて笑った。

あの子はいつまでここにいてくれるのだろうか。

両手を挙げて大きく伸びをしてから、腰に手を当て、肩をトントンと拳で叩いた。


油を引いたフライパンの縁で、タマゴをトントンとやった。

殻をふたつに割ったとたん——勢いよく落ちた中身が、だらしなく崩れてしまう。

「ごめん」

困惑した顔で悠人がいった。

小屋の厨房《ちゅうぼう》に淑子とふたりで立っていた。

少しずつでも憶えさせたいと、彼女は悠人に料理を手伝わせるようになっていた。

ジャガイモやリンゴの皮むきで失敗したため、小さな左手の薬指には絆創膏《ばんそうこう》が巻いてある。

「いいの、いいの」

淑子は笑いながらいう。「どんな形になったって、ちゃんと食べられるんだから」

彼女は皿をもってきて、フライパンの中の目玉焼きの失敗作を載せた。

「自分が納得できるようになるまで、何度でもやってみて。料理ってね、頭脳をフル活動させる行為なんだって。だから君も、今にもっと頭が良くなるよ」

そういいながらフライパンを洗い始めた。

「これからガッキーと釣りにいっていい？」

悠人にいわれて、淑子が振り向く。

ゆうべは遅くまで高垣とふたり、食堂のテーブルで毛鉤を巻いていたことを思い出した。悠人は自分で作った毛鉤を試したくて仕方がないのだ。

「外、雨が降ってるけど？」

すると悠人が頷く。「雨具、持ってるし」

雨降りのときは増水や鉄砲水が心配だが、ここは源流部なので、よほどまとまった雨が降らないかぎり、いきなり水嵩《みずかさ》が増すようなことはない。もっとも台風だとか、大きな低気圧がやってきて土砂降りになれば別だ。

あの年の夏、両俣小屋が襲われた災禍《さいか》を思い出した。淑子の人生を変えたほどの大きな事件だった。その記憶を振り払い、こういった。

「いいよ。気をつけていっておいで」

その言葉に押されたように、悠人は布巾で濡れた手を拭くと、土間を走り、二階への階段を駆け上っていった。ちょうどトイレ掃除を終えて外から戻ってきた珠美が土間に立ち止まり、淑子の顔を見てクスッと笑う。


小屋の外、出入口の庇《ひさし》の下に立った悠人と高垣は、フライロッドをつなぎ、ウェーダーを履き、レインウエアのジャケットをはおった。

二年前、釣り人が置いていった古いウェーダーが倉庫の奥にあったので、悠人はそれを使った。二ヵ所ほど小さな鉤裂《かぎざ》きができていたが、高垣が補修剤を持っていたので役に立った。小柄な悠人が履くとブカブカだが、致し方ない。

ふたりが釣り竿を手に雨の中に出ていくと、淑子と珠美は小屋の掃除をした。ときおり気になって、淑子は出入口脇の壁に貼った天気図を見る。気圧の谷がちょうど南アルプス付近にかかっていたが、明日の午後までには東に通過するだろう。

小屋の掃除が終わって、珠美が明日の下山のために準備を始めた。

やがて朝の定時無線の時間となり、淑子は無線機のスイッチを入れる。稜線上の北岳山荘と交信し、気象や周辺情報などの報告を交換し合った。それから土間に椅子を置いて座り、猫たちと遊んだ。

小屋の屋根を叩く雨音がいつまでも続いていた。

16

桜井和馬はしょぼくれたまま、雨の中を下山していた。

レインウェアはもちろん新品のゴアテックス製だから、大粒の雨でもまったくしみこまず、一方で汗の蒸気が外に排出されるから、実に快適だった。しかし心は重たく沈み込んだまま、のろのろと歩を運び続けた。

けっきょく頂上到達はあきらめた。

七ツ石小屋に宿泊したはいいが、その夜、和馬は発熱した。

体温計で測ると三十八度前後だった。悪寒があり、吐き気に襲われて何度もトイレに行った。最初は高山病かと思ったが、一六〇〇メートル付近の標高ではかかりにくいと小屋番夫妻がいった。きっと馴れぬ筋肉を使い、体を酷使しすぎたためだろう。

夕食も摂らずに布団に潜り込み、八時の消灯時間前には眠りに落ちたが、たびたび目を覚ましてはトイレに駆け込んだ。それを朝まで何度か繰り返していた。

午前四時過ぎに目を覚ましたが、少し熱が残っていた。吐き気はなくなっていたが、体がだるく、朝食を食べるどころではなかった。宿泊客たちは次々と出発していったが、小屋番夫妻にいわれて、しばらく布団を敷いて寝ていた。

午前八時半頃にようやく平熱に戻った。

奥さんにお粥《かゆ》を作ってもらい、それを食べたら少し元気が出てきた。

頂上を目指すのはやめて、下山したほうがいい。彼女に諭され、仕方なく従うことにした。実際、登頂するだけの体力がないことは自分がいちばんわかっていた。

午前十時過ぎに下山にかかった。

下りのほうが事故が多いから、くれぐれも気をつけて——小屋番ふたりから何度もいわれた。雨も降っていて、足元が滑りやすいことも心配だという。和馬はふたりに礼をいうこともなく、黙って山小屋をあとにした。

体はまだ疲れ切っていたが、心の重さのほうがつらかった。

自分の不甲斐《ふがい》なさ。北岳どころか、雲取山ですら頂上に立てなかった。これでは安西友梨香と山を歩くという願望はかなわぬ夢だ。

情けなかった。

トレイルを伝って下る途中、後ろからやってきた登山者たちに何度も追い抜かれた。彼ら、彼女らは、雨の中でも早足だった。そのたびに「こんにちは」と挨拶されるが、返事などいっさいしなかった。

自分がこんな場所に来たことを後悔していた。

むしょうに腹が立ってきて、ときおり石を蹴飛ばしたり、立木を靴底で蹴ったりした。

午後になって雨が止《や》み、レインウェアを脱いだ。Tシャツとズボンになってザックを背負い直し、また下りを続けた。何度か石車に乗ったり、木の根で滑って転んだ。一度は尾てい骨をかなり強打して、しばし動けなかった。

八時間近くかかって鴨沢登山口に下山した。

十八時三十八分、鴨沢バス停を通過する奥多摩駅行き最終バスに、ぎりぎりで間に合って乗り込むことができた。

バスの中では完全に寝入っていて、終点の奥多摩駅で運転手に揺り起こされた。青梅線の電車に揺られ、立川《たちかわ》でJR中央線に乗り換え、自宅からの最寄り駅である三鷹に着いたとたんにハッと目を覚ました。あわててザックをつかんで立ち上がり、車内の乗客何人かにぶつかりながら、自動ドアが閉まる寸前にプラットホームに飛び出した。

冷房の効いた電車の車内から、むわっと湿っぽい夏の夜の空気に包まれ、和馬は呆然と立ち尽くしていた。傍らを電車が走り出し、新宿方面に向かって去って行く。

ふらつく足取りで自宅に向かった。

三鷹駅から歩いて二十分。閑静《かんせい》な住宅街に彼の家はある。

いくつか角を曲がって、やっと自分の家が見える場所までやってきたとき、和馬はふと足を止めた。

二階建ての自分の家。その斜め手前に灰色の自動車が停まっていた。

車種はトヨタ・クラウンである。

ライトは消しているが、後ろのエキゾーストパイプからわずかに煙が洩《も》れているのが、街灯の明かりの下にははっきりと見えていた。

前方からタクシーがライトを点《つ》けて走ってきた。その光がクラウンの車内を照らしたが、リアウインドウがスモークになっているらしく、中の様子が見えなかった。

車体後部に大きめのアンテナが立っている。

和馬はその場に立ち尽くしたまま、動けなかった。

車の特徴からして、間違いなく覆面パトカーだ。しかも自分の家の前、二階の自室を見張るのに絶好の場所でエンジンをアイドリングさせ、ライトを消して停まっている。

どうしようかと思った。

このまま知らん顔をして自宅に戻るか。それとも――。

あれこれと考えて逡巡《しゅんじゅん》を続けているうちに、ふいにクラウンの尾灯が赤く灯った。

ウインカーを右に出し、静かに車線に出て走り始めた。

尾灯が夜の闇ににじむように遠ざかり、やがて信号を左折して見えなくなった。

和馬はしばし棒立ちのままだった。

心臓がドキドキと高鳴っている。

17

翌朝、午前十時半を回った頃だった。

一階の畳の座敷で炬燵《こたつ》に入ってウトウトしていた淑子は、ハッと目を覚ました。

――おねえさん！

雨音に混じって悠人の声がした。

――おねえさん！　おねえさん！

夢か、あるいは幻聴かと思ったら、たしかに聞こえる。街に出てハンバーガーを食べながら〝両俣のおねえさん〟と呼ばれているといったら、それ以来、悠人は淑子のことをそう呼ぶようになったのだった。

昨日に続いて今朝も早くから、高垣とふたりして雨の中を釣りに出ていった。それから三時間も経っていなかった。

何事かと炬燵から飛び出し、土間にそろえていたサンダルを履いた。

外に出ると、大粒の雨が小屋の周囲の地面を打っている。

そんな中に悠人が立っていた。それもたったひとり。ブカブカの大人用ウェーダーを履いているのに、フライロッドを持っていなかった。

しかも様子が変だ。

泣きそうな顔をしていて、両手の拳を握っていた。

「どうしたの！」思わず淑子が訊いた。

悠人が目を大きく開いて彼女にいった。

「クマ……」

「え？」

「クマが出た。今、すぐそこでガッキーとにらみ合ってる」

「どこ？」

「山の神さまのところ！」

淑子が雨の中に走り出した。小屋の表、青いベンチに真鍮《しんちゅう》製のタライが伏せてあった。大きなトングといっしょにつかんで、本降りの雨に打たれながら上流に向かった。

夢中だった。

少し上流に遡《さかのぼ》り、森の中に入った。山の神の祠《ほこら》がある場所。もともと幕営指定地だったところだ。その木立の中に高垣の姿が見えた。蒼白《そうはく》な顔で雨に打たれながら立ち尽くすその少し先——十メートルばかり向こうに真っ黒な動物がいた。

ツキノワグマだった。

いつもクマを目撃するたびに思う。とにかく真っ黒。森の中でこんなに黒い動物は他にいない。しかも黒い被毛が雨に濡れて艶々《つやつや》している。

体長一五〇センチぐらい。セントバーナードなどの大型犬を、さらに少し大きくしたぐらいだ。しかし丸々と太った筋肉質の体は、やはり犬とはまるで違う印象がある。かなり興奮しているようで、クマは息を荒くしていた。

突然、前に飛び出す動きをし、すぐに足を止める。

それを何度も繰り返している。

ブラフチャージだ。クマの典型的な威嚇《いかく》行動である。ただし、たんなる脅しではない。それがリアルチャージになって人を襲撃することもある。

「ガッキー、そのままじっとしてて！　背中を見せて逃げたら襲われる！」

淑子が声を放った。高垣は彼女を見る余裕もないようだ。

クマはちらと彼女を見たが、また高垣に向き直った。野太い声で短く吼《ほ》えたクマが、また威嚇行動を取った。

その瞬間、高垣が堰《せき》を切ったように走り出した。

「ダメ！」

淑子の声が耳に入っていないのか。高垣はあわてふためいた様子で木立の間を抜けた。山の上に向かおうとしている。クマがのそっという感じで彼を追いかけて走った。見た目よりもずいぶんと早い。しかもほとんど足音がしない。

追いつかれるのは時間の問題だ。クマは瞬間的に時速四十キロ以上、自動車並みのスピードで走れるからだ。

とっさに淑子が、持っていたタライにトングを激しく何度も叩きつけた。

そのかまびすしい音にクマが足を止め、斜面の途中で振り向く。

唸《うな》って白い牙を剝《む》いた。

淑子は硬直した。足がすくんでいた。目の前にいる野生動物の、明確な敵意を感じた。

次の瞬間、クマがダッシュしてきた。まっしぐらに向かってくる。

淑子はとっさにトングを投げ捨て、両手でタライをかまえた。クマがかかってきたとたん、それを真上から頭に叩きつけた。派手な音がしたが、クマはひるまず、淑子を押し倒した。仰向《あおむ》けにのしかかられた彼女はとっさに右手で顔をかばった。

その手に嚙みつかれた。

腕に牙が突き立てられる激痛。淑子は悲鳴を放った。

クマの生臭い息が顔にかかる。夢中で相手の顔を払おうと左手を振り回した。自分の眼鏡《めがね》をどこかに吹っ飛ばしてしまったことも気づかなかった。クマがまた咆吼《ほうこう》して、同じ右腕に嚙みついた。何本もの鋭い歯が肉をえぐった。

あまりの激痛に目を閉じ、歯を食いしばる。

骨が折れる——そう思ったときだ。

——加賀美さん！

園川珠美の声がした。

ハッと目を開けたとたん、彼女が見えた。

チェック柄の登山服で、森に降りしきる雨の中に立っている。その右手に赤いボトルのようなものが握られていた。白いキャップを弾いて、ボトルを淑子にのしかかっているクマに向けた。

大げさなほどの噴射音がして、オレンジ色のガスが噴きつけられた。

それは振り向いていたクマの顔にまともにかかった。当然、クマの下になっている淑子にもかかった。果然、息ができなくなった。すさまじい刺激臭とともに、激しく咳き込み、目が開けていられなくなった。

いつの間にか、淑子の上にのしかかっていたクマの重みが消えていた。

涙で開けていられない瞼《まぶた》を無理に開くと、すぐ近くでクマがもがき苦しんでいる。激しいクシャミを連続で放ちながら、しきりに前肢《まえあし》で顔をかきむしっていた。

唐辛子（カプサイシン）を使ったベアスプレー。〈カウンターアソールト〉といって、アメリカ製のかなり強烈な奴だ。珠美が両俣に来るときは、いつもそれをザックにつけていたのを思い出した。

むろんクマが苦しければ淑子も同じ。唐辛子の激烈な刺激が鼻と喉の粘膜を焼いて、ろくに息もできない。涙と鼻水が滝のように落ちている気がする。

「加賀美さん！」

珠美が助け起こしてくれた。

激しく咳き込みつつ、淑子はなんとか立ち上がったが、気絶しそうなほどに強烈な刺激で歩くこともままならない。それを抱き留めながら、珠美が淑子を歩かせた。振り向くと、涙に揺れる視界の向こう、木立の中をよろめきつつ逃げていくクマの真っ黒な後ろ姿が見えた。

やがてふたりは野呂川に出た。

水際にしゃがみ込まされ、淑子は冷たい浅瀬に左手を突いた。珠美が両手で川の冷たい水をすくっては顔に何度もかけてくれる。それを繰り返しているうちに、ようやく地獄のような刺激が少しずつやわらいできた。

「おタマさん。ガッキーは？　ユウくんも……！」

咳き込みながら淑子がいった。

「大丈夫。ふたりともそこにいるから」

珠美の声がして安心した。

さらに川の水で顔を念入りに洗われて、少しずつ呼吸が落ち着いてきた。しかし喉と鼻腔《びこう》の奥に唐辛子の強烈な刺激が残っていた。独特の臭いが嗅覚《きゅうかく》をむしばんでいるが、先ほどよりも遥かに楽だ。

同時に右腕の激痛がひどくなってきた。

見れば、肘から手首にかけてズタズタに皮膚が破れ、血がにじんでいる。いちばん深い傷口は肉がめくれて、白い骨がわずかに見えていた。

「おねえさん……」

悠人がすぐ傍に立っていた。顔が濡れているのは雨ばかりではなさそうだ。

その向こうに高垣がいる。彼も泣きそうな顔で眉根を寄せ、淑子と珠美を見ていた。

高垣とふたりで淑子を抱えつつ、小屋に連れ帰ると、珠美はまず腕の止血措置をした。

さいわい大きな血管の破断がなかったため、損傷部位にガーゼをあてがい、念入りに圧迫止血をした。続いて野生動物による咬傷《こうしょう》の細菌感染を防ぐため、右腕の傷口を冷水で徹底的に洗った。それから傷口にパッドを当ててテーピングを施した。

一階の畳の間に布団を敷いて淑子を仰向けにし、右手を心臓よりも上に持ち上げるようにして、布団を四つ折りにたたんでから、その上に載せた。

高垣が冷蔵庫のアイスを入れた氷嚢《ひょうのう》をふたつ持ってきて、淑子の腕を左右から包むようにして、そこを冷やすようにした。損傷部位を冷却するのは、二次性の低酸素障害による細胞壊死《えし》と腫脹《しゅちょう》を抑えることが目的だ。

これらは医療用語でＲＩＣＥ――安静、冷却、圧迫、挙上と呼ばれる応急処置である。

珠美は大学のワンダーフォーゲル部員として、緊急時の救命救急の訓練を受けていて、今回の応急処置にも役に立っていた。もちろん淑子本人も、何度となく山岳救助に携わり、重症外傷の手当の知識は持っていた。

ひととおりの処置が終わり、ようやく落ち着くと、珠美が座敷に上がってきて、淑子の眼鏡を顔にかけてくれた。

クマにのしかかられたとき、とっさに手で払おうとして、自分でどこかにすっ飛ばしてしまったのを思い出した。それを彼女が拾って持ち帰ってくれていたのだ。レンズもきれいに磨《みが》いてあった。

「ありがとう」

淑子は少し安堵《あんど》しながらいった。「みんな、怪我はない？」

「ガッキーが転んで肘をすりむいたけど、たいしたことなかったみたい」

そういって珠美が笑う。髪の毛がまだ雨に濡れたまま、しっとりと顔に張り付いている。

彼女と高垣、そして悠人が、畳の間に座って淑子を囲んでいた。

「さっき無線で北岳山荘に連絡しました。午後から雨も上がるようやし、そしたら〈あかふじ〉が飛んでくれるそうやから、すぐにここまで来てくれはりますよ」

高垣がそういった。雨に濡れそぼっていたせいか、濡れたままの頭髪がイガイガのようにあちこちで立っていた。

〈あかふじ〉とは、県警ヘリ〈はやて〉とともに山岳遭難救助などに活躍する山梨県保有のヘリコプターで、双葉にあるヘリポートから両俣小屋までは二十分程度で飛来できる。もちろん雨天の飛行はできないが、いつも天気図を描いている淑子は彼がいうとおり、午後には雨が上がることを知っていた。

右腕はたしかに重傷だが、足腰は無事なので、ストレッチャーがなくともホイストによるピックアップで機内収容ができるはずだ。ヘリに乗れば、十五分で甲府市内の病院の屋上に下りられるだろう。

「それにしてもびっくりしました」

珠美がバンダナで濡れた自分の顔を拭きながらいう。「今まで遠巻きに何度か遭ってるけど、あんな近くでクマを見たのは初めてでした」

「おタマさんがスプレーで追い払ってくれたから助かったのね」

「お役に立てて良かったです。でも、加賀美さんにまでまともにかけちゃって……」

「唐辛子は大好きだけど、あれはさすがにつらかったわねえ。クマに咬まれるより、よっぽど応えたわあ」

珠美は困った顔で少し笑う。

淑子は高垣を見た。

「ガッキー。だから、いったじゃない。クマに背中を向けて逃げちゃだめだって」

淑子にさとされ、彼は頭を掻いた。

「すんまへん。俺、怖かったもんで。加賀美さんのその忠告、すっかり忘れとりました。ホンマにすんまへん」

なんども、「すんまへん」と謝っている。

「相手がクマだからねえ。まあ、仕方ないわ。とにかくみんなが無事で何より」

ぐっと涙を堪《こら》える高垣を見て、淑子は思わず苦笑した。

予想どおり、雨は昼過ぎに止んで、雲間から晴れ空が見えてきた。

かすかなローター音が聞こえて、ヘリが谷間にやってくる。その音が、だんだんと近づき、大きくなってきた。

淑子は両俣小屋の前に自力で立っていた。

怪我をした右腕はテーピングがされたままだ。思い出したくもないほど、ひどい大怪我だが、念入りなアイシングのおかげで痛みはさほどでもない。

「ふたりともせっかく下山の日だったのにごめんなさい。すぐに戻れると思うけど、私が留守の間、猫たちのことをよろしくね」

振り返って淑子がいった。

「大丈夫です。任せてください」と、珠美。

「ユウくんと三人で小屋を守りますんで安心してな」

また泣きそうな顔で高垣がいうので、淑子はくすっと笑う。そして悠人を見た。

「ふたりをサポートしてね。君なら、もうできるよね？」

淑子にいわれ、悠人はぎゅっと口を引き結んでから、返事をした。

「うん」

「それから最後に約束――！」

淑子がこういった。「あのクマがまだそこらをうろついていると思うし、私がここに戻ってくるまで釣りは禁止。いいね？」

悠人は高垣と目を合わせた。それから仕方なくというふうに、ふたりで頷いた。

爆音がさらに近づいた。見上げると、雲間からヘリの機影が下りてくる。

側面のスライドドアが開かれ、そこから救助隊のオレンジ色の制服に白いヘルメット姿の隊員が、ホイストケーブル下端に吊られ、ゆっくりと下りてくる。

18

桜井和馬はろくに眠れなかった。

うとうととしては悪夢にうなされて目を覚ます。そんなことを繰り返し、おかげで日がな一日、意識がもうろうとなっていた。

それはあの日――山から帰ってきた晩から始まった。

自宅の前に駐車していたのは明らかに警察車輛。覆面パトカーだった。

ハッキングの仕事で取引のあった帝国信金の丸山から、突然の電話があり、警察によるハッカーへの内偵が進んでいるという情報が寄せられた。企業情報を盗むサイバー犯罪への捜査が強化されたという話はたしかだった。

もし、逮捕されれば間違いなく実刑となる。

不正アクセス禁止法違反は三年以下の懲役、または百万円以下の罰金だ。しかし和馬の場合、その不正アクセスによって複数の取引先から莫大《ばくだい》な利益を得ている。また彼は個人のクレジットカード情報を盗んだり、他人のネットバンクに侵入して、銀行口座を不正操作したり、有名人の極秘写真を見つけて盗み出し、脅迫状を送って送金させたりもした。そんなネット犯罪をいくつも重ねている。

脅迫罪、詐欺《さぎ》罪、横領罪、文書偽造罪、業務妨害罪、名誉毀損《きそん》罪……。

いったいいくつの罪を重ねているのか、自分でも判然としない。

しかもそうしたネット犯罪による収入に関して、ここ何年も未申告で、税金はいっさい払っていない。

家宅捜索があり、パソコンが没収され、取引銀行の記録を見られたら、すべては明るみに出てしまう。

そのため、愛用のパソコン三台はこの二日間、いずれも起動させていなかった。

だからといって何をするわけでもなく、和馬はベッドに寝転がり、天井をにらみ、たまにブラインドの隙間から外を見たりした。

ところがベッドに俯《うつぶ》せになり、向かいの壁に貼られた安西友梨香の写真が写ったカレンダーを見ているうちに、はっと気づいた。

今日は九月二日――。

安西友梨香の北岳山行は明後日、九月四日出発の予定だった。

彼はベッドから起きると、パソコンの一台を起動させた。〈バーミリオン・エージェンシー〉の秘匿されたページに入って、あらためて友梨香のスケジュールを確認する。予定に変更はなし。

スタッフの書き込みによると、友梨香はすでに北岳に行く準備を整え、体力を調整中。天気予報だと、この数日は快晴続きで登山には申し分ないという。

しかしながら、和馬の中には迷いがある。

予備登山ということで、標高二〇〇〇メートルちょっとの雲取山に挑戦し、途中で敗退してしまった。

おかげで数日間は敗北感に打ちひしがれていたが、やはりと気を取り直し、濡れたレインウェアを乾かすなど登山用具をメンテし、その日に備えて、ザックや登山靴などすべてを最寄りの三鷹駅に持っていき、構内のコインロッカーに入れておいた。

また家を出るとき、いかにも山の装備で出かける自分の姿を母親や近所の住人たちに見られたくなかったからだ。

ゆいいつ手元にあるのはナイフだった。

スパイダルコ社のフォールディングナイフ。パソコンの傍らに置いてあったそれをつかみ、いつものように片手だけでブレードを開いた。そしてパチンと派手に閉じる。

また、刃を開いた。

スプリングのテンションが微妙に心地よく、ロックがかかる音も小気味よい。

耳元でカチッと開き、またパチンと刃を戻す。手首のスナップを利かせると、素早くブレードを開けることもわかった。

カチッ……パチン。

それを何度も繰り返しているうちに、和馬の口元に微笑みが浮かんだ。

彼の視線は壁に貼られた安西友梨香のポスターに向けられている。

今の自分にとって、彼女がすべてだ。

なぜならば友梨香と自分は互いの運命が結びついているのだから――。

19

九月になって以来、北岳には明らかに季節の移ろいが感じられた。

風が急に冷たくなり、夜になると気温がぐんと下がる。盛夏、あれだけ賑わしていた登山者の数が嘘のように減り、北岳のみならず、南アルプスの山域は静かになっていた。

遭難事案がほとんどなくなったため、星野夏実と深町敬仁は江草隊長から許可を得て、広河原まで下山し、両俣小屋に向かっていた。

前回と同じように野呂川出合から林道を少し入ったところに車を停め、ふたりで両俣まで歩いた。

天気は快晴で、雲ひとつない空がやたらと高く見える。

左に見下ろす野呂川は相変わらず清冽で美しく、陽光を反射させていた。

「なんだかやっぱり責任を感じるな」

林道を歩きながら深町がつぶやいた。

夏実が少し驚く。が、ふと前を向いて、彼女がいった。

「もしも悠人くんが両俣に行かなかったらって？　でも、そんなことをいってたら、きっと加賀美さん、カンカンに怒っちゃいますよ」

「間違いなく怒るな」

そう答えて深町が笑い、眼鏡を押し上げた。

「ところで……悠人くんのご両親、離婚が成立したんですってね」

夏実の言葉に深町は少し表情を曇らせる。

横浜の山崎美和子が警備派出所直通の電話で報せてきたのは、昨日のことだった。けっきょく裁判にもならず、離婚届が提出されただけのようだ。

「喜ぶべきか悲しむべきかわからない。やはり親権は父親の側だそうだ」

「どうするんです？　いつまでもあの子を両俣にいさせるわけにもいきません。山小屋は秋になればいやでも小屋仕舞いですし、遅かれ早かれいずれは家に帰らなきゃいけない。そうなったらまた元の木阿弥《もくあみ》ですよ」

「それは悠人くん本人次第だと思う。彼自身が何も変わらぬまま、家に帰るか。それとも？　もしもこの何日かの間に彼に何らかの変化があれば、ここにいたことは決して無駄じゃないよ」

「私たち、それを見届けるために、こうして両俣に向かっているんですよね」

「そうだ」

野呂川左岸に沿って曲がりくねり、アップダウンを繰り返す林道を終点まで詰めると、そこから川岸に下り、さらに登ったところに両俣小屋が見えてきた。

小屋番の加賀美淑子がクマに襲われ、甲府市内の病院にヘリで搬送されて三日目だった。本人から御池の警備派出所に入った連絡によると、病院で手当を受けた淑子は、その後の経過も順調で、今日には退院できるという。

おそらく明日には山小屋に戻れるだろうということだった。

二名のアルバイトスタッフらとともに両俣小屋に残っている悠人のことが心配で、夏実と深町は様子を見にやってきたのである。

　木立の中にある幕営指定地にテントはなく、やはり他の山小屋同様、九月ともなれば宿泊者もぐんと減るらしい。ふたりが両俣小屋の前まで歩いて行くと、二匹の猫たちが出迎えてくれた。

「ミニョン、ユンナ！」

　夏実の足元に来て体を擦《す》り付けてくる二匹の背中を撫でながら、夏実が微笑んだ。

　いつも思うのだが、自分の体にはメイの匂いがたっぷりついているはずなのに、この二匹ときたら畏《おそ》れもいやがりもしない。いつものように上機嫌に尻尾をまっすぐ立てて、ニャーニャーと小声で鳴きながら甘えてくる。

　そうしているうちに小屋の出入口の扉が開いて、エプロン姿で頭に赤いバンダナを巻いた若い女性が出てきた。夏実たちを見て驚いていたが、すぐに頭を下げてきた。

「お疲れ様です。救助隊の方々ですよね？」

　夏実と深町は向き直り、指先をそろえて敬礼した。

「南アルプス署山岳救助隊の深町と星野です」

　深町が自分たちの名をいった。

「こちらでお手伝いをしている園川珠美です」彼女も名乗った。

「えっと……悠人くんは？」

夏実の問いに、珠美がなぜだか気まずい顔をする。

「実は今、釣りにいってるんです」

「悠人くんが釣り、ですか？」

「もう、すっかりハマってしまって」

そういって珠美が笑った。「加賀美さんにはくれぐれも内緒にしておいてください。実は、ご本人が戻ってくるまで〝釣り禁〟っていう約束なんです」

「え。そうなんですか」

思わず夏実がいい、吹き出しそうになった。

「でも毎日、ふたりして……あ、もうひとりのスタッフの高垣さんといっしょなんです」

そのとき、川の上流のほうから、かすかにクマ鈴の音が聞こえてきた。目をやると、雑木林の間を抜ける道を、釣り人ふたりが歩いてくる。ひとりはずいぶんと背が高い青年で、もうひとりは痩せた少年。

中江悠人だった。隣にいる長身の男性が高垣というスタッフなのだろう。

高垣はともかく悠人もずいぶん日焼けして、顔や手が薄く褐色《かっしょく》になっている。しかも腕に少し筋肉がついているらしく、明らかに前とは太さが違う。顔つきもどこか引き締まったようで、まるで別の少年みたいだ。

夏実たちの姿を見たとたん、ふたりは足を止めた。それから妙に気まずいような顔をして、また急ぎ足になってこちらにやってきた。

「ガッキー、救助隊の人たちだよ」

悠人が傍らにいる高垣にそういった。

「こんにちは。初めまして。山岳救助隊の星野と深町です」

夏実が紹介すると、高垣はゆっくりとブッシュハットを脱いで、頭を下げてきた。

「小屋のスタッフをやっとります高垣克志です。あの……ユウくんから、おふたりのことは何度か……」

関西訛《なま》りの声でたどたどしくいった。

「ところで、〝釣り禁〟なんですよね？」

意地悪く夏実が訊くと、高垣と悠人が気まずい顔で目を逸らした。

とたんに彼女は吹き出し、隣で深町が笑う。

「大丈夫です。加賀美さんにはいわないでおきますから」

そういってから、夏実は微笑んだ。

相変わらず天気も良く、小屋の外テーブルを囲んで昼食となった。

夏実はたくさん作ってきたサンドイッチをザックから取り出し、テーブルの上の皿にきれいに並べた。珠美がコーヒーを淹《い》れてくれた。悠人はオレンジジュースだった。

野呂川から吹き寄せる風が心地よく、みんなで昼を食べながら会話も弾んだ。

クマの話になった。

小屋の周辺では頻繁《ひんぱん》にツキノワグマが目撃される。しかし、誰かが襲撃されたということはなかったそうだ。淑子が大怪我を負ったのは不幸なことだったが、それも夢中で高垣を助けようとしてのこと。いわば名誉の負傷といえるかもしれない。

「それにしてもおふたり、そんな怖い目に遭っておいて釣りに懲《こ》りたりしないんですか」

「いやぁ、こればかりは――」

夏実の問いに高垣が頭を掻いた。

サンドイッチがよほど気に入ったらしく、悠人はすでに五つ目を食べている。ときおり羽音を立ててハエが飛んでくるので、それをしきりと片手で払っていた。

「山の暮らしはどうだい？」と、深町が訊いた。

オレンジジュースのコップに差したストローを口にしながら、悠人がちらと彼を見た。

また、恥ずかしげに顔を伏せた。

「好きだよ、ここ」

宙ぶらりんにした両足を前後に揺すりながら答えた。その仕草がいかにも子供っぽい。

「加賀美さんから厳しく叱られたりはしなかった？」

夏実が訊ねると、悠人は首を横に振る。「叱られたことなんて一度もないよ」

だったら、あれだけ周囲とのコミュニケーションを拒絶していた少年が、どうしてここまで変わったのだろうか。

「加賀美さん、いつだって悠人くんを自由にさせてました。最初の頃は二階にこもりっぱなしでゲームばかりしてたそうですけど、だんだんと外に出るようになって……」

珠美が嬉しそうにいった。

「〝両俣マジック〟だって、加賀美さん、よくいってました」

珠美の言葉に夏実はハッとなった。

「マジックか……」

深町が嬉しそうにつぶやく。「この渓《たに》は不思議な場所だな。ここにいると心が洗われるし、たしかに癒《い》やしの力みたいなものを感じる。ある種のパワースポットみたいなところなのかもしれない」

「そのパワーの中心が加賀美さんやと思うんです」

高垣がふいにそういった。「あの人あってこその両俣やから」

考えてみれば不思議だった。あのとき、野呂川広河原インフォメーションセンターで夏実たちがたまたま淑子に出会ったから、悠人はいま、ここにいる。そうした偶然も、実は必然なのではないか。ふと夏実はそんなことを思った。

「悠人くん。優しい〝おねえさん〟と出会えて良かったな」

深町がいうと、ふいに悠人が真顔になった。

「だけど毎日一度だけ、とっても怖い顔になるんだよ」

「え」

夏実が悠人を見て、ふと気づいた。

「天気図のことだね」と、深町がいう。

「おねえさんはどうして毎日、あれを描いているの？」

「加賀美さんのこだわりなんだ。彼女のルールといってもいい」

深町が優しくいった。

「ルールってどういうこと？」と、悠人が奇異な顔を向ける。

「もう四十年近く前になる。加賀美さんがこの山小屋で働くようになって二年目だそうだ。その年、この山小屋で大きな事件があったんだ。そのとき、加賀美さんは九死に一生を得て多くの登山者の命を救った」

深町は悠人を見ながらいった。「話を聞きたいか?」

「うん」

悠人は頷いた。

「その年の八月、大きな台風がやってきた。ここら一帯が大雨となって野呂川が増水したんだ。水嵩《みずかさ》がドンドン増し、このテーブルがある場所を越して、とうとう小屋の中まで浸水してきたそうだ――」

もちろん夏実もよく知っていた。

それは彼女たち救助隊員のみならず、この北岳の山小屋関係者などにとって、すでに伝説であり、かつまた忘れてはならない大きな教訓だった。

小屋に宿泊したり、テント泊をしていた登山者の多くは、大学登山部やワンダーフォーゲル部などの学生たちだ。総勢四十一名。

夜になっても雨は止《や》まず、山小屋は床上浸水状態。全員が小屋の二階にいたが、やむなく裏山に避難して朝を迎えた。

翌朝になって戻ると、さいわい小屋は流されていなかった。しかし林道が荒れて下山もできず、両俣小屋でさらにひと晩を過ごし、三日目の夜になって予想外のことが起こった。

　台風一過にもかかわらず、低気圧がしつこく南アルプス上空に残っていた。

土砂降りがまた始まり、野呂川はふたたび水嵩が増した。のみならず鉄砲水が幾度となく発生して小屋は濁流に襲われ、とうとう二階の床すれすれまで泥水が達した。このままでは小屋が全壊してしまう。そうなれば怪我人どころか死者が出る。

　淑子は決断した。

　土砂降りの中、登山者たち全員とともに山小屋を脱出した。そして大粒の雨が叩きつける中、十一時間をかけて仙丈ヶ岳を越え、目的地である北沢峠の長衛荘《ちょうえいそう》（今のこもれび荘）に無事に到着したのだった。

「――ひとりの脱落者もいなかった。全員が加賀美さんのことを信頼して、互いに励まし合いながら歩き通したんだ。みんな疲労困憊《こんぱい》だったはずだが、生き延びたという実感はさぞかしだったただろう。そのことが加賀美さん自身の教訓となった。以来、この小屋にいる限り、欠かすことなく毎日、天気図を描き続けてる。同じことを二度と繰り返さないためにだ」

　悠人は深町の顔をまっすぐ見ながら、ずっと聴き入っていたようだ。

「――この谷は携帯の電波が届かない圏外だ。それどころか、無線だって山の上にある北岳山荘と交信できるだけだ。だからここに来る登山者たちにとって、加賀美さんが描く天気図だけが頼りっていうことなんだよ」

やがて昼食が終わった。

夏実はスタッフの珠美とともに、小屋の厨房で皿やグラス、カップなどの洗い物をした。

その間、深町は高垣といっしょに倉庫に入り、発電機の調整をしていた。

腕時計を見ると、午後二時半。そろそろ帰る時刻である。

深町に声をかけねばならない。

濡れた手を拭きながら夏実が厨房から出ると、小屋の出入口脇にぽつんと立っている悠人の後ろ姿があった。

何枚も重ねて壁に貼られた手描きの天気図。

それにじっと見入っているのだった。

20

階下から聞こえた玄関のチャイムの音に、桜井和馬はハッと目を覚ました。

枕元のデジタル時計を見ると、午前五時ちょうどだった。

いったいどうしたのかと思っていると、またチャイムの音が聞こえた。二度、三度と立て続けに鳴らされた。

次にドアが叩かれた。それもひどく乱暴に。

和馬の頭の中から、眠気が一瞬にして消し飛んだ。

警察だ。

間違いなく家宅捜索。いわゆるガサ入れという奴だ。

急いでベッドから下りて、窓のブラインドに指を突っ込み、隙間を作った。家の外を見ると、下の道路に地味な普通車が二台。その周囲に何人か、スーツ姿の男たちが見えている。間違いなかった。

一瞬、パニックに陥《おちい》った。

今にも警察が家に踏み込んでくる。きっと手錠をかけられる。

頭の中が空白状態になった。

どうしようかと目を泳がせた。緊張に息が詰まりそうだった。

ダメだ――ここで捕まるわけにはいかない。

あわただしくパジャマを脱いでジーンズとTシャツに着替えた。パソコンデスクの上に置いていた財布をつかんで、ジーンズの尻ポケットに入れた。

靴下を穿《は》く余裕はない。裸足のまま、部屋を飛び出そうとした。ふと、振り返ると、自分が寝ていたベッドの枕元にナイフが見えた。

そこにとって返し、ナイフをつかむと、もう一方の尻ポケットにねじ込んだ。

――どなたかしら？

階下から母の声。

ダメだ。叫ぼうとした。

玄関の扉を開けたら踏み込まれてしまう。

あわてて階段を駆け下りた。狭い廊下を走った。玄関の三和土《たたき》にパジャマを着たままの母の後ろ姿があった。その手がドアノブのロックを外したのが見えた。

突如、ドアが開かれた。

男たちが家の中に飛び込んできた。

五人いた。多くが白い開襟《かいきん》シャツにスラックス。地味な姿だった。

「警察だ！」

野太い男の声。

母親が驚いて上がり框に尻餅をつく。しかし、男たちはかまわず、土足で板の間に上がり込んだ。棒立ちになっている和馬の前に立つと、ひとりがにらむように彼を見て、ズボンのポケットから警察手帳を出し、写真の付いたＩＤを開いて提示した。

「吉祥寺《きちじょうじ》署の者だ。桜井和馬だな。何で俺たちがここに来たか、わかってるよな？」

四十代ぐらいの大柄な男だった。よれよれのワイシャツ。ノーネクタイ。

和馬は唇を震わせながら後退った。

「わ、わかりません」

「だったら、あとでちゃんとわからせてやる」

そういいながら、男は家宅捜索令状と逮捕状を突きつけてきた。「お前の部屋は二階だな？　調べさせてもらうぞ」

尻餅をついたままの母親に目もくれず、そのままドカドカと板の間に上がり込み、廊下を駆けて階段を上っていった。

母親が真っ青な顔を向けてきた。目を大きく見開いている。

「か、和馬……あんた……？」

和馬は目の前に立つ中年の刑事を見た。

驚いたことに、自分がやけに落ち着いているのに気づいた。さっきまでのパニック状態ではなく、なぜだか心が冷めていた。胸の動悸《どうき》がなくなり、呼吸が落ち着いていた。

彼は目を細め、口を引き結んだ。

その様子が気にくわなかったのか、目の前に立つ刑事が眉根を寄せた。

「何だい。開き直ったみてえな顔をしやがって。だいたいお前はな――」

刑事は最後まで言葉をいえなかった。

和馬はジーンズの尻ポケットからスパイダルコのナイフを抜き出し、いつもどおりに拇指《おやゆび》でカチッとブレードを開くと、躊躇《ちゅうちょ》なくその刃先を刑事の胸に刺し込んだ。

鋭く研がれていたブレードが、何の抵抗もなく根元まで吸い込まれた。

刑事が大きく目を開いた。あんぐりと開けた口から涎《よだれ》がタラリと流れ落ちた。

そのまま硬直していた。

和馬は無表情のまま、ナイフを引き抜いた。血が噴き出したが、さいわい和馬にはほとんどかからなかった。足元に血を滴《したた》らせながら、棒立ちになっている刑事の横を通り、三和土で自分のスニーカーを履いた。

――おい。何だ！　どこへ行く！

他の刑事の声が聞こえた。

振り向くと、さっきの刑事がその場に両膝を突き、前のめりに倒れたのが見えた。

――大堀《おおほり》さんッ！

他の刑事たちがあわてて走ってきて、彼を抱き起こした。

――オイッ！

何人かが和馬を見た。鬼のような形相でにらみつけてきた。

和馬はかまわず玄関から外に飛び出した。

路上駐車している警察車輛が二台。クラウンとマークXだ。さいわい全員が屋内に入ったらしく、外にいる刑事は皆無だった。

しかしぐずぐずしてはいられない。

玄関脇のポートに彼の自転車が置いてあった。いつも乗っていたロードバイクだ。ハンドルを握って路上に出し、サドルにまたがった。

あわただしい足音とともに、屋内から刑事たちが飛び出してくる。

和馬はペダルをこぎ、自転車を走らせた。

追手を巻くために、狭い路地を選んでは何度も角を折れる。

＊

家宅捜索中の捜査員が刺される。35歳男性が逃亡中——

3日午前5時ごろ、不正アクセス法禁止違反の容疑で吉祥寺署に家宅捜索を受けた桜井和馬容疑者（35）＝同市下連雀《しもれんじゃく》2丁目＝が、同署の大堀繁治《しげはる》捜査員（49）の胸をナイフのような刃物で刺して重傷を負わせた。

桜井容疑者は現場から自転車で逃走。約20分後、同容疑者のものと思われる自転車が三鷹駅近くの路上で発見されたものの、付近に姿はなく、桜井容疑者は同駅から電車で逃亡したものとみられる。
警視庁は傷害事件として同容疑者の行方を追っている――

――毎朝新聞　9月3日　夕刊より記事抜粋

第三章

1

芦安の市営駐車場に車輛《しゃりょう》を停め、そこからあらかじめチャーターしていた乗合タクシー三台に分乗し、広河原に向かった。

野呂川の左岸に沿った林道をたどり、右に左にカーブが続く。

安西友梨香は車窓越しに、後ろに流れていく木立や、その合間に見下ろせる渓流《けいりゅう》を眺めていた。今日からの登山にそなえてゆうべは早くに就寝したが、なぜかなかなか寝付けず、睡眠不足気味だった。何度も欠伸《あくび》が出そうになり、掌《てのひら》で口を覆った。

富士山に登るまで、山というのは体力的、精神的にきつく、しかも不潔な場所という先入観があって敬遠していた。

都会育ちのため、子供の頃から自然に親しむ機会がなく、虫や蛇《へび》などが嫌いだった。

自分の足で歩く、それも何百メートル、いや何千メートルという標高差を登っていくなんてつらすぎる。風呂にも入れず、シャワートイレどころか、水洗もないような山小屋に泊まるなんて考えたくもなかった。

それなのに——レギュラーだった番組〈チャレンジ！〉でたまたま富士山に登った。それが好評で、第二弾をやりたいという企画が舞い込んできた。

あとになってわかったのだが、あるバラエティ・タレントの女性が、世界各地の名峰に挑戦する番組がいつも高視聴率を稼いでいたため、それにあやかろうという意図だったようだ。けっきょく二番煎《せん》じ——だから、今度は日本で二番目に高い山なのかと、友梨香は皮肉に思っていた。

たしかに富士山登頂は嬉《うれ》しい経験だった。

登山なんかしたことがないのに、あんな高い場所に自力でたどり着けたという満足感があった。おおぜいのスタッフや登山関係者のサポートもあって、高山病にもならず、転んで怪我《けが》もしなかった。翌日、足腰が立たないほど筋肉を酷使し、疲労していたが、いい思い出となった。

高みを極める——その満足感というのだろうか。それはわかる気がした。

また、昨今流行の山ガールファッションが、友梨香にはとても似合っているといわれ、それが気に入ったことも大きかった。

清涼飲料水のCMに起用されたのも、彼女のイメージが山に結びついたからだろう。それが決定打となって、友梨香は山から逃げられなくなってしまった。

いろいろと調べてみた。

女性専門の登山雑誌があり、メジャーな女優があちこちの山を歩くテレビ番組もあった。

可愛い山ガールファッションで自己主張し、インスタ映えだとか、フェイスブックなどのSNSで若い女性たちが楽しんでいるらしい。

今でこそアイドルとガールズ・バンドの中間のような立ち位置にいて人気を博しているが、それがいつまで続くかわからない。だったら今のうちにこうした〝特技〟を磨《みが》いておくのも悪くない——そういったのは事務所の社長だった。

その言葉が背中を押してくれた気がする。

音楽活動に関して、自分なりの悩みもあったし、他のメンバー三人に差をつけたいという密かな気持ちもあったからだ。

たしかに登山、それも三千メートル級の山に登ったのは〈ANGELS〉のメンバーでも友梨香ひとりきりだ。いくら歌がうまくてもギターが弾《ひ》けても、ひとたび人気が凋落《ちょうらく》してしまえばつぶしが利かないといわれた世界だった。

それにしても——と、友梨香は隣の席をちらと見る。

大きな口を開けて寝入っている男は、マネージャーの住田達夫《すみだたつお》である。

似合わぬ登山スタイルはともかく、でっぷりと突き出した腹は、とても日本で二番目に高い山に登れる体型ではない。富士山のときはひとり高山病にかかって撮影隊の足を引っ張っていたが、今回も間違いなくトラブルの元になるだろう。

友梨香はそっと吐息を洩《も》らし、また流れる窓外の景色に目を戻した。


広河原に到着すると、インフォメーションセンターの駐車場でタクシーを降りた。

時刻は午前九時近かった。

周囲にはおおぜいの登山者たちがいる。これから登る者、下山してきた者が、バス停に並んだり、乗合タクシーの停留所に集まったりしている。友梨香がザックを持って立っていると、さっそく若い登山者たちがこちらを見ながら話し始めた。

友梨香はピンクの山シャツに濃紺の山スカート、縞《しま》模様のタイツといった典型的な山ガール姿。ツバの長いキャップを目深《まぶか》にかぶって、濃い色のサングラスをかけていたが、それでも正体がわかってしまうらしい。

彼女と住田マネージャーの他、メインの撮影クルーが十名ほどいた。

ディレクターの石合克巳《いしあいかつみ》を始め、カメラマンの松山充《まつやまみつる》、音声担当の三河敬史郎《みかわけいしろう》。メイク担当の宮川知加子《みやかわちかこ》。ドローン撮影担当の越谷伍郎《こしがやごろう》など。他にも撮影や録音の補助をしたり、三脚やバッテリーなどの荷物を運ぶための歩荷《ぼっか》スタッフも三名いる。総勢で十五名だ。

さらにもうひとり——。

「こんにちは。小野寺《おのでら》です」

ふいに声がかかり、友梨香たちが振り向くと、大きなザックを背負った中肉中背の男が立っていた。黒髪を短く刈り上げ、太い眉《まゆ》の下に大きな目。豊かな口髭《くちひげ》をたくわえている。

「友梨香ちゃん。今回、登山ガイドを務めていただく小野寺健郎《けんろう》さん」

石合ディレクターに紹介される。「小野寺さんはヒマラヤのいくつかの山を制覇し、冬のモンブランやマッキンリーなんかを登ったベテランクライマーなんだ」

「よろしくお願いしまーす」

友梨香は頭を下げて挨拶《あいさつ》した。

ヒマラヤはともかく、モンブランとかマッキンリーなどといわれても、彼女にはピンとこない。が、とにかくいかにも山馴れした感じの男性だった。

「いい天気で良かったですね。まさに登山日和《びより》ですよ。しかもこの先、晴れ日が三日は続きそうですからね」

嬉しそうに小野寺がいう。

「ところで、今日これからの予定は？」と、友梨香。

住田マネージャーがタブレットを取り出し、画面をスワイプさせている。

「白根御池小屋までです」

スケジュールを憶えているらしく小野寺がいった。「ふつうに歩いて三時間とかかりませんが、あちこちで撮影しながらだったら、その一・五倍ってところですかね。でもまあ、お昼前後には余裕で到着しますよ」

そうしているうちに、周囲に人だかりができはじめていた。中には彼女を指さして名前をささやく者もいる。もっともこうした状況に友梨香は馴れていた。おおぜいに注目されることが自分の仕事であり、生き甲斐《がい》なのだから。

松山カメラマンがザックの中からビデオカメラを取り出した。来る途中、車の中で最近の撮影カメラは昔に比べるとずいぶん小型で軽量になったとしゃべっていた。しかし、やはり普通のデジカメよりも遥《はる》かに大きく、それを固定する三脚は電動式のものを入れて四本も用意されている。

撮影は野呂川にかかる吊橋からスタート予定だった。

全員が歩き出し、ゲートを抜け、緩《ゆる》やかな坂を登った。林道から外れて吊橋の袂《たもと》まで下りると、数名の登山者がちょうど渡っているところだった。

「あの人たちがいなくなったら撮影、始めるよ。オープニングは後ろ姿で行くから、

「友梨香ちゃん、ザックを背負って橋の真ん中辺りでスタンバっといてくれる？」

石合ディレクターにいわれ、彼女はサングラスを外し、住田に渡した。

足元に置いていた二十五リットルの小型ザックを背負う。メイクの宮川がやってきて、化粧を少し修正された。録音助手の女性スタッフが友梨香のシャツの胸元にピンマイクをセットし、腰のベルトにワイヤレス送信機を取り付けた。

「友梨香ちゃん、何かしゃべってみて」

インカムを耳に当てた音声担当の三河がいう。

「こんにちは。〈ANGELS〉の安西友梨香でーす」

友梨香がおどけていう。

「はい。オーケイ！」

三河が指で合図してきた。

「じゃ、橋の真ん中まで行きまーす」

片手を上げ、吊橋を渡り始めた。

ゆらゆらと足元が揺れて少し怖かったが、真下に見える野呂川の清流が美しく、川風が心地よい。

ここに来て良かったと、友梨香はあらためて思った。

2

安西友梨香が吊橋を渡っていた。

おおぜいの撮影スタッフたちが、そのあとをゆっくりと追いかけている。

友梨香は馴れたもので、あちこちの山を指さしたり、空を見上げたりしながら何かをしゃべっているようだ。音声担当のスタッフが大きく両手を掲げながら、防風カバーをかぶせたマイクをカメラに映り込まないギリギリの位置まで下ろしている。

川の手前、白いガードレールに沿って、登山者たちが撮影を見物していた。

その中に桜井和馬も混じっていた。

チェックのシャツにベージュの登山ズボン、グレゴリーの四十リットルのザックを背負い、ストックをひとつ手にしている。逃亡犯として手配され、テレビやネットニュースなどにも顔が出ているために、コンビニで買った伊達眼鏡《だてめがね》をかけていたが、まさかそんな人物が北岳登山口である広河原にいるとは誰も思わないだろう。

和馬がここ広河原に来たのは昨日の夕刻だった。

三鷹駅のコインロッカーに入れていた山用具を引っ張り出し、駅のトイレで着替えた。とっさに持ち出した財布にロッカーの鍵を入れていたのは幸運だった。中央線の電車に乗り、大月《おおつき》で乗り換えた。甲府駅からは広河原直行のバスに乗った。

ゆうべは広河原山荘に泊まった。もちろん名簿には、あらかじめ用意していた嘘《うそ》の名前と住所を記入しておいた。パソコンを自宅から持ち出せなかったのは残念だったが、安西友梨香の北岳でのスケジュールはほとんど頭に入っていた。

予定どおり、午前九時前。彼女は芦安から乗合タクシーで広河原にやってきた。

タクシーのスライドドアが開いて車外に降り立った姿を見て、和馬は興奮に我を忘れかけた。デジカメやスマートフォンなどをかざし、遠巻きに彼女を見る登山者たちの中に和馬も立っていた。

あいにくとデジタルカメラもスマートフォンも家から持ち出せなかったため、他の人々のように彼女の姿を撮影することができない。しかし写真はあくまでも写真だ。動画だって同じこと。和馬の目的は安西友梨香本人を自分のものにすることだ。

やがて吊橋から撮影が始まった。

昔は主役の見栄えを良くするため、人払いがされることもあったそうだ。

ある山の頂上にタレントをひとり立たせたいからと、周囲の登山者を追い払った撮影隊が世間から糾弾《きゅうだん》を受けたりして、今ではそういう行為はめったになくなったという。和馬がこっそり入った事務所の関係者専用サイトに、そんな話題が書き込まれていたのを読んだことがある。

こうしてみると、登山者たちは邪魔にならないように自発的に距離を置いている。だから撮影はスムーズに進んでいるようだ。

和馬も必然的に友梨香に近づくことができずにいた。ひとり、群衆から出て近づけば、いやでも注目を浴びてしまう。

ここに警察が来るようなことにはなりたくなかった。

サイバー犯罪だけならまだしも、ガサ入れで自宅に踏み込んできた刑事をナイフで刺してしまった。恐怖心に駆られてのことだが、重罪はまぬがれない。

周囲の登山者たちがぞろぞろと移動を始めたのに気づいた。

安西友梨香は吊橋での撮影を終え、野呂川の対岸に渡ったようだ。群衆とともに吊橋を渡り、木立を抜けると、広河原山荘前に撮影スタッフの姿があった。

安西友梨香はカメラの前でポーズを取って微笑《ほほえ》んでいる。

隣に立っている髭の男性は、おそらくガイドだろう。友梨香と親しげな感じで会話を交わしている。

――これから、いよいよ北岳を目指しまーす。

彼女の声がはっきりと聞こえた。

ディレクターらしい男がオーケイを出し、友梨香はふっと真顔になった。小太りの男性がスポーツドリンクらしいペットボトルを差し出すと、それを受け取って少し飲んだ。バンダナで口元を拭いた彼女が、男性にペットボトルを返したときだった。

友梨香がゆっくりと振り向いた。

視線が和馬に向いていた。

ドキリとした。

ほんの一瞬だった。彼女の視線はすぐに逸《そ》れた。

ディレクターと何か会話を交わしている。

それきりこちらを見ることもなかったが、和馬はまだドキドキしていた。

友梨香の視線はたしかに和馬に向けられていた。まともに目と目が合ったのだ。

和馬は確信した。

自分と友梨香はやはり運命的に結びついている。

カチッ。パチン。

ふいに音が聞こえた。

それはリアルな音ではなく、心の中で響いたものだと気づいた。

自分の右手を開いてじっと見つめる。

もはや相棒ともいえるナイフがここにある――そう想像して、ふいに口元に笑みがこぼれる。

カチッ。

心の中で、またあの音が聞こえた。

3

ホイッスルの音とともに、ハーネスを装着した三頭の犬がダッシュする。

スラロームの訓練である。

先頭は川上犬のリキ。やはり若い犬は脚力が違う。ドッグランの中央に並べた七本のポールを右に左に交互に回避しながら、それぞれのハンドラーの元へ駆けつけてきた。

リキはチームリーダー進藤のところへ。バロンは静奈。そしてメイは夏実――。

三人は腰のポーチから短くちぎったジャーキーを出して口に入れ、体を軽く叩《たた》いて犬たちを誉めてやる。

嗅覚《きゅうかく》を駆使《くし》した捜索訓練も大事だが、こうした障害物回避は山岳地帯を走る犬にとっては必要不可欠だった。生後一年のリキはともかく、シェパードのバロンもボーダー・コリーのメイも、あと何年かすれば引退を考えなければならない時期となる。

当然、筋肉も落ちがちだから、それを維持するためにも日頃の訓練が必須なのである。

訓練終了後は存分に水を与えた。

気温は二十度を超えていて、午後まで高そうだ。この晴天はあと二、三日続くらしい。

ゆえに平日にもかかわらず広河原から登ってくる登山者があとを絶たない。午前中に白根御池を通過する者のほとんどは、日帰り登山の健脚者か、肩の小屋あるいは北岳山荘への宿泊となる。

白根御池小屋に泊まる者はたいてい午後の到着だ。

「そういえば今日だっけ。彼女が登ってくるのって」

バロンの背中を撫でながら静奈がいった。

「たしかそうですね」

夏実が答える。「朝から颯ちゃん、走り回っていたし」

「いくら人気タレントが来るからって、あわてたって仕方ないのになあ」

リーダーの進藤が笑いながらいった。

「安西友梨香って登山スキルはどのくらいかしら」と、静奈。

「番組で富士山に登ったのは有名だけど、本格的な登山はこれで二回目らしいよ」

そういった進藤を見て、夏実が首をかしげた。

「だって清涼飲料水のコマーシャルに、山ガール姿で出てるんでしょ？」

「あれは背景が合成。スタジオ撮影らしい」

「進藤さんもやけに詳しいじゃない。もしかしてファンなの？」

静奈に痛いところを突かれて、彼は恥ずかしげに笑う。

「ごめん。〈ANGELS〉のCD、二枚ばかり持ってる」

静奈が吹き出しそうになった。

「それにしても、日本一の山に登ったからって、次は二番目に高い山っていう選定は、あまりよくないと思います」

夏実がきっぱりという。

「そうね。富士山と北岳じゃ、登山の仕方がまったく違うからね」

静奈がいうとおり、富士山は斜面に刻まれたジグザグルートをだらだら登るのが基本。一方で北岳はトラバース道や鎖場《くさりば》、梯子《はしご》などがあり、本格的な登山のスキルを必要とする場所だ。アプローチもずいぶん長いため、それなりの体力も必要である。

「撮影チームに登山ガイドは同行してるの？」

静奈にいわれ、進藤が頷《うなず》く。

「小野寺健郎氏だ。昨日、派出所に本人から連絡が来たよ」

登山界では有名な人物だ。山岳雑誌によく登場しているし、夏実もその名前を知っていた。若い頃は海外遠征を数多くこなし、今は山岳ガイドが職業。ここ北岳のみならず、甲斐駒ヶ岳から荒川三山《あらかわさんざん》に至るまで、南アルプス一帯を知悉《ちしつ》しているらしい。

「彼がついてるなら、まず安心だと思う」

進藤の言葉に夏実も同意した。

「あ、ところで――」

ふと思い出して口にしてみた。「今日は加賀美さんが両俣に戻る日ですよね」

静奈が頷く。

「今頃、猫たちと再会かしら？」

「悠人くんや、それにスタッフのおふたりも」

夏実はふと青空を見つめながら、両俣のあの静かな渓《たに》に心を寄せてみた。

中江悠人はたしかに変わった。

それまでの内向的な性格が嘘のようになくなっていた。表情が明るくなり、他人との会話も積極的だった。それが加賀美淑子のいう自立かどうかはわからない。しかし、彼を両俣小屋に預けて良かったと、夏実は心の底から思った。


犬たちを犬舎に入れ、警備派出所に三人が戻ったとき、深町が待機室の電話で誰かと話しているのに気づいた。

その表情がかなり深刻な感じがして、夏実は嫌な予感にとらわれた。

受話器を戻した深町に訊《き》いてみた。

「どちらからですか？」

彼は深刻な顔で夏実を見た。

「横浜の山崎美和子さんからだ。悠人くんのお父さんが経営する会社が、多額の負債を抱えて倒産したそうだ。悠人くんのお母さんから聞いたそうだが、会社の債権の大半は、彼が所属している反社会的勢力の団体にあるらしい」

「まさか、それって……」

「中江氏はそのことをあらかじめわかっていて、悠人くんに多額の生命保険をかけていた可能性がある」

夏実は背筋が寒くなった。

「悠人くんが両俣にいるって、お父さんにも伝わってますよね」

「もちろん親権者だからな」

「この話、加賀美さんにも伝えておいたほうがよくないですか」

夏実の顔を見て、深町は頷いた。

4

加賀美淑子は三日ぶりに両俣に戻ってきた。

本当は昨日の朝には退院できていたのだが、その日はまた食材の買い出しをしなければならなかった。そして今朝、アルバイトスタッフの珠美が野呂川出合に駐車したままの淑子の車に乗って、麓《ふもと》の芦安まで彼女を迎えに行った。

淑子は右腕を白い包帯で巻かれたまま、林道を歩いてきた。

荷物のほとんどは珠美が背負っていた。

「ただいまぁ！」

明るい声を聴いて、両俣小屋の出入口の扉が開き、中から悠人が飛び出してきた。

「お帰りなさい！」

高垣も続いた。

ふたりの声が揃っていたので、淑子は吹き出しそうになる。

「あらぁ、ふたりとも元気そうねえ！」

それからミニョンとユンナ——二匹の猫たちが小屋の中から出てきた。

淑子は身をかがめ、左手だけで猫たちを交互に撫《な》でた。やはり彼女がいなくなって寂しかったのだろう。しきりと鳴き声を上げながら尻尾《しっぽ》を立て、彼女の膝に体をこすりつけてくる。

悠人はまた日焼けを重ねたらしく、精悍《せいかん》な感じになっていた。

「わかるよ。私との約束を守らず、ガッキーと毎日、釣りしてたんでしょ？」

意地悪く淑子がいうと、悠人は肩をすぼめ、照れたように笑う。

「ま。いっか。あんたたちに釣りをするなっていうほうが無謀だったわねえ」

クマのことはたしかに心配だったが、とにかくふたりとも無事で良かった。

「おねえさん。ぼく、薪《まき》割りやったんだ」

ふいに悠人がいったのでびっくりした。

「え？　ホント？」

「ほら」

そういって小屋の横を指さした。

見ればあれだけ乱雑に転がっていた玉切りがすべて割られ、壁際にきれいに積み上げられている。淑子は眼鏡を押し上げて、思わず目を凝《こ》らしてしまった。

「へえ……君もやるわねえ。怪我、しなかった？」

「大丈夫。もちろん、ガッキーが手伝ってくれたんだけど」

「なあんだ。そうだと思った」

淑子は笑って悠人の肩を軽く叩く。

「これでぼく、秋までここにいられるよね。ずっといてもいいよね？」

もちろん――そう答えようとして、淑子はふと顔を曇らせた。

「どうしたの？」

首をかしげる悠人に向かって淑子は笑みを見せた。

「いいの。それより、ふたりとも長い間、本当にお疲れ様！」

「あ。ガッキー、今日で帰っちゃうっていってたけど？」

悠人に頷いてから淑子はいう。

「私があんなことになったから、わざわざ下山を延ばして、ここにいてくれたんだよ。おタマさんもせっかく荷運びを手伝ってくれたのに、とんぼ返りよね」

珠美が少し寂しげに頷いた。

「大学、始まってますし、さすがにもう帰らないと」

高垣も名残《なごり》惜しそうに両俣小屋を見つめる。

「じゃあ、お昼は豪勢にピザでも焼こうかしら。とっておきのワインもあるから、思い切って開けるわ」

「やった！」

悠人が明るくいった。

その頭を小突いて、淑子がわざとにらむ。

「未成年はお酒はダメだよ」

「ピザのことだよ」

悠人が口を尖《とが》らせた。

午後いちばんに、高垣克志と園川珠美は両俣小屋を去って行った。

淑子は悠人とふたり並んで、ふたりの後ろ姿に向かっていつまでも手を振っていた。

やがて木立の向こうに見えなくなると、悠人がいった。

「これで秋までずっとふたりきりだね」

ふっと眉根《まゆね》を寄せると、淑子はゆっくりと悠人を見下ろした。

「実はつらいことをいわなきゃいけない」

「え」

きょとんとした表情で悠人は見上げてくる。

淑子は鼻息を洩らし、いったん下を向いた。本人の前でいうべきか迷っていたのだ。

しかしながら、隠しておくべきものでもないだろう。

「芦安の家に帰ったらね。留守番電話がいっぱい入ってたの。ほとんどは君のお父さんからだった」

とたんに悠人の顔から笑みが消失した。

「君を引き取りに迎えを寄越《よこ》すっていってた」

悠人の表情がこわばった。唇をギュッと嚙みしめている。

両俣小屋の連絡先は小屋番である淑子の個人の携帯番号と固定電話になっている。

宿泊予約はそこからすることになるが、もちろん淑子が両俣にいる間は携帯の電波も届かないため、不通となる。緊急連絡ができるのは、ゆいいつ北岳山荘との無線交信のみである。

そのため中江芳郎は淑子の携帯などの留守電に、毎日のようにかけていたようだ。それもドスの利いた声で脅かしの言葉が並べられていた。「ガキを返さないと承知しないぞ」というのはまだいいほうで、「さっさと連絡を寄越せ。さもないと半殺しだ」など、あきらかな脅迫もいくつかあった。

仕方なく淑子は自分から芳郎にコールバックした。

すると、それまでのことが嘘のような穏やかな声で、彼はいったのである。

――すっかり悠人がお世話になりました。明日、息子を引き取らせていただきます。自分は所用があって行けないので、会社関係の人間をふたりばかりそちらに行かせます。

むろん詭弁《きべん》に違いない。彼の会社は倒産したのだ。

厄介《やっかい》払いみたいに突き放してたくせして、今さらどうしてと淑子は憤《いきどお》った。

そして気づいたのである。

彼には多額の生命保険がかけられている。

そんなはずがないと思いつつ、やはり悪いことを想像してしまう。

「だから、ガッパーたちを帰したの？」

「そうよ。ふたりをトラブルに巻き込むわけにはいかないわ」

悠人はしばしあらぬほうを見て、黙り込んでいた。

「ぼく――」

横顔を見せたまま、悠人がいった。「ここにいたい。うちに帰りたくない」

淑子はそれを聞いて、胸がふさがれる思いだった。

しかし他人の子供を親の意思に逆らって引き留めるわけにはいかない。下手をすれば、こちらが罪をかぶることになる。それにいくら悠人本人がここに残りたいと主張しても、たったの十三歳である。法律的には親の側に主導権があるはずだ。

「深町さんたちに相談したらいいよ」

悠人がいった。「あの人たちって警察官なんだよね」

「そりゃそうだけどねえ」

淑子は思わず言葉を濁《にご》してしまう。

いったん自分から預かるといって引き取った子のことだ。今さら彼らに相談なんかできるだろうか。それにいくら警察官だからといって、これは民事の範疇《はんちゅう》である。目の前で犯罪が起こらないかぎり、職務として動くことはできないはずだ。

多額の借金を抱えて会社を倒産させてしまった中江芳郎。しかも借財のほとんどは自分が所属している暴力団関係からだという。そして連れ子とはいえ、我が子にかけた多額の生命保険。そんな芳郎が急に息子を引き取るといってきた。

何か悪巧みをしていないと思うほうがおかしいだろう。

淑子はゆっくりと屈《かが》み込み、悠人を真正面から見つめた。

「さいわいまだ少しだけ時間がある。考えてみるね」

悠人が口を引き結び、黙って淑子の首に手をかけ、しがみついてきた。淑子は悠人の温かな頰《ほお》に顔を当てた。小さな背中に左手を回して、力いっぱい抱きしめた。

5

意外に疲れたり、バテたりしていない自分に気づいて、桜井和馬は驚いた。

かなりの急登《きゅうとう》が続いているのに、ほとんど休憩も取らず、足がドンドン前に出る。時たま足を止め、ザックのサイドポケットからペットボトルを引き抜き、スポーツドリンクを飲むぐらいだった。

おそらく雲取山に登ったため、足腰に筋肉が付いたのだろう。心肺機能も強化されたのかもしれない。あのときは死ぬほどつらかったが、それが嘘のようだ。

和馬は撮影隊の少し後ろにいた。

周囲を数名の登山者たちが同じ方向に歩いている。もちろん、彼らとて北岳登山が目的で来たのだから、アイドル歌手の撮影があるからと予定を変えるわけにはいかない。カメラが回っていない間、次々と撮影隊を追い越して先へゆく。

しかし和馬はずっと後ろに従っていた。

中には安西友梨香をちらとでも見たいという者もいて、同じペースで歩いている。多くは若者たちだった。男もいれば女もいた。

――こうして見ると、顔、ちっちゃいねえ。

――テレビよりもずっと可愛いじゃんか。

――山小屋に着いたらTシャツにサインしてもらおうかな？

そんな会話が聞こえてくる。

和馬は知らん顔で彼らと歩調を合わせるように登り続けた。

登り始めて一時間半ぐらいで、簡易な木造りの小さなベンチが置かれた場所があった。

友梨香がそこに座って休憩している――という設定の撮影が始まり、その合間に後続していた一般の登山者たちが撮影隊を遠巻きに避けながら、次々と追い抜かしていった。和馬も仕方なく彼らに混じって撮影隊を尻目に先に登り始めた。

友梨香はちょうどメイク直しの最中で、ずっと俯《うつむ》きがちだった。

もちろん目が合うどころではなく、足を止めるわけにもいかないために前に行くしかなかった。ふたたび急登をたどりながら、後ろ髪を引かれてつい下を見てしまう。が、撮影隊の姿は木立の間に見えなくなっていた。

しばらく歩くと、また木製のベンチがあった。

ちょうど誰もそこにいなかったため、和馬はザックを下ろし、ベンチに腰掛けた。汗を拭いながらスポーツドリンクを飲み、しばし休んだ。やはり体ができているのか、雲取山登山ほどの疲労感はなく、むしろ爽快《そうかい》だった。

この調子なら、友梨香といっしょに北岳山頂を踏めるかもしれない。

そう思った。しかし、そんな夢もすぐについえてしまう。何しろ自分は警察に追われている身なのである。この先、行き場なんてどこにもない。

だから、何度も考えてきた。

いっそのこと、この山で死のう。それも――ひとりじゃなく、彼女と。

友梨香のことを思っているうちに、沈みきっていた心が少し楽になってきたような気がする。

ふと気がつくと、三十分以上、このベンチに座っていたようだ。

足音がいくつか重なって聞こえたので、ハッと振り向くと、撮影隊が登ってくる姿が木の間越しに見下ろせた。和馬は少し緊張しながら待っていた。

彼らは撮影しながら登っているようだ。

先頭は中肉中背の登山ガイドらしき男性。

そのすぐ後ろが友梨香だった。さらにカメラをかまえた男性が続き、音声担当の男性スタッフが、苦労しながらマイクを掲《かか》げつつ登っていた。そのあとさらに、おおぜいがついてくるようだ。

和馬はどうしようかと焦った。

ここに座っていたらカメラに映ってしまう。

とっさに足元に置いたザックをつかむと、それを抱えながら樹林の中に駆け込んだ。向こうから見られぬよう窪地《くぼち》にザックを寝かせ、自分は杉の太い幹の後ろに隠れた。

――あ。第二ベンチが見えてきました。すぐそこですよ。

ガイドの男の声が聞こえた。

足音が近づいてくるのを、和馬はドキドキしながら待っていた。

無意識にズボンのポケットに手を入れている。スパイダルコのフォールディングナイフを取り出す。拇指《おやゆび》でブレードを開く。

カチッという音。

研ぎ澄まされた刃を見ているうち、あの刑事を刺したときのことを思い出した。切っ先が肋骨《ろっこつ》の間から刺し込まれ、肉を断ち切って、滑るように入っていく。その感触が右手にまだ残っている。

和馬の鼓動が次第に高まってきた。

――ちょっとここでまた休憩していきましょうか。

――はーい。

ガイドと友梨香の声が、すぐ近くから聞こえた。

和馬は杉の木の陰から、そっと顔を出す。数メートル先にピンクの登山シャツに山スカート姿の友梨香が立っている。彼女はザックを下ろし、それからシャツを脱いだ。黒っぽいTシャツになった。

女性スタッフがやってきて、彼女のメイクを直し始める。

和馬はじっと見つめた。友梨香の薄手のTシャツが色っぽかった。胸のふたつの隆起を見つけて、興奮に我を忘れた。体が震えそうだった。

――撮影、行きまーす。友梨香ちゃん、周囲を眺めている感じでお願いします。

ディレクターらしい男性がいい、彼女はそのとおりにした。

視線をゆっくり移していた友梨香。その目が自分に向けられた。

和馬はとっさに杉の幹の裏に顔を引っ込めた。

また心臓が早鐘《はやがね》を打ち始めた。

見つかったかもしれない。そう思いながら、じっと息を潜めていた。

――ハイ。オッケーです。

ディレクターの声。

やがて撮影隊がまた移動を始めた。

足音がいくつか登っていく。それが完全に聞こえなくなるまで、和馬はその場でじっとしていた。呼吸がまだ荒かった。頭がのぼせ上がっていた。

落ち着けと自分にいい聞かせる。

大丈夫だ。焦るな。

俺と友梨香にはまだ時間がある。

ようやくその場から動き出した。林床に膝を突き、なんとか立ち上がる。木立にもたれてしばし呼吸を整え、それからザックを拾った。

また足音がして、驚いた。

ベンチの下から何人かの登山者たちが登ってきた。

中年の男女が三名。さいわい、ベンチで休憩を取らず、そのまま登っていく。登山道から外れた場所にいる和馬に気づかないで行ってくれた。

和馬はザックを背負うと、早足に歩いて木立を出た。

ついさっきまで友梨香が座っていたベンチ。それをじっと見下ろす。

右手を伸ばし、彼女がいた場所をそろりと撫でた。

6

安西友梨香とテレビ番組〈チャレンジ！〉の撮影隊が白根御池小屋に到着したのは、午前十一時半のことだった。

救助隊の警備派出所から見ると、御池小屋の前に人だかりができたのでそれとわかった。

たくさんの人たちがデジカメやスマホをかざしている。

――曾我野くんったら。

静奈の声がして夏実は待機室の窓から外を見る。

愛用のデジカメを片手に御池小屋のほうに行こうとしていた曾我野誠の腕をつかんで、静奈が眉《まゆ》を立てていた。

――インスタグラムにアップしたいんです。ツーショット、一枚だけ撮らせてもらったら、すぐ戻りますから。

――何いってんの！　私たちこれでも警察官なんだからね。そんなふうにオタク趣味丸出しで、はしたない真似しないの！

彼女の剣幕に萎縮《いしゅく》した曾我野は、すっかりうなだれてしまった。

待機室の奥、階段を下りる足音がし、急ぎ足で関真輝雄が姿を現した。そのまま表に出ようとするので、夏実が後ろから声をかけた。

「関さん。あのー、もしかして安西友梨香がお目当てなんですか？」

「え……」

足を止め、気まずい顔で振り向く関の片手にスマートフォンが握られていた。ちょうどそこに外から戻ってきた静奈は、鉢合わせした関を見て、眉間《みけん》に深い皺《しわ》を刻む。

「関さんまで！」

熟れたトマトのように顔を赤らめて、関が照れ笑いした。

「夏実。ちょっと！」

静奈に強引に肘《ひじ》をつかまれ、否応《いやおう》なしに彼女は外に出た。

そのまま草すべりの登山口方面にふたりで歩き、御池の畔《ほとり》に立ち止まる。周囲には三張りほどテントがあったが、登山者の姿はない。

「男って、どうしてああなの？」

そういって静奈は口をへの字にした。

「あー、そういえば進藤さんもファンだっていってましたよね。うちの署の地域課でも、とりわけ山岳救助隊はミーハーぞろいだって、もっぱらの評判ですから」

夏実は笑いを堪《こら》えながらいった。

そのとき、山小屋のほうからおおぜいが歩いてくるのに気づいた。

見れば安西友梨香とガイドの小野寺らしき人物が並び、撮影スタッフが十名以上、さらに一般登山者らの群衆が続く。

驚いたことに、先頭グループに混じっているのは、救助隊の制服姿の大柄な男――杉坂知幸である。

――あれが北岳です。明日、登られる山ですね。

御池から見上げる北岳バットレスを指さしながら、杉坂が説明している。

「副隊長までちゃっかりと……」

あきれた顔で静奈がつぶやく。「みんなして鼻の下を伸ばして、何なのよ」

「まあ、相手はアイドルですし、仕方ないんじゃないでしょうか」

そういった夏実をにらんで静奈がいう。

「だったら深町さんも？」

思わずそのへんに彼がいないか目で探してから、夏実は肩をすぼめた。

「あとでそっと訊いてみますね」

そういったとき、杉坂がふたりの姿を見て手招きをした。

――ふたりとも、ちょっといいかな？

「何ですか？」

夏実がいって彼らのところに向かった。仕方ないという様子で静奈が続く。

「友梨香さんが救助犬を見たいっていうんだ。会わせてもらえるかな」

とたんに静奈が口を尖らせた。

「救助犬は見世物《みせもの》じゃないんですけど？」

「えっと、メイでよければ」

そういったとたん、静奈が腕をつかんだ。「ちょっと夏実！」

夏実は小さく舌を出して、また肩をすぼめた。

安西友梨香は自分が犬を飼っているということもあって、犬好きのようだった。

犬舎に向かって歩きながら友梨香がいった。

「牝《めす》のシェルティ（シェットランド・シープドッグ）で、メイっていうんです。私が高校生のときに飼い始めて家族の一員になったんですけど、今は忙しすぎてなかなか会いに行けないの」

夏実が驚いた。

「え。偶然ですねえ。私がハンドリングしているボーダー・コリーも女の子で、同じメイっていう名前なんですよ」

やがて彼女が犬舎から連れ出してきたメイを見て、友梨香が破顔した。

「わー、可愛い！」

腰をかがめて撫でようとするのを、やや小太りの男が止めた。

「よしたほうがいい。急に咬《か》まれたらどうするの？」

マネージャーらしかった。

「あ。大丈夫です」

夏実は隣にかがんでいった。「充分、訓練してますから」

家で飼っていたぐらいだから、さすがに友梨香は犬によく馴れている。いきなり頭の上から撫でることをせず、そっと顔の下に掌を持っていき、メイの顎《あご》の辺りをさすった。それから耳の付け根の後ろを指先でカリカリとやっている。

「メイちゃん。よろしくね」

長い舌を垂らしながら目を細めていたメイが、彼女を見た。豊かな尻尾を二度ばかり振った。どうやら彼女のことを好きになったらしい。

「凄《すご》ーい。この子、笑ってる！」

友梨香が感激していった。

隣にいる夏実を見てから、後ろに立っている撮影スタッフたちを振り返った。カメラマンがいつの間にかかまえていて、音声のマイクが夏実と友梨香の真上に掲げられていた。

「犬ってよく笑う動物なんですよ」

夏実が説明した。「それに悲しいときは泣き顔になるし、つらいときはしょんぼりします。人間と同じです」

「そういえばそうですね。うちのメイも笑ったり悲しんだりします」

友梨香がいって、夏実に向かって微笑んだ。

まるっきり気取りのない様子がアイドルっぽくなくて、夏実はすっかり彼女のことが気に入ってしまった。

「メイちゃんは救助犬だから、この山で遭難者を助けたりするんですね」

「ええ。行方不明者の捜索とか、雪崩《なだれ》に埋まった人を捜したりとか、主に嗅覚を使った仕事をここでしています」

するとまた友梨香が夏実を見つめた。

「もしかして……星野さんご自身も救助をされるんですか？」

「もちろんです。私もここの救助隊員ですから……っていうか、男も女も関係ないです。私よりもずっと大きな男の人を背負って歩くことだってあります」

友梨香は驚いた顔でまじまじと夏実を見つめた。

「もしも私に何かあったら、メイちゃんといっしょに救助にきてくださいね」

「行きます」

夏実はそう答えた。「だけど、そんなことにならないよう、明日の山行はくれぐれも慎重にお願いします。登山っていうのは無事に麓に下りて我が家に戻れてこそ、初めて完結するものですから」

「そうね」

友梨香は少し上気した顔でいった。「気をつけます」

それからまたアイドルらしい可愛い表情で笑った。

夏実も笑みを返した。そのときだった。

ハッと振り向いた。

なんだか、ゾクッとした冷たい感触を背中に覚えたのだ。

背後をぐるりと囲むように立っている撮影スタッフや小屋泊まりの登山者たち。およそ十名前後いるだろうか。その中に、いやな感じのする〝色〟が見えた気がした。

夏実は無意識に眉根を寄せていた。胸がドキドキしている。

「どうしたんですか」

隣から友梨香が訊いたので、ゆっくり向き直った。

「あ……いいえ。何でもないんです」

そういってそっと立ち上がる。

もう一度、背後にいる人々を見渡した。しかし、先ほどのいやな〝色〟はすでに感じられなかった。胸の動悸だけがいつまでも残っていた。

7

――えっと、みなさま。本日は当白根御池小屋にお越しいただきましてありがとうございます。管理人の松戸と申します。

臙脂《えんじ》の手ぬぐいを頭に巻き、黒髭を生やした大きな男だった。

管理人といってもまだ若く三十代半ばぐらいだろうか。いかにも山のベテランらしく肩ががっしりとし、胸板が厚い。

白根御池小屋は山小屋というイメージを覆すほど大きな建物だった。事前にネットで調べると百二十名の宿泊ができるらしい。それに見合って、一階の食堂も広かった。フロアに並ぶテーブルの半数程度を宿泊する登山者たちが占めて、午後五時からの夕食がスタートした。

友梨香は、撮影スタッフらとともに窓際のテーブルについていた。

桜井和馬は、彼女の斜め後ろにあるテーブルで、見知らぬ三名の中年男女とともに座っていた。ちょうど友梨香の顔が間近に見える場所だった。

彼女はワインを注文して飲んでいるようで、頰が少し桜色になっている。それが色っぽかった。

――消灯時間は午後八時ですので、それまでみなさん、ごゆっくりおくつろぎください。なお、明日の天気は晴れです。素晴らしい山旅になると思いますが、くれぐれもお気をつけて登下山をなさってください。

やや緊張した感じの管理人の挨拶が終わると、宿泊客たちが拍手した。

友梨香ももちろん。和馬も少し躊躇《ちゅうちょ》したが、仕方なく周囲に合わせて手を叩いた。

彼がこの山小屋に到着したのは、ちょうど正午頃だった。

友梨香と撮影隊は少し前に着いたはずだ。

やはり雲取山が予備登山として効果があったのか、ほとんどバテることもなく、和馬はこの白根御池小屋まで登れた。もっともここからはさらに厳しいものになるだろうが、おそらくこの調子ならば大丈夫なはずだ。それになんといってもこの先、友梨香といっしょに登ることができる。

ひとりでフッと笑みを浮かべていたのに気づいて、和馬はあわてて口を引き結ぶ。

ふいに不安がこみ上げてきた。

友梨香が救助犬と戯《たわむ》れていたときの姿を思い出した。彼女といっしょにいたのは山岳救助隊の星野夏実だ。南アルプス署の女性警察官である。ネットで写真を見てなかなか可愛いと思ったが、実物も美人だった。

じっと見つめているうち、まるでその視線を悟ったかのように、彼女が出し抜けに振り向いた。それも異様に緊張した顔で、和馬のほうを凝視していたのである。

なぜだろうかと思った。何かを悟られたのか？

「おひとりで来られたの？」

女性の声がして我に返った。

向かいに座っている青いフリースの中年女性だった。隣にいる男性は夫のようだ。

「は、はい」少ししどろもどろになって彼は答える。

「どちらから？」

「……東京……練馬《ねりま》からです。石神井《しゃくじい》に住んでいます」

窓口で宿泊者の記帳をする際、住所は練馬区石神井と書いた。名前も山田浩二《やまだこうじ》とした。

「あら。私たち夫婦も石神井なのよ。偶然ねえ。おうちはどの辺り？」

なぜ根掘り葉掘り訊いてくるのだろうかと腹を立てたが、和馬は平静を装った。

「公園の、近くです」

「そう。あの辺は静かでいいところよね」

それきり夫婦の会話に戻ったので、和馬はホッとした。

何気なく食事を摂りながら、たまに友梨香を見る。先ほどから撮影スタッフらと楽しそうに歓談しているが、周囲の会話が賑《にぎ》やかすぎてまったく聞こえなかった。

宿泊する部屋がいっしょだったら良かったのにと思ったが、おそらく彼女は撮影スタッフらと同室なのだろう。

明日からは友梨香とずっといっしょだ。そう、自分にいい聞かせる。

どうせもう、この山を下りることもない。どこまでも彼女とふたりきりで行って、もしも逃げ場がなくなったら――。

登山ズボンのポケットに入れているナイフの重さを和馬は意識した。

8

午後八時、消灯時間となった。

一階と二階の壁面に並んだ窓がいっせいに暗くなった。

白根御池小屋は発電機を止めて電源を落としても、ソーラーパネルで蓄電した電力を使い、階段や通路などには非常用の常夜灯が点《つ》いている。トイレも自動感知で明かりが点く。

二階の洗面所。ステンレス製の流し台に並ぶ五つの蛇口に向かい、就寝前の客がふたりばかり立っていて、歯を磨《みが》いていた。和馬もそこにやってきて、いちばん奥の窓際の蛇口の前に立つと、プラスチック製のコップを置き、歯磨きを始めた。

そのうち、ひとりずつ部屋に去って行き、洗面所にいるのは和馬だけとなった。

薄暗い中、自分の顔がシルエットとなって鏡に映っている。

しばし何もせずに、和馬はじっとおのれの姿を見つめた。まるで自分ではない、別の人間がそこにいるように思えた。ランニングや自転車を始め、雲取山の登山もしたおかげで体重が七キロばかり減った。下膨《しもぶく》れだった顔が、今ではずいぶん引き締まって見える。

――明日だ。

自分に向けていってみた。

――明日になったら、彼女を手に入れる。そのためにこの山に来たのだ。

登山ズボンのポケットに手を入れ、フォールディングナイフを引っ張り出す。拇指をブレードの孔にあてがって刃を開いた。カチッというロックの音が小気味よい。

その鋭い刃先をゆっくりと自分の喉元《のどもと》に向けた。

刃先を肉に当ててみた。

躊躇なく、グイッと押し込む。プツッと皮が断たれる感触。切っ先を離すと、傷口から小さな血玉が盛り上がった。

それを憑《と》かれたような表情で凝視していた。

通路に足音が聞こえた。

和馬はとっさに喉元の血を拭い、ナイフをたたんだ。ズボンのポケットに入れようとしたところ、手が滑って落ちた。床の上、思わぬ大きな音がした。あわてて屈んで拾おうとしたとき、洗面所の入口から女性がふたり入ってきた。

和馬は目を剝《む》いた。

安西友梨香だった。登山ズボンは同じだが、上は白いタンクトップに着替えていた。いっしょにいるのは、彼女のメイクを担当していた中年女性だ。

——音声の三河さん、夕食のときにえらくお酒を飲んでたけど、明日は大丈夫かしら。

——ああ、敬ちゃんはザルだから平気。宿酔《ふつかよい》にもならないと思いますよ。それより石合さんが問題。寝入りばなから、さっきのあの鼾《いびき》ですもの。

流し台のいちばん奥に立つ和馬に目もくれず、ふたりは入口に近い蛇口に向かった。

——あの人って、いつもああなの？

——そりゃもう有名ですよ。だから、耳栓をちゃんとふたりぶん、用意してます。

和馬は自分の足元に目をやった。さいわいナイフは足の陰になっていた。ふたりからは見えないはずだ。彼はホッとして歯ブラシを取り、歯磨きの真似をする。そうしてチラチラと友梨香を横目で見た。

――友梨香さんの髪、ふだんはふっくらしてきれいなウルフなのに、帽子ですっかりペッタンコになちゃいましたね。お風呂も入れないから、明日がたいへん。

メイクの女性はそういいながら、友梨香の後ろに立って髪のブラッシングを手伝った。

それが終わると友梨香はクレンジング剤を顔に塗り、メイク落としを始めた。

いつまでもここにいるわけにはいかず、和馬はふたりの隙《すき》を見て、すかさず身をかがめて足元のナイフを拾った。それをズボンのポケットにそっと入れる。鏡の前に置いていた歯ブラシやコップ、タオルをつかむと、友梨香たちのほうに向かって歩く。

心臓が高鳴っていた。

興奮を表情に出さないようにして、ふたりの後ろをそっと過ぎようとした。

ほのかな女の香に気づき、無意識に目をやる。

鏡の中に映る友梨香の顔。

視線が合った。

ドキッとして立ち止まりそうになった。

和馬はこわばった顔で前を向き、そのまま通路に出た。ゆっくりと自分が寝泊まりする部屋に向かって歩く。

後ろ――洗面所のほうから、かすかにクスクスと笑う声が聞こえた。
和馬は薄暗い通路に立ち止まり、肩越しに振り返る。通路に洩れる洗面所の明かりをしばし凝視した。体が震えていた。

9

天気予報どおり、翌朝は見事なまでの快晴だった。

抜けるような秋の空の下、御池の畔から見える北岳の雄姿が、東の山の端から出てきたばかりの朝日を浴びて、荘厳に輝いている。

白根御池小屋から出てきた登山者が、ひとりまたひとりと警備派出所の前を過ぎていく。

安西友梨香と撮影隊は、午前七時を少し過ぎた頃に山小屋から出てきた。

正面玄関前で体の屈伸運動をする友梨香の撮影が終わると、ガイドの小野寺とともに派出所前を過ぎて、草すべり方面に向かって歩き出した。カメラを抱えたスタッフ、音声のマイクを持ったスタッフなどがぞろぞろと続く。

夏実は他の隊員たちとともに彼らを見送った。

友梨香は歩きながら夏実に向かって手を上げてくれた。夏実も大きく手を振った。

その前後を一般の登山者たちが歩いていた。

撮影隊が過ぎていくと、数名が続いた。大学生らしい青年が三名。夫婦連れのように見える初老の男女。少し遅れて、見覚えのある男がザックを背負い、ストックをひとつ突きながら通り過ぎた。眼鏡をかけ、俯きがちに歩く三十代の男性。ちらっと夏実に視線を向けたが、目が合うとあわてて顔をまた伏せた。

偶然というよりも、わざとこっちを見たような気がした。

よくあるチェック柄のシャツに登山ズボンが、あまり似合っていないように思えたし、ザックも登山靴もまだ新しく見えた。それを見送りながら、夏実はなぜか不吉な影のようなものを感じた。

昨日のいやな感じのする〝色〟を思い出したからだ。

もしかすると、あれはあの人に対して見えてしまったものじゃないのだろうか。

そんなことを考えているうち、彼は他の登山者たちとともに御池を過ぎて、草すべりのほうへと歩き去ってしまった。

「あの……」

ふいに声をかけられ、夏実はハッと気づく。

ベージュ色のハットをかぶった四十代ぐらいの女性が目の前に立っていた。

「はい？」

「草すべりと大樺沢のルート。どっちが頂上まで楽なんでしょうか？」

夏実は目をしばたたいてからいった。「あー、楽とかじゃなく、どちらも同じぐらいきついです。大樺沢の上にはきつい梯子の連続があるし、落石事故もたまに起きます。草すべりのほうは最初の急登を登り切ったら、あとは気持ちのいい稜線《りょうせん》歩きです。どっちかといえば、そっちをオススメしますね」

「ありがとうございます」

女性が頭を下げて歩き出した。

夏実はなぜかホッとして、歩き去る女性を見送る。

ふと向き直ると、深町が近くに立っていた。

「どうかしたのか？」

なんと返答するか迷ってから、そっといった。

「思い過ごしかもしれませんけど、なんだか嫌な感じがする男の人がいたんです」

深町は彼女を見ていった。

「山に来る者は善人ばかりじゃないよ」

夏実は少し笑いながら愁眉《しゅうび》を開いた。「そうですよね」

そのとき、静奈の声が聞こえた。

――ちょっといいですか？

夏実が振り向くと、警備派出所の出入口から彼女が顔を出している。

——今し方、北岳山荘から深町さん宛てに無線が入りました。両俣小屋の加賀美さんからのメッセージだって。

思わず深町と顔を合わせ、ふたりは急いで派出所に走った。

無線を飛ばしてきたのは、北岳山荘で毎年働いている常連スタッフの富永《とみなが》という青年だった。両俣小屋からの定時無線を受けて、山小屋の状況や気象情報などのやりとりをしたあと、小屋番の加賀美淑子に御池の救助隊宛てに伝言があるといわれたという。

——加賀美さんが芦安のご自宅に帰られたとき、中江悠人くんのお父さんから何度か留守電が入っていたそうなんです。加賀美さんがかけ直すと、悠人くんを引き取りにいくといわれたとのことでした。

富永はメモを読み上げているようで、無線の向こうで淡々とそういった。

「お父さんって……まさか、ご本人が両俣に？　日時は決まっているのですか？」

深町がマイクに向かっていうと、すぐに返電が来た。

——ご本人ではなく、会社関係の二名を代理で寄越すとのこと。今日の午後には両俣に到着する予定だそうです。加賀美さんからの伝言は以上です。

「富永くん、ありがとう」

——お疲れ様。通信終了します。

無線機にマイクを戻し、深町が神妙な顔で夏実を見た。

「どう思う？」

「加賀美さんから直接、聞けないところがつらいですけど、それまで放置していた悠人くんを、どうして急に連れ戻す必要があるんでしょうか」

「嫌なことは考えたくはないが、やはりどうしても考えてしまうよな」

深町の顔を見て、夏実は頷くしかない。

「高垣さんも珠美さんも下山されたということで、お客さんはともかく、いま、小屋には加賀美さんと悠人くんのふたりきりですよね。これってかなりマズい状況なんじゃないでしょうか」

深町は即答せず、黙っていた。

「ハコ長に許可をもらってくる。両俣に行ってくるよ」

「私も行くわ」

静奈の声にふたりは振り返る。

「どうせあの子を迎えに来るのはヤクザ者でしょう？」

彼女は壁にもたれ、腕組みをしていた。

「いや……だからといって、実力行使はまずい。悠人くんの親権は法的には父親にあるんだ。われわれが介入することはできない。それにこの特殊な状況下において、救助隊員が二名も現場から遠ざかるのは良くないことだ」

アイドル歌手の安西友梨香が北岳に来ている。そのことをいっているのだ。

「だからって、深町さんひとりでどう対処するんですか」

夏実が訊いた。「暴力をふるわれるかもしれないし、もしかしたら、それ以上……」

「話し合ってみる」

深町は迷いもなくいった。「ひとりの警察官として、できる限りのことはするつもりだ」

夏実はすがりつくような視線を壁際の静奈に向けた。

しかし彼女は腕組みをしたまま、険しい表情で口を閉ざしていた。

10

富士山のときにも思ったが、登山というのは単調な運動だ。

黙ってただ、足を動かすだけ。

だから、その間にいろいろな思念が表れては消える。今回のスケジュールのこと。

北岳という山に対する期待と不安。嬉しかった記憶、つらかった記憶。

友梨香はよく過去の出来事を唐突に思い出し、感情を揺さぶられることがある。それもなぜかネガティブな記憶ばかりだ。

悔しかったことが突然よみがえり、無意識に奥歯を嚙みしめる。恥ずかしかった記憶に思わず頰を赤らめそうになる。

高見沢有季《たかみざわゆき》の顔がふいに脳裡《のうり》に現れたときは、思わず足が止まりそうになった。〈ANGELS〉でも友梨香と並んで人気の、ベースとサブ・ヴォーカル担当のメンバーだ。痩《や》せぎすの体で肩に流れるしなやかな黒い長髪が美しく、しかも声が透き通っていて歌唱力もある。

実は結成当初から、有季とは反《そ》りが合わなかった。もちろん人前で互いにそんなことは素振りも見せたことはない。しかし、向こうもこちらのことを嫌っているのはよくわかっていたし、メンバーだけの飲み会で衝突してしまったことも一度や二度ではない。

しかも何が気に入らないといって、最近は自分よりも有季の人気が高まりつつあるという事実である。顕著な例はアイドル専門のファンサイトでの投票の数の差だった。

さらに決定的なことがあった。

友梨香はライヴやステージで唄っているとき、何度か歌詞を間違えたことがある。

大きなミスは、横浜みなとみらいホールでのライヴ。彼女たちの代表曲のひとつ〈ストレート・ラヴ〉の〝Aメロ〟を二度、繰り返して歌ってしまったのだ。しかも最初、そのことに気づかず、かなりのところまで歌っている最中にミスを知ってしまった。

ささいな言葉のミスなら、その場でアドリブでアレンジっぽくごまかせるが、これは致命的だった。メンバーのみならず、バックバンドの動揺もはっきりと伝わってきた。

友梨香は仕方なく、そ知らぬ顔で〝Bメロ〟を飛ばし、ラストの〝サビ〟を繰り返し唄って演奏を終えた。

満場の拍手を浴びながらステージから去るとき、偶然、有季と目が合った。

そのとき、有季がふっと口元に笑みを浮かべた。冷ややかな笑いだった。

あの記憶は友梨香の心に刻み込まれていた。

なんとしても高見沢有季とは差をつけたかった。彼女を蹴落《けお》としてでも、人気のトップに戻りたい。そんな想いがあったからこそ、事務所の社長がいった〝特技〟を身につけるという言葉に反応したのである。

そのことが今、友梨香をこの山へと導いたのだった。

「ここでドローン撮影したいんですが。友梨香ちゃん、どう?」

石合ディレクターに訊かれ、彼女は足を止めた。

草すべりの急登を登り切った場所だった。出発して三時間と少しだ。

尾根に出たとたんに展望が開け、見渡す限りの絶景が彼女らを取り囲んでいた。隣にそびえる仙丈ヶ岳がすぐそこに見える。その右に甲斐駒ヶ岳、さらに八ヶ岳。南に目を転じると、吊尾根の稜線の先に富士山が頭を出している。

「大丈夫です」

友梨香が応えると、メイク担当の宮川知加子がやってきて、服装の乱れを整えてくれた。

足音がして振り向けば、後続の登山者だった。若いカップルか夫婦連れらしい男女だった。尾根に出たところで撮影隊を見て、行き過ぎるのを躊躇しているようだ。

「どうぞ、先に行ってください」

石合が声をかけた。

「友梨香さん、がんばってください」

女性のほうが遠慮がちにいいながら、近くを通っていく。男性がその後ろに続いた。

ふたりは足早に撮影隊を追い抜くと、そのまま尾根道を上に向かっていく。

ドローン撮影担当の越谷がザックを下ろした。樹脂製のケースから小さなドローンを取り出すと、四カ所にプロペラをつけたり、プロポという操縦装置にタブレットを装着して起動させたりしている。

宮川が友梨香のメイク直しをする間、石合ディレクターがカメラの松山とともに越谷が操作するプロポの小さな画面を見て、空撮の段取りについて話し合いをしている。

その頃になって、ようやくマネージャーの住田が追いついてきた。

やはり小太りの体型。日頃の運動不足がたたって、撮影隊から遅れ始めていた。首にかけたタオルで、しきりに顔の汗を拭いていた。

「大丈夫ですか？」

石合ディレクターが声をかける。

「すみません。ちょっとバテてました。でも、大丈夫です」

そういいながらも住田はかなり息が上がっているようだ。

友梨香は何もいわず、しらけた顔で彼を見た。思った通りである。富士山登頂のときもそうだった。途中で頭痛と吐き気に襲われ、足が動かなくなり、八合目付近でリタイアしたのだ。

ちょうどその場所に山小屋に併設された診療所があり、赴任《ふにん》していた医師から高山病と診断された。かなり重症で肺気腫になる可能性もあった。

自力下山が難しいということで、物資搬送用のブルドーザーで麓まで下ろされたらしい。

そんなことがあったものだから、今回の北岳登山への同行はやめたほうがいいといったはずだった。それなのに、マネージャーとしての仕事ですからとついてきた。けっきょくまた富士山の二の舞になりそうな気がする。

不機嫌な顔を隠そうともしない友梨香を見て、メイクの宮川が苦笑した。

――ドローン、準備できました。

越谷の声がした。

――越谷さん。さっそくお願いします。

石合ディレクターの声を聞いて、越谷はプロポを両手で持って二カ所のスティックを指先で動かした。虫の羽音のような騒音とともにプロペラがいっせいに回り出す。

「凄く小さいんですね」

友梨香がそれを見ながらいうと、越谷がちょっと得意げに笑う。

「DJI社の最新機です。これでちゃんと4Kムービーの撮影ができるんですよ。最高速度は八十キロも出るし、バッテリーパックひとつで二十分以上の飛行が可能です」

越谷が操作すると、ドローンがテイクオフして瞬時に空中に舞い上がった。

思わず友梨香は他のスタッフたちと見上げてしまう。

「友梨香ちゃん。小野寺さんと横並びで歩いてね。越谷さん、ふたりを左斜め上からナメで撮影、お願いします！」

石合ディレクターの声に彼女は我に返り、監督の指示に従って小太郎尾根の稜線のトレイルをたどって歩き始めた。騒音というか、かなり耳障りなドローンの飛行音が左に回り込んできたが、友梨香はそちらを見ない。

小野寺を右に、リズミカルなテンポで歩き続ける。

11

和馬は友梨香たち撮影隊より少し遅れがちに登り続けた。

草すべりを登り切るのに三時間だと地図上のコースタイムに記されていたが、それよりも少しかかった。前方の友梨香たちが、休み休み撮影をしていたためだった。

その急登もそろそろ終わって、すぐ目の前は小太郎尾根の稜線のはずだ。

そう思ったときだった。

だしぬけに前方から騒々しい虫の羽音のようなものが聞こえて、驚いて見ると、ドローンらしきものがすさまじい勢いで垂直に上昇していった。

しばしあっけにとられて見上げていたが、最近のテレビなどの撮影では、よくドローンによる空撮が使われていることを思い出した。美しい景色が売りの山岳ものだったら、なおさらのことだろう。

一瞬、自分が空中から撮影されるとまずいと思ってあわてた。

しかしながら、これは生放送じゃないわけだし、安西友梨香は今日という日をもってアイドルとして生きてきた人生を終えることになるのだ。この山での撮影は彼女を捉えた最後の動画になるはずだ。

そんなことを想像しているうちに、自然と歓《よろこ》びがこみ上げてきた。

小太郎尾根にたどり着くと、突然、視界が開けて驚いた。

一般の登山者たちが数名、休憩を取ったり、写真撮影をしている。

すでに友梨香たち撮影隊はいなかった。ドローンも回収されたらしい。今頃、彼らは尾根筋の道を頂上に向かっているはずだ。

和馬はろくに休まず、そのまま歩いた。

そのうち寒さを感じてきた。

頂上に向かって右手――つまり北側から冷たい風が吹き寄せる。今まで草すべりの急登をあえぎながら登って大量に汗をかいていたのが、その風で一気に冷やされたらしい。

立ち止まり、ザックを下ろし、ウインドブレーカーを引っ張り出してはおった。

北岳登山は二日目だが、さほどの疲れはなかった。むしろ昨日よりも気力が充実して、足取りが軽い。迷いが吹っ切れたような気がしていた。

だが、いつまでもこうして彼女の跡をつけているだけでは仕方がない。思ったことを実行する。それが肝心なのだ。

問題はどこで友梨香と接触するかだ。

それには何かのきっかけが必要だった。

尾根筋の北側を少し巻いたトラバース道を行き着くと、小さな垂壁登攀《すいへきとうはん》の場所があった。登山者は鎖をつかんで登る、いわゆる鎖場である。

その上に十数名が見えたので目を凝らす。

撮影隊だった。カメラを回さず、休憩を取っているらしい。

和馬は急ぎ足になった。鎖場はグローブを着用したほうがいいと登山用品店の女性店員から勧められて買ったが、ザックから取り出す余裕もなく、そのまま素手で鎖を握りながら登った。

急登を登り詰めると、すでに友梨香たちは出発したあとだった。

和馬は肩を上下させて、ハアハアと息をついた。

撮影隊はすでに二百メートルぐらい前方に小さな姿となっている。それを見ながら歩き出そうとしたとき、ふと足元に目が行った。

ピンクのグローブが落ちていた。

和馬はじっと見つめる。やがて腰をかがめてそれを拾った。

鼻先に持っていき、匂《か》いを嗅ぐ。

間違いない。安西友梨香がつけていたグローブだった。休憩のときに落としてしまったのだろう。見ているうちに胸が高鳴り始めた。周囲に誰もいないのを見て、それをまた鼻に押しつけ、頬ずりをした。

ふいに真顔になる。

急ぎ足で歩き出した。

登山道はなだらかで歩きやすい。和馬は前方に見え隠れする撮影隊を一心に見据えながら、ハアハアと息をつきつつも足早に歩を運び続けた。

やがて標高三千メートル地点にある山小屋にたどり着いた。

北岳肩の小屋である。

時刻は十一時半。

その前のベンチで登山者たちがくつろぎ、昼食を楽しんだりしている。

安西友梨香と撮影隊も、ベンチに座ってテーブルを挟み、あるいは別の場所でそれぞれ白根御池小屋で受け取って持ってきた弁当を開いていた。その姿を見つけ、和馬は迷いもなく近づいていく。

彼らの傍《かたわ》らには大小のザック、撮影機材などが置かれている。

全員が楽しそうに会話を続けながら食べ、飲み物を口にしたりしていたが、ひとりだけ、やや小太りの男性が食事も摂らず、つらそうに頬杖を突いていた。

事務所のサイトで見ていたので、それが友梨香のマネージャーだということを知っていた。富士登山では高山病にかかって途中でリタイアしたそうだが、今回も同じことになっているに違いない。

「あの……」

思い切って声をかけた。

スタッフたちが振り向いて彼を見た。そして友梨香も。

彼女は山行中、ずっとかぶっていたキャップを脱ぎ、サングラスもとっていた。その目が和馬に向けられた。

「これ、落としませんでしたか？」

そういってピンクのグローブを差し出した。

「ありがとうございます」

そういって立ち上がったのは、メイク担当の女性だ。足早にやってきて和馬からグローブを受け取ると、頭を下げ、友梨香たちのところに戻っていった。

「お気に入りのグローブ、戻ってきて良かったですね」

彼女はそういって友梨香に渡す。受け取った友梨香が、また和馬を見た。座ったまま、小さく頭を下げた。

和馬も黙って返礼する。

それから思い切って、こういった。

「あの……友梨香さん。握手、していただけませんか?」

友梨香は目をしばたたき、少しだけ躊躇してからいった。

「いいですよ」

返事を聞くや、和馬は彼女たちのところに行った。

怖じ怖じと右手を差し出す。友梨香も手を出してきた。

握手をした。

柔らかく、温かな手だった。

和馬の中に興奮が突き上げてきたが、それをあえて抑《おさ》えた。

「自分、あなたの大ファンなんです。が、頑張ってください」

少し声が震えた気がした。

ニコッと笑った友梨香がいった。「ゆうべ、御池小屋でお目にかかりましたよね」

「え」

「ほら。夜中に洗面所で」

和馬は声を失った。

12

薪割り台にした株の上に、ダケカンバの玉切りを縦に置いた。

斧《おの》を振り下ろす。筋目から少し外れたため、刃先が刺さった。右手の怪我がまだ治《ち》癒《ゆ》していないので、うまく力が入らないせいだ。まくりあげたトレーナーの腕には白い包帯が巻かれたままだった。

加賀美淑子は長靴を履いた左足を玉切りの上に載せ、思い切り斧を引き抜いた。

無造作に振り上げ、下ろす。

今度は思ったところに斧が落ちた。バカッという音がして玉切りに深い亀裂が入る。続けて振り下ろし、同じ場所に刃先が当たる。玉切りが左右に割れて転がった。

「ふう」

腰に手を当てて息をつき、首にかけたタオルで汗を拭ってから、小屋のほうを見た。

中江悠人が表のベンチに座って、こっちを眺めている。

少し前まではあそこでゲームに集中していたのに、彼女が病院から戻ってきて以来、一度も手にしていない。高垣が下山してからは、小屋の前でひとりで釣りをしたり、猫たちと遊んでいた。

半分に割れたダケカンバを台に立てると、また斧を振りかざした。

気持ちのいい音とともに、割れた薪が左右に飛んだ。

それからさらに残りを割ると、周辺に散らばっているものといっしょに薪の山に放った。

「手伝ってくれる?」

淑子は斧を薪割り台に立てて、そういった。

悠人は首を横に振った。

「ゲーム、持ってきてあげようか?」

また首を振る。

不機嫌な顔で俯いたまま、少年がいった。「ぼく、帰りたくない」

その言葉を聞いて、淑子は悲しくなった。

眼鏡を指先で押し上げてから、こういった。

「さっき北岳山荘から無線が入ってね。救助隊の深町くんがここに駆けつけてくれるって。彼に任せておけばいい。きっと君はここにいられるよ」

悠人は顔を上げ、悲しげな目で淑子を見た。

「もしダメだったら？」

眉根を寄せ、淑子は鼻を鳴らした。

「そんな悲観的なことは考えないの」

「だって……」

淑子は彼のほうに歩いて行った。ベンチの隣に座り、足を組んだ。

「ねえ。ユウくん。これまで閉じこもっていた殻《から》を、自分自身で破って外に出られたじゃないの。それがどんなに凄いことかわかる？」

悠人は俯いたままだ。

「絶対に君を守ってあげる」

「ホント？」と、ようやく顔を上げた。悲しげな目はそのままだ。

「約束するよ。憶えてる？　私《あたし》ゃクマとだって戦ったんだよ」

「だけど――」

悠人は大きく目を開いていった。「おねえさんは怖くないの？」

淑子は眉間に深く皺を刻む。彼を見つめたまま、いった。

「怖いよ。だけど、怖がらない」

「ぼくは……怖い」

悠人はギュッと唇を噛《か》んだ。

その小さな手を取って握った。悠人は泣きそうな顔をしている。淑子は包帯を巻いたほうの手で彼の手の甲を軽く何度も叩いた。

「両俣にはね、神様がいるんだよ。君はきっと神様に気に入られてる。だから、ここが好きになったんだよ」

ぽつりといった。悠人がまた彼女を見た。

「おねえさん、神様を信じてるの？」

淑子は頷いた。「どんな姿かわかんないけど、ときどき感じるのよ。何しろ、もう四十年もここにいるからね」

「この小屋が台風に襲われたときも、神様にお祈りしたの?」

淑子はあらためて彼を見つめた。

「誰かから聞いたのね」

悠人はこくりと頷く。「深町さんだよ」

淑子はまた前を見ていった。

「昭和五十七年のあの夏のことを、決して忘れることはないわ。四十一人の若い登山者たちといっしょにひどい嵐の中を脱出したとき、私ね、両俣の神様に向かって一生懸命、お祈りしてた。だから誰ひとりとして脱落もせずに無事に北沢峠までたどり着けたの」

悠人は彼女の話にじっと耳を傾けていた。

かすかな猫の鳴き声がして、ユンナとミニョンが小屋の入口から出てきた。ふたりの間に二匹が入って座り、そろって毛繕《けづくろ》いを始めた。

「神様はぼくのことも助けてくれるのかな」

淑子はニッコリ笑うと、悠人の頭に手を置いた。

「信じる者は救われる」

そういって立ち上がる。「さあ、朝からいい汗かいたし、冷たいお茶でも飲んでからお昼にしようかね」

川のほうから涼しい風が吹き寄せてた。木立がわずかに揺れて、無数の白い葉裏をちらつかせている。

どこか近くから、コマドリの涼やかな声が聞こえてきた。

13

山岳救助隊警備派出所の待機室に、隊員全員が集まっていた。それぞれ神妙な顔で正面のホワイトボードがある壁のほうを見ている。

「先ほど、南アルプス署から緊急要件の無線が飛び込んできました」

メンバーたちの前に立って話しているのは、ハコ長こと江草恭男隊長である。

「――一昨日《おととい》の午前五時過ぎ、都下の三鷹市在住の三十代の男が、サイバー犯罪関連で家宅捜索中の刑事ひとりの胸をナイフのようなもので刺して逃走した事件がありました。警視庁は最寄りの吉祥寺署に捜査本部を設置、広域緊急配備が敷かれたものの、被疑者はいずこへともなく逃亡しています」

江草の隣に立っていた杉坂副隊長が、ファックス用紙に印画された男の顔写真をかざして見せた。それをホワイトボードにあてがい、磁石でくっつけた。

続いて杉坂がいった。

「被疑者の名前は桜井和馬、三十五歳。自宅を捜索した捜査員らは、パソコン三台を押収し、逃げた桜井の動向をつかもうとしました。彼らが注目したのは、被疑者の部屋に大量にあったアイドル関係のＣＤや映像ディスクでした」

「オタクの犯行ですか」

曾我野がつぶやく。

「で、ここで注目していただきたいのは、被疑者が人気グループ〈ＡＮＧＥＬＳ〉のファンで、とりわけリードヴォーカルの安西友梨香にぞっこんだったということです。部屋には彼女のポスターもいくつか貼られていたそうです」

「安西友梨香って……まさか？」

関真輝雄が驚いて声を洩らした。

「警視庁サイバー捜査班が被疑者のパソコンを解析したところ、彼女の所属事務所〈バーミリオン・エージェンシー〉の関係者専用サイトに複数回にわたり、侵入した痕跡《こんせき》がありました。被疑者が彼女の動向を察知していた可能性があります」

「ってことは、この山に？」

横森一平がそういった。

「逃走時の服装はジーパンとTシャツだったそうですが、被疑者のクレジットカードの記録を追跡したところ、先月、千代田区神田の登山用品店で大量に買い物をしていたことが判明しています。それらがなぜか、いっさい被疑者の部屋から発見されていないんです。店員の証言によると、本人はビギナーだということで、ザックから登山靴までまとめ買いをしたらしいです。ただ……」

杉坂副隊長はかすかに眉をひそめていった。「本人はいやにナイフに固執していたらしく、店員は不審に思ったということでした」

隊員たちは声もなく、ホワイトボードに貼り付けられた桜井和馬のファックス写真に見入っていた。

「……不安材料がここまで揃うと、気味が悪いわね」

静奈がそっとつぶやいたのが、夏実には聞こえた。

「先ほど、ハコ長が御池小屋の松戸くんに事情を話し、ファックス写真を見せて確認しましたが、彼もスタッフのみなさんも見覚えがないとのことでした。宿泊客の帳簿にも桜井和馬という名は見当たりませんでした。もちろん、ここに来ているとすれば当然、偽名を使っているはずですが」

「あの……」

夏実が恐る恐る手を上げた。

「星野。どうした?」と、副隊長。

「私……この人を見ました」

居合わせた隊員全員が夏実に注目した。彼女はいったん口を結んでから、こういった。

「昨日、犬舎でメイを友梨香さんに会わせていたとき、集まっていたお客さんの中にたしかにいました」

「桜井和馬に間違いないの?」

静奈がホワイトボードに貼られたファックス写真を指さす。

夏実ははっきりと頷いた。

「その写真とはずいぶん印象が違うんです。眼鏡をかけていたし、無精髭を生やしていたし、もっと顔がホッソリとしていました。だから、さっきから迷っていたんですけど、やっぱり間違いないです。この人です。犬舎の前で友梨香さんとメイを会わせているとき、見物人に混じって私たちのことを見てました。それから今朝、撮影隊の人たちのあとに続いて登っていったのを憶えています」

待機室の空気が張り詰めていた。

しばしの沈黙。

「横森くん。大至急、本署および県警航空隊に連絡をお願いします」

江草隊長の声とともに彼が立ち上がり、窓際の無線機に走った。

「曾我野くんは御池小屋に走ってください。撮影隊の緊急連絡先がわかったら、すぐに携帯で安西友梨香の危険を報せてください」

「諒解《りょうかい》しました！」

曾我野誠が待機室から外に飛び出した。

「他は緊急出動！　全員、警棒と手錠を携行！」

江草隊長の命令一下、残った救助隊のメンバーがいっせいに椅子を引いて立ち上がった。

14

「大丈夫ですか？」

肩の小屋管理人、小林和洋が思わず声をかけたのは、Tシャツに半ズボンの中年男性だった。外テーブルのベンチに座り、ぐったりとしたまま、もうかれこれ三十分以上になる。

例の人気アイドルの撮影隊の関係者だった。

彼ひとりを残し、他は頂上に向かっていってしまったのだろう。

男性は虚《うつ》ろな目で和洋を見上げた。

「かなり頭が痛くて吐き気があるんです……これってやはり高山病でしょうか」

和洋は気の毒そうな表情で、真っ青な顔をした彼を見つめた。手足にもむくみが出ているようだ。

「そうですね。間違いないと思います」

「薬、とかないですかね」

「ダイアモックスというのがあるんですが、あくまでも初期症状のときだけです。しかも利尿作用が強くて脳障害を起こす可能性もありますから、お勧めできません」

「酸素吸入とかはどうなんですか？」

和洋は首を横に振った。

「そこまでになったら、一刻も早く下山するしかないですよ」

彼は悲しげな顔になって目を逸《そ》らした。

「彼女が帰ってくるのを、ここで待ってなきゃいけないんです」

「安西友梨香さんのことですか？」

男が頷いた。「私、マネージャーの住田といいます」

「いくらお仕事とはいえ、命には代えられませんよ。それ以上、症状が進行すると、肺水腫や脳浮腫といった深刻な病気になる可能性があります。そうならないためにも、すぐに下山するべきです」

和洋は小屋のほうを振り返り、ちょうど出入口から出てきた若い女性スタッフに向かって手を上げた。大下真理《おおしたまり》。常連のアルバイトスタッフだ。

「悪いけど、篠田《しのだ》くんを呼んでくれる？　高山病のお客さんが下山するから、広河原まで付き添ってもらいたいんだ」

――わかりました。

彼女はすぐに小屋に戻った。

住田と名乗った男は呆《ほう》けたような表情で、足元に置いていたザックをまさぐり、スマートフォンを引っ張り出した。

「撮影隊に報告してから下山します」

そういって彼は力なく指先で画面をタップし、耳に当てた。

ところが呼び出し音が鳴らず、代わりにメッセージが聞こえてきた。

──おかけになった電話は電波の届かない場所にあるか、電源が入っていないためかかりません。

住田はあっけにとられた顔をしていたが、ふいに和洋を見ていった。

「撮影中だから、みなさん携帯の電源を切っているのだと思います」

不用意に呼び出し音が鳴って、撮影の邪魔をしないようにしているのだろう。そういえば、さっきから山頂方面でかすかにドローンらしき音が聞こえていた。

「とにかく下山しましょう。途中でまた電話を入れればいいですよ」

「そうします……」

住田が力なくいったとき、彼の手の中でスマートフォンが震え出した。

驚いた彼がすぐに通話モードにし、耳に当てた。

「もしもし?」

──こちら山岳救助隊の杉坂といいます。住田さんの携帯でよろしいでしょうか?

「はい……住田ですが」

──御池小屋宿泊の代表者として連絡先を書かれていたので、緊急のお知らせがあって連絡させてもらいました。

「あの、なんでしょう?」

──実は本署から連絡があり、警視庁管内で傷害事件を起こした被疑者が、そちらの安西友梨香さんを狙《ねら》っている可能性があるとの情報です。本人の姿は白根御池小屋で目撃されています。被疑者の人相着衣は……。

いきなり住田が身をかがめて、自分の足の間に嘔吐《おうと》した。

片手から落ちたスマホが地面に転がる。

和洋はすぐに彼のところに行き、背中をさすった。住田は背を丸くしたまま、苦しげに震えながら黄色い胃液を吐き続けた。

――もしもし？　住田さん、どうされました？

地面に転がったスマホから杉坂の声がする。

和洋はそれを拾って耳に当てる。

「肩の小屋の小林和洋です。安西友梨香さんのマネージャーの住田さん、いま、ひどい高山病にかかっていて通話不可能な状況です。これから下山させるつもりです」

――他のスタッフの方はいらっしゃいますか？

「いえ。全員が山頂方面に出発したあとです。現在は撮影中とのことで、スタッフ全員が携帯の電源を切っているようです」

しばし間があって、杉坂の声がした。

――わかりました。これから肩の小屋の衛星電話宛てに、被疑者の顔写真と特徴を書いたものをファックスで送ります。お手数ですが、それを大至急、撮影隊に届けていただけませんか？

「わかりました」

――被疑者はナイフらしき凶器を所持とのことです。くれぐれも気をつけて。

「とりあえず、その人の特徴などを教えてください」

――被疑者の名前は桜井和馬。三十五歳。御池小屋の宿泊名簿には〝山田浩二〟という偽名を使って、虚偽の住所と連絡先を書いていました。やや小柄で眼鏡をかけ、チェックの登山シャツとベージュのズボン。シングルストック。ザックは四十リットルぐらい、青色のグレゴリーのようです。なお、ファックス写真よりもずいぶんと痩せているということです。

「諒解です」

和洋は答えてから、近くで地面に両手両膝を突く住田に目をやった。しばし肩を上下させていたが、力尽きたようにその場に横になった。顔が死人のように真っ青だった。

「あ。杉坂さん。マネージャーの住田さんですが、見たところ、もはや自力歩行ができそうもありません。そちらからヘリの手配をお願いできるでしょうか？」

――すでに市川三郷のヘリポートから県警ヘリ〈はやて〉がフライトしています。我々を御池でピックアップして、撮影隊のいる現場に向かうためです。帰投のときに、その方を搬送していただくことにします。

「ありがとうございます。よろしくお願いします」

——今、そっちのファックスに送信完了しました。

「諒解。こちらは住田さんの携帯なので、以後の連絡は私のほうにお願いします」

——杉坂、諒解しました。

通話を切ってから、和洋はスマホを彼のザックに入れた。

ちょうど小屋の中からふたり、出てきたところだった。さっきの大下真理に続いてもうひとり、篠田和典《かずのり》が小型のザックを背負って出てきた。

「ごめん。本人の容態が悪くなったから、自力下山はもう無理みたいだ。今し方、救助隊にヘリ出動を要請してもらった」

和洋がいうと、真理がA４サイズのファックス用紙を差し出した。

「ちょうど今、御池の救助隊からこれが入りました」

「ありがとう」

受け取った彼は、そこに写った顔写真を見てから、金釘流《かなくぎりゅう》に列記された桜井和馬という殺人未遂罪の被疑者の特徴を読み込んだ。ふいに山頂のほうを見上げ、口を真一文字に引き締めた。

「大急ぎで撮影隊に届けてくるよ。じきにヘリが来るから、この人のピックアップのアシストをよろしく頼む」

「わかりました」

篠田がいい、真理が頷いた。

和洋はファックス用紙を四つ折りにしてテニスシャツの胸ポケットに押し込むと、小屋に走った。素足につっかけていたサンダルを脱いで靴下を穿《は》き、登山靴に足を突っ込んだ。そして頭にバンダナを巻き、外に出た。

「行ってらっしゃい！」

真理にいわれ、手を上げてから、和洋は山頂に向かって走り出す。

肩の小屋恒例の〝山頂ダッシュ〟――その自分の記録を破るぐらいの勢いで、すさまじい早さで岩稜《がんりょう》を駆け上っていく。

15

肩の小屋から延々と続いた急登がいったん終わり、少し平坦な場所となっていた。

そこは登山道の分岐点らしく、岩稜帯の真ん中に道標が立っている。まっすぐ行けば北岳山頂、右に折れると両俣小屋と記されている。しかし地図上では、左俣沢コースと呼ばれる右側のルートは破線となっている。つまり道が荒廃して、すでに立ち入り禁止となっているはずだった。

他の登山者の姿はなかった。前後して登っていた人たちは、みんな頂上に向かっていったあとだ。空は相変わらず晴れていたが、東側の斜面から少しガスが湧いていた。風が冷たく、気温はおそらく十度を下回っているだろう。

高空に定位していたドローンが、耳障りな羽音とともにゆっくりと下りてきた。越谷と呼ばれていたオペレーターが両足の踵《かかと》を上げて背伸びをし、自分のすぐ頭上にホバリングさせたドローンの足《スキッド》を器用にひょいとつかんだ。地上に降ろしたドローンの電源を切り、分解を始める。

安西友梨香は登山ガイドの男と並んで立っていたが、石合というディレクターがやってきて、彼女と打ち合わせを始めた。その間、メイクの女性が顔の汗を拭いたりしている。

桜井和馬は少し離れた場所にひとり立ち、一部始終を見ていた。

友梨香の落とし物のグローブを届けてから、互いの距離が少し縮まったのはたしかだった。あれから友梨香とはいろいろな会話をしていたし、彼女は和馬に対してかなり打ち解けているような気がした。

だから、こうして近くからの撮影の見学が許されている。

友梨香といっしょに北岳を登る――その夢がかなえられようとしている。

しかし、それだけではダメだ。友梨香とはもっと深い関係になる必要がある。ふたりとも、この山で結ばれ、そして二度と下山することはない。

そろそろ行動を起こすときだ。

和馬は決心した。

高山病にかかった友梨香のマネージャーが肩の小屋に残ったので、この場には彼女以外に十四名いた。邪魔になる相手が多すぎる。さっき肩の小屋で彼女がトイレに入ったとき、迷わず決行すれば良かった。しかし後悔しても始まらない。

偶然をいつまで待っても無意味だ。

登山ガイドの男性はあまり屈強な感じではないが、当然、体力はあるだろう。荷物を担ぐ歩荷《ぼっか》のスタッフたちも同じ。だが、なんとか隙を突いて彼女を奪うことはできないものだろうか。

そんなことを考えているときだった。

——住田さんのことが心配なので、連絡してみます。ちょっと携帯の電源入れますね。

女性スタッフのひとりがそういって荷物からスマホを取り出した。

液晶をタップしたとたん、彼女の表情が変化した。スマホをじっと耳に当てている。

しばらくしてディレクターに向かっていった。

——石合さん。山岳救助隊から留守電が入ってるから聞いてみたんですけど、危険人物がこの山で友梨香さんのことを狙っている可能性があるって。

その場にいた撮影隊全員があっけにとられた顔で彼女を見た。

もちろん友梨香も。

スマホを耳に当てたまま、彼女が続けた。

——不審な人物を見かけたら、近づかないようにとのことです。その人は少し小柄でメガネをかけていて、チェックのシャツ、青いグレゴリーのザックで……。

突然、黙り込むと、彼女は唐突に緊張の表情をこしらえた。

その目がゆっくりと和馬に向けられる。

明らかな怯《おび》えの色。

メイクの女性だけではなかった。ディレクターやカメラマンも、録音担当や山岳ガイドの男も——なによりも安西友梨香本人が、和馬のことをじっと見つめている。

和馬は無言で立っていた。

あっけなく悟られてしまった。

それなのに彼の中には動揺も、絶望もなかった。むしろ意識を占めているのは、奇妙な高揚感だった。ここがゴール地点だと和馬は思った。

ようやくたどり着いた。

あとは実行するだけのことだ。

ゴウッと風の音がした。

崖下から這《は》い上がってきたガスが、彼らの間を流れ始めた。それは白いカーテンのようになって、全員が立っている岩稜帯を舐《な》めるように、東から西へと素早く移動している。

和馬は自分の眼鏡を無造作につかんで、横に投げ捨てた。その手をズボンのポケットに入れ、ナイフをつかみ出した。

ブレードの根元に拇指を当て、それまで何度もリハーサルをしてきたとおり、器用にスナップをきかせて開いた。

鋭角な切っ先のブレードがロックされた。

カチッ。

16

崖下から登ってきたガスが、頂稜付近を覆い始めていた。登山道を舐めるように、ゆっくりと白い紗幕が流れている。

小林和洋は肩の小屋から両俣分岐までの急登を駆け登っていた。

途中、数名の男女があわてふためいた様子で上から下りてきて、和洋は思わず足を止めた。それぞれが尋常ではない様子で、いずれも蒼白《そうはく》な顔、中には泣いている女性もいた。

「何があったんです！」

和洋が声をかけると、短髪の女性が立ち止まる。

見覚えがあると思ったら、やはり安西友梨香の番組の撮影スタッフたちだ。

「上で……人が暴れて……おおぜいが刺されて……」

唇を震わせながら彼女がいう。

「まさか」

和洋は驚いた。

さらにふたり、頂上方面から走って下りてきた。

和洋はまた急いで駆け登った。最後の登りをクリアして平坦な岩場に出たとたん、目を疑うような光景を前に、呆然《ぼうぜん》と立ちすくんでしまった。

すぐ手前にふたりが倒れていた。

どちらも男性で膝を曲げた横倒しの姿勢だった。その向こうにもうひとりの男性が仰向《あおむ》けになり、片膝を立てた姿で苦しそうに腹を押さえている。三人の体の下から、血が流れ出して岩場を赤黒く染めている。

間違いなく安西友梨香の撮影スタッフたちだった。

和洋はこれまで何度も救助活動で山岳事故の現場に立ち会った。凄惨《せいさん》な場面も数多く見ている。しかしこれは何かが違う。もっと邪《よこしま》な感じがした。絶対にあってはならないことが、目の前で起こっている。

少し離れた場所に男女が座り込んでいた。男のほうが怪我をしているらしく、猫背になってかがみ込んでいる。その隣で女が魂を抜かれたような表情で足を投げ出していた。

安西友梨香の姿を探した。しかし、どこにも見当たらない。

自分がどう行動するべきかを考えた。

とっさにズボンのポケットに手を入れた。

スマートフォンがないことに気づいて愕然《がくぜん》となった。あわてて小屋を飛び出してきたので、持ってきていなかったのだ。

仕方なく、手前の三名のところに駆け寄った。

「肩の小屋の管理人です」

声をかけるが、誰からも反応がない。

横倒しになっているひとりの首に手を当てて、脈があるのを確かめた。

青ざめたその顔を見て思い出した。撮影を取り仕切っていたディレクターだった。衣服の脇腹辺りに大量の血がにじんでいた。シャツの短い切れ目を見て、すぐに刺し傷だとわかった。傷口は深いようで出血量も多い。

もうひとりはカメラマンだろう。近くにムービーカメラが落ちていた。

傷口は二カ所、左肩と右の太腿《ふともも》を刺されたらしい。やはりかなり出血しているが、さいわいふたりとも生きている。どちらも意識が朦朧《もうろう》としているようだが、呼吸はしっかりしている。動脈の破断もないようだ。

とはいえ、うかつに動かせないほどの重体なので、それ以上、声はかけないようにした。

三人目のところに行って片膝を突く。

録音の機材を斜交《はすか》いに肩掛けしているので、音声担当のスタッフに違いない。

仰向けになっている顔。意識がないようだ。

よく見ると、左の頬が斜めに切り裂かれ、血が流れていた。胸や腹部などバイタルゾーンをチェックしたが、刺し傷のようなものは見当たらない。おそらく転倒して頭を打ち、気を失っているのだろう。むろん頭部打撲は看過できない重傷である。

ガスがまた流れてきた。岩の上を舐めるように滑っていく。

和洋は立ち上がり、座り込んだ男女ふたりのところに行って、そっとしゃがみ込む。

女性のほうが彼を見た。焦点が合っていなかった。ショックを起こしているのか、いっさいの表情がない。

「肩の小屋の小林です。テレビの撮影の方ですよね。ここで何が起こったんですか」

和洋がそっと訊いた。

たしかメイク担当だったはずだ。肩の小屋の前で撮影していたとき、安西友梨香の化粧を直していたこの女性の姿を憶えていた。

ようやく彼女の目の焦点が和洋に合った。

「あの人が……ナイフでいきなり襲ってきたんです」

ふっと顔を歪め、泣きそうな声でそういった。

「あの人……？」

「友梨香さんのファンだといってた男性の登山者です」

和洋は胸ポケットから、くしゃくしゃにしていたファックス用紙を引っ張り出し、広げて見せた。彼女はそこに印刷された顔写真を食い入るように見た。

「この人……だと思います」

彼女は声を震わせて答えた。「……スタッフのみんなで止めようとしたけど、ダメでした。最初にディレクターの石合さんが刺されて、三河さんと松山さんも……。それであの人、次に私に向かってきたんです。でも――」

隣にいる男を見て、彼女は大粒の涙を流した。「越谷さんがかばってくれなかったら、きっと私も刺されてました」

隣に座っている男――越谷といわれた男性は、ひどく青ざめた顔をしていた。

Tシャツ全体がどす黒く濡《ぬ》れ光っている。ズボンまでぐっしょり濡れているようだ。

確かめると、刺し傷は背中の中央付近にあった。後ろからひと突きされたようだ。刃渡りにもよるが、この位置だと傷口が内臓に届いている可能性が高い。もしかしたら、彼がいちばん危ないかもしれない。

「すぐに助けを呼びますから、横になっていてください」

和洋は越谷の体に手をかけて、傷口が地面に当たらないように、そっと横にした。越谷は虚ろな顔でなすがままだった。

あらためて周囲を見た。

「安西友梨香さんの姿が見えませんが、どうされたんです？　それにたしか……登山ガイドの人もいましたよね」

「友梨香さんは、あいつがさらっていきました。ガイドの小野寺さんはそれを止めようとしてもみ合ったんですが、だけどあそこから……」

彼女が指さす先を振り向いて、和洋は愕然となった。その方向には屹《き》り立った崖しかなかったからだ。

一瞬、和洋は声を失った。

立ち上がり、彼女が指さした崖に向かって歩いた。

縁《ふち》に立ってこわごわと下を覗《のぞ》く。

ガスが斑《まだら》模様のカーテンのように流れる先、遥か下に青いウインドブレーカーらしきものが見えた。崖の上からおよそ三十メートルばかり下、広いテラスのようになった場所だった。

目を凝らすと、かすかに動いている。

俯《うつぶ》せのかたちで手を伸ばし、岩をつかもうとしているのが見えた。

「小野寺さん、動かないで！」

彼は下に向かって叫んだ。「肩の小屋の小林です。そのままじっとしていてください。すぐに救助に行きます！」

小野寺はそれを聞いたらしく、わずかに片手を振って合図を返してきた。

突然、靴音がして和洋は振り向いた。

頂上方面から三名の登山者たちが下りてきたところだった。

全員が、いっせいに立ち止まった。いずれも若い男たちだったが、この惨状を眼前にし、そろって棒立ちになっている。

立ち上がった和洋は、彼らのところに走った。

「肩の小屋の管理人です。携帯をお持ちでしたら貸していただけますか？」

「わ、わかりました」

若者のひとりがあっけにとられた表情のままいった。急いでザックを下ろし、雨蓋《あまぶた》を開いてスマートフォンを取り出す。画面をタップしてロックを解除し、和洋に渡してくれた。

記憶している山岳救助隊警備派出所の番号を指で押し、耳に当てた。

呼び出し音が二回。

——こちら山岳救助隊です。

江草隊長の声だった。

「江草さん。肩の小屋の小林和洋です。両俣分岐で重大事件発生」

——手短に状況をお知らせください。

「テレビの撮影の人たちが多数、刃物のようなもので刺されて重傷。ガイドの小野寺さんも滑落されています。出血多量の方が何名かいて、一刻も早く医療機関に搬送しないと、どうなるかわかりません。それから……」

和洋はまた周囲を見て、眉根を寄せた。「友梨香さんは行方不明。犯人らしき人物に拉致《らち》された可能性があります」

——諒解しました。今、県警ヘリが御池にランディングしているところです。隊員たちをピックアップしてそっちに向かうところでした。すぐに飛んでもらいます。

「急いでください。お願いします！」

通話を切ってから、和洋はもう一カ所——自分の職場に電話を入れた。

——もしもし、こちら北岳肩の小屋です。

「篠田くんか。和洋だ。両俣分岐で重傷者多数。例のテレビの撮影スタッフたちだ。五人ばかり出せるか？」

——大丈夫っすけど、何があったんです。

「話はあとだ。俺の登攀器具一式。あと救命救急用具とストレッチャーと担架、毛布をありったけ持ってこい。それからＡＥＤもだ！」

——わっかりやした！

やけに張り切ったスタッフ篠田の返答。

「何人かの撮影スタッフがパニクってそっちに向かって下りた。小屋で介抱してやってくれるか」

——諒解っす。

「いいか、全力疾走で来い」

——速攻〝ダッシュ〟で行きます！

頼もしい返答を聞いて、和洋は通話を切った。

「これ、ありがとうございました」

スマホを相手に返した。

三名の若者は未《いま》だ呆然とした様子で、ガスが流れる中、倒れたり、座り込んだりしている撮影スタッフたちを見つめている。

「あの人たちって……安西友梨香の撮影の人たちですよね？」

若者のひとりがつぶやくように訊いてきた。

和洋は仕方なく頷く。「そのようです」

「えらいことだ」

スマホを受け取った若者がカメラモードにし、現場に向かってそれをかざそうとした。

和洋は黙って手を差し出し、制止した。

17

「納富さん。急いでください！」

県警ヘリ〈はやて〉のキャビンの中、座席にしがみつくようにして、夏実がヘッドセットのマイク越しにいった。「ガスが山頂を覆い始めてます」

――星野さん。大丈夫、これぐらいのガスなら合間を縫ってランディングできるよ。

納富操縦士の頼もしい声が返ってきた。

〈はやて〉のパイロットである納富慎介は、山梨県警航空隊の名物男だ。危険を顧みないアクロバット飛行をすることで知られているが、それは無謀というものではなく、彼自身の天賦《てんぷ》の才と、長年つちかわれた飛行経験で身につけた技術である。

急上昇するヘリが高度をかせぐにつれ、気圧の変化で機内にいる隊員たちの鼓膜が内側から激しく圧迫される。

一般人であれば、たちまち高山病になってしまう者が多いだろう。しかし夏実たちはこうしたことに馴れきっている。むろん彼女とともにいる救助犬メイも。

機内には他に二頭の救助犬が、それぞれのハンドラーとともに乗り込んでいた。静奈とバロン、進藤とリキである。さらに杉坂副隊長以下、四人の山岳救助隊員も同乗している。

事件の被疑者、桜井和馬は安西友梨香を拉致《らち》しているかもしれないという。

このヘリは夏実たちを現場に下ろすとともに、重傷者らをキャビンに運び込み、病院まで搬送するために山を去っていく予定だ。あとは足を使って被疑者と友梨香を捜索しなければならない。

そんなときにこそ、犬の鼻が役に立つ。

——もしも私に何かあったら、メイちゃんといっしょに救助にきてくださいね。

友梨香の声が、何度も夏実の脳裡《のうり》に反復している。

あのときは、まさかこんな事態が起こるとは思ってもみなかった。

いや、悟るべきだったのかもしれない。あのおぞましい〝色〟を感じたのだから。

機体の窓越しに小太郎尾根の稜線が見えてきた。

不気味な不定形生物のように形を変えつつ、崖を這い上がったガスが、頂稜付近を包み込んでいる。が、その合間に尾根筋がはっきりと見えている。〈はやて〉は一直線にそこに向かって飛行した。

両俣分岐の真上にさしかかると、追い風を避けるためにいったん機首をめぐらせ、それからゆっくりと高度を下げていく。

窓越しに真下の岩稜帯がぐいぐいと迫ってくるのが見える。

かすかなショックとともに、機体下部にある対のスキッドが接地したのがわかった。ヘルメットをかぶった飯室整備士が、キャビンのスライドドアを開いた。杉坂副隊長が最初に、続いて関、曾我野、横森隊員が機上から飛び降りる。最後に夏実たち救助犬のハンドラーが犬たちとともに下りた。

すぐ頭上をヘリのメインローターが高速回転しているため、ダウンウォッシュの猛風の中、姿勢を低くして機体から離れる。

現場は酸鼻《さんび》を極めていた。

夏実を始め、救助隊のメンバーは、目の前にある惨状にさすがに声もない。倒れている男たち。呆然と座っている女性。散乱している撮影機材。肩の小屋のスタッフたちが、あちこちで怪我人を介抱している。

岩場を濡らしているどす黒い血。

若い男性ばかりの登山者三名が、少し離れた場所で棒立ちになっていた。偶然、居合わせたようだが、あまりの異様な出来事に、そろって声もない様子である。

そんな中、肩の小屋の小林和洋が、仰向けに寝かせた登山ガイドの小野寺の右足に添え木を当ててテープを巻いていた。崖から転落したという話だったが、ハーネスをつけた姿を見ると、和洋自身が救助して担ぎ上げてきたようだ。

「ご苦労様です！」

ローターの騒音の中、杉坂が大声で叫んだ。和洋が振り向く。

「ひとり、かなり危ない状態です。急いでください！」

ヘリの中から的場副操縦士と飯室整備士がストレッチャーを持って飛び降りた。和洋の指示で、最初に女性の傍で横たわっている男性を介抱し、ストレッチャーに乗せる準備にかかる。

杉坂副隊長が険しい顔でいった。

「K－9チームは情報収集ののち、安西友梨香さんの行方を追ってくれ。他の隊員は要救助者の搬送にかかれ」

副隊長の命令で隊員たちが散った。

夏実たち救助犬のハンドラーは、それぞれの犬を引いて現場を確認する。あちこちでおびただしく血が流れている。凄惨なその血の臭いの中、三頭の犬たちもかなり緊張した様子だ。

夏実はメイとともにメイク担当の女性のところに行った。

たしか宮川という名だと記憶していた。

「たいへんでしたね」

座り込んだままの彼女の前にしゃがみ、夏実が声をかけた。

うつろな表情のまま、宮川は彼女を見つめる。頬に擦り傷があるが、転んだかどうかしたときのものだろう。

「お願いです。友梨香さんを捜してください……」

かすれた声で宮川がいい、夏実が頷く。

「そのために私たちは来ました。どっちの方向に行ったか憶えてらっしゃいますか」

宮川の視線がかすかに揺らいだ。眉が震えた。

「私……倒れていて見てないんです。ただ、友梨香さんの悲鳴だけが……」

突然、彼女は両手で顔を覆って泣きだした。「お役に立てず、すみません」

その肩にそっと手をかける。

「こんなことがあったんだから無理もないです。友梨香さんは絶対に見つけ出します」

そのとき、静奈の声がした。

――夏実。K-9チーム集合。

彼女は立ち上がり、宮川にペコリと頭を下げた。

「じゃ、行ってきますね。他の皆さんのこと、くれぐれもお願いします」

メイを連れて静奈たちのところに戻っていく。

「これより捜索を開始する」

リーダーの進藤がいった。「ここからのルートはふたつしかない。頂上に向かう道と、左俣沢を伝って両俣に下りる道だ」

夏実は双方のルートにそれぞれ目をやった。

頂上コースは一般道だが、両俣へ下る道はかなり荒廃していて危険地帯となっている。

「私とバロンは両俣へ向かってみます」

静奈が迷いもなくいった。進藤が頷く。

「星野隊員とメイも神崎隊員に同行してくれ。相手は凶器を持っている。くれぐれも気をつけるように」

「諒解」

夏実たちが返事をした。

18

加賀美淑子は両手を腰に当て、自分の小屋の前に立っている。

正午を少しまわった頃、木立の並ぶ道を、ふたりの男たちが横並びに歩いてきた。

北沢峠を九時十五分に出るバスに乗ったとして、野呂川出合を通過するのは九時二十五分。そこからおよそ二時間半。健脚ではないが、一般の登山者と同じ足の早さでやってきたことになる。

逆に広河原発のバスに乗れば、もう少し遅く野呂川出合で下りられるが、そうなると、いくらとんぼ返りに戻っても終バスには間に合わず、日帰りは無理だ。

この日、両俣小屋に宿泊客はおらず、幕営指定地にテントもない。

ふたりがさらに近づいてきた。

右側の男は白いシャツに黒のズボン。細面《ほそおもて》で長身、贅肉《ぜいにく》がなさそうなスマートな体型だった。左側の男は肩幅が広いレスラーのような体つき、丸顔で猪首《いくび》。服装は上下、青いジャージである。

ふたりともズック靴を履いている。ジャージの男だけは革製らしい黒いデイパックを背負っていたが、それを下ろし、ゴミでも捨てるように足元に無造作に放った。半ば開いていたジッパーから、ミネラルウォーターの空のペットボトルが飛び出して、草地を転がっていく。

淑子はふたりをにらんだ。

まるで対照的な両名だが、共通するものがあった。

短く刈り上げた髪、そして爬虫類《はちゅうるい》を思わせる陰険な双眸《そうぼう》だ。

彼らは淑子の前にやってくると、三メートルばかり空けて立ち止まった。

「こんなに歩いたのはガキの頃の遠足以来だ」

痩《や》せたほうの男がいった。「車も入ってこれねえなんて、クソみたいな場所だな」

ふいに扉が開く音がした。振り向くと、小屋の出入口から悠人がこわごわとした顔で出てきたところだった。

「君は中に入ってて」

悠人にいってから、向き直った。

背後でピシャリと扉が閉じる音がした。きっと隙間から外をうかがっていることだろう。

淑子はふたりの男に向かって対峙《たいじ》している。

「ユウくんの父親の〝会社関係〟っていうのは、あなたたちのこと？」

「そうだ。ガキを引き取りに来た」

右側の男が低い声でいった。よく見れば細面の頬に、縦に細く白い傷が走っている。

あくまでも無表情だが、左の男は卑《いや》しくニヤニヤ笑いを浮かべている。

二時間半も太陽にさらされて歩き続けたせいか、どちらも顔が赤くなっていた。

「まず、そっちから名乗るのが礼儀ってもんでしょ」

淑子にいわれ、レスラー体型の男の笑みが消えた。「何だと？」

隣の細面の男が彼を片手で制した。

「俺は関東侠《かんとうきょう》真会《しんかい》前広《まえひろ》組の西原《にしはら》ってモンだ。こいつは同じく郷田《ごうだ》」

あくまでも能面のように表情を殺していった。「あんたは小屋番の加賀美さんだな」

淑子は頷いた。

「とんだ〝会社関係〟だね。あんたたちが代理人だという法的な証明はあるの？」

「くだくだ理屈をこねてんじゃねえ」

郷田が毒づいた。

淑子がふたりをにらみながらいった。「どうして父親本人が来ないのかね」

「ちょいと多忙でな」と、西原。

「組から多額の借金抱えたまま倒産したっていうじゃない。本当は今頃、拉致されてんじゃないの？　それで部下のあんたらがこうやって金策に走ってる」

図星だったらしい。西原の鼻の頭にかすかに皺が寄った。

「ガキはその中だな」

そういった彼が地面に転がっていた黒いデイパックを乱暴につかみ、郷田とともに小屋に向かって歩き出そうとしたので、淑子は足を踏み出した。息がかかるほどの至近距離で双方が向き合うかたちとなった。

「勝手に私の小屋に入らないで」

「邪魔するつもりか、ババア」郷田が鼻に皺を寄せて怒鳴《どな》る。

「あんたたちは礼儀というものを知らないの？」

西原は目を細めて彼女を見た。「俺たちはそういうのが苦手なんだよ」

「あの子は戻りたくないといってる」

「それがどうした。十三歳のガキだ。親に逆らう権利はないぜ。断ったりすれば、そっちが違法になるってこと、わかってんだよな？」

いきなり淑子の肩を片手で突き飛ばし、西原が足早に歩き出し、郷田が続いた。

「ちょっと、あんたたち！」

よろけながらも淑子が追いかけた。

西原が小屋の扉に手をかけ、乱暴に開いた。さいわい、その場に悠人の姿はなかった。しかし彼らは無遠慮に中に踏み込んでいく。淑子が続いた。

ふたりは薄暗い小屋の中で周囲を見渡した。

「何だ、他に客もいねえのか」

そうつぶやいてから、西原が大声で叫んだ。「隠れてないでとっとと出てこい、クソガキ！」

悠人はどこにいるのか、物音ひとつしない。

西原は舌打ちをし、奥に入って食堂と厨房《ちゅうぼう》を調べ、それから出入口付近に戻ってきた。

二階へ上がる階段を見つけた彼は、郷田にいった。「きっと上だ。連れてこい」

郷田が土足のまま、板の間に上がり込んだ。駆け足で階段を上った。

二階の床がドカドカ踏み荒らされる物音。続いて階段がギシッと鳴り、郷田に後ろ手を取られた悠人がゆっくりと下りてきた。泣きそうな顔をしている。

「いましたぜ、西原さん」

舌なめずりをしながら郷田がいった。

階段を下りてくると、悠人といっしょに土間に下り、「さっさと靴を履け」といっって足を軽く蹴飛《けと》ばした。

「話し合いもできないわけ？」

淑子がいうと、西原が初めて口角をつり上げて笑った。「問答無用って奴だよ」

ふいに何かを思いついたらしく、彼は視線を逸らした。

「そうか……客がいないってことは、今、ここにはおめえとガキだけってわけだ」

「何を考えてんの！」

淑子が怒鳴る。

「携帯も圏外だっていうじゃねえか」

淑子は総毛立った。

「ならば手間が省けるってもんだ」

西原の声に、淑子は後退《あとずさ》った。「あんたたち……やっぱり」

「小屋の外に出て、そこの川のほうに歩いていってもらおうか。この時期、川遊びをしている子供が溺《おぼ》れるなんて、よくあることだよな」

食堂入口の右側、棚に置いてある無線機に淑子が視線を走らせた。

それをめざとく見つけた西原が、悠人を捕まえて羽交い締めにしながらいった。

「郷田。そこの無線機を壊すんだ」

「やめて！」

あわてて淑子が郷田を止めようとしたが、肘打ちを顔に食らわされ、彼女はもんどり打って土間に転がった。まるで石で殴《なぐ》られたような重い痛みだった。軽い脳震盪《のうしんとう》でも起こしたか、淑子はすぐに立ち上がれない。

「おねえさんッ!」悠人の悲痛な声が聞こえた。

郷田は棚から無線機を引っ張り出すと、それを土間に投げつけた。

「ガキは川で溺死《できし》。それに悲観したあんたは錯乱のあまり、無線機を自分で壊してから首を吊る。ま、あり得るシチュエーションだな」

悠人が悲鳴を上げた。

それを無理やり引っ張って、西原は小屋の外に引きずり出した。悠人は泣きながら西原の体を必死に拳で叩くが、本人はまったく意に介さないようだ。

歯を食いしばり、両手を突いて立ち上がった淑子がそのあとを追う。

出入口の脇に立てかけていたスコップをつかんだ。それを持って夢中で追いかけようとしたとたん、後ろから髪の毛をつかまれた。振り向くまでもない。郷田だった。

「おねえさんッ!」

足を払われて、その場に俯せに倒れた。手から離れたスコップが転がった。

悠人の悲痛な声。

「ユウくん!」

淑子が叫んだ。
地面を叩き、膝を突いて前方をにらんだ。
目の前に郷田が立ちはだかった。いやらしいニヤニヤ笑いを顔に張り付かせている。
「立てよ」
郷田がいった直後、ふいに彼が視線を移し、驚いた顔をした。
西原と悠人のほうを見ているのに気づき、淑子は目をやった。
少し離れた場所にふたりの後ろ姿。悠人は相変わらず西原にシャツをつかまれていた。
その向こうにもうひとり――眼鏡をかけた背の高い男がこっちを向いて立っている。
赤と黄色の制服制帽に気づいて、ハッと気づいた。
「深町くん……」
まさしくそれは山岳救助隊の深町敬仁隊員だった。

19

メイとバロン。二頭の山岳救助犬が下りの尾根道を走っている。
どちらも常に地鼻である。地面に鼻をこすりつけるように臭跡をたどる。

あらかじめ現場に残されていた安西友梨香のザックを二頭に嗅がせ、それを臭源としてメイとバロンにサーチさせた。

犬たちの反応は顕著《けんちょ》だった。安西友梨香と彼女を拉致した犯人は、このルートをたどっている。夏実がすぐに無線で報告したため、頂上方面に向かった進藤とリキも、こちらに向かって引き返しているはずだ。

犯行現場での救助活動が終わり、怪我人たちを載せた県警ヘリ〈はやて〉は飛び立った。いったん肩の小屋のヘリポートに寄って、重度の高山病にかかっていた友梨香のマネージャーをピックアップし、そのまま甲府市内の病院へと向かったそうだ。

杉坂たちはそのまま夏実たちのあとを追って、彼女たちに加勢するべく尾根道を駆け下りている。

尾根下りを始めて三十分とかからず、ふたりと二頭は中白根沢《なかしらねさわ》ノ頭《あたま》に到達した。

周囲は開けている。

背後には北岳の頂稜と小太郎尾根。右には仙丈ヶ岳のカールがすぐ間近に迫るように見えていた。この場所から先は急に斜度のある下りとなる。

夏実と静奈は足を止め、水を飲んだ。犬たちにもたっぷり飲ませてやる。

「意外に足が速いわね」

キャップを脱いで額の汗を拭きながら静奈がいう。

「もしかして……友梨香さんは逃げているのかも」

夏実の声に彼女が眉をひそめた。

「まさか？」

「拉致されて無理に歩かされているのなら、もうとっくに追いついているはずです。そうじゃないとしたら……」

メイがふんふんと鼻を鳴らしながら、周囲の岩場を嗅ぎ回っている。

それに呼応するようにバロンも自発的にサーチを始めた。二頭とも自分の仕事がよくわかっているため、匂いを見つけると動かずにいられないのだ。

二頭はすでにオフリード状態だった。

尻尾を高く上げながら地鼻を使い、岩場を下っている。

やがてハイマツ帯の中に入り、茂みをガサガサと揺らしながら移動している。

「あなたのいうとおりだとしたら、彼女は二重の危険にさらされてるわ」

静奈がいった。「変態野郎と事故と」

山岳事故のほとんどは下りで発生する。道迷いや滑落。不意の転倒など。殺意を持った人間に追いかけられてというシチュエーションであれば、なおさらのことだ。

ふだんハードなダンス込みのステージをこなしているから、おそらく同年代の女性に比べて友梨香は運動神経がいいはずだ。しかしパニックに陥ってしまえば元も子もない。それも不馴れな山である。

激しい息づかい。

ハイマツの茂みを揺らし、メイとバロンが戻ってきた。

夏実たちから少し離れた場所で足を止め、しきりに尻尾《しっぽ》を振っている。

要救助者を発見した場合、犬たちはハンドラーのところに戻って吼《ほ》えるように訓練を受けている。そうして現場にハンドラーを案内する、リファインドという行動である。完全に戻ってこないのは、まだ目標の発見に至っていないということだ。

しかし犬たちの興奮した姿を見るかぎり、臭跡は濃く残っているに違いない。

「行こう、夏実」

静奈に促《うなが》され、彼女はいっしょに走り出した。

20

悠人のシャツをつかんだまま、西原が巻き舌で怒鳴った。

「何だぁ、てめえは？」

「山岳救助隊の深町といいます」

彼に向かって立ったまま、彼が名乗った。落ち着いた声だった。

背負っていたザックのストラップを外し、足元に落とした。それからズボンのポケットに手を入れ、警察手帳を取り出し、写真が添付されたＩＤのページを開いて見せた。

「山梨県警南アルプス署地域課から出向しています」

西原がさすがに驚いたようだ。

「警察……」

淑子の傍《そば》に立っていた郷田がうめくようにいった。

「悠人くんに何をするつもりなんですか」

深町に訊かれて西原が彼の体から手を離した。まるで腫《は》れ物に触っていたかのような感じだった。とっさに悠人が小屋のほうへと走ってきた。

立ち上がった淑子の胸にしがみついた。淑子は彼を抱き留めた。

「そいつらはね、関東侠真会前広組の西原と郷田って名乗ったわ。ユウくんを川で溺れさせるつもりだったのよ。私も口を塞《ふさ》がれるところだったの」

とたんに深町の眉間に深い縦皺が刻まれた。

「加賀美さん。証言できますか？」

「もちろん。この顔の痣《あざ》を見てよ」

彼女がいったとたん、西原が肩を揺すって笑い出した。

「何いってんだよ。冗談に決まってるだろ。ババアが自分で転んだんだよ」

「子供は川で溺れて死んで、それを悲観した私は首を吊る。あり得るシチュエーションだなんて、いったいどんな冗談でいえるのよ。西原さん？」

悠人の頭を撫でながら、淑子はそういった。

「そんなことをいった覚えはないがな？」

振り向いて西原がいった。邪な笑みを浮かべていた。

「あら、そう？」

眉を上げて淑子が笑う。「ところで、うちの小屋の無線機が床に落ちて壊れてるんだけどね。誰がやったのかしら？　それとも地震でもあったかね？」

とたんに西原の顔がこわばった。

憎悪に燃える目で彼女をにらみつけている。

深町は彼のところから離れて足早にやってくると、淑子たちを越して、小屋の中に入った。それからすぐに外に出てきた。

彼は無表情に告げた。「器物損壊および傷害の容疑であなたたちを逮捕します」

西原は怒りにはち切れそうな表情になった。

「とんだところに来やがって。間の悪い警官だな」

「中江さんもとんだ悪人ですね。自分たちの不始末のツケを、罪もない子供の命で代償にしようだなんて」

西原はしばし深町をにらんでいた。

「さもないと、社長ともども俺たちまで東京湾のヘドロの中に沈められることになる。そいつだけはまっぴらご免だ」

「往生際が悪いというのは、つまりそういうことなんですね」

深町のからかいの言葉に、西原が切れた。鬼の形相になった。

「郷田。やれ！」

彼が怒鳴るようにいうと、郷田は地面に落ちていた山小屋のスコップを拾った。それを両手で握って振り上げた。

一瞬早く、深町が地を蹴って組み付いた。懐に入られてはスコップを振り下ろせず、郷田はそのまま仰向けに倒れ、ふたりは地面でもつれ合った。

郷田の手を離れたスコップが音を立てて地面に転がった。

深町が右手の拳をふるい、郷田の頬を殴《なぐ》りつけた。鈍い音とともに郷田がうめいた。もう一発、左の拳を顔に見舞ってから、郷田を強引に俯せにする。意識を失ったようだ。その体に馬乗りにまたがったまま、郷田の両手を腰の後ろで固めた。

手錠を持ってきていないことに気づいた。どうしようかと思ったときだった。

――深町くん、危ない！

淑子の声。顔を上げたとたん、風を切って回し蹴りが来た。

とっさに腕で受けたが、重い衝撃に吹っ飛ばされ、横倒しに地に倒れた。すっ飛んだ眼鏡をあわてて拾ってかけ、中腰に立って向き直る。

西原が口角をつり上げる笑いを浮かべ、半身になってかまえていた。両足の踵を軽く浮かせていた。

「空手だよ。もう二十年やってる」

その両手に拳ダコが盛り上がって並んでいるのにようやく気づいた。

深町は黙って彼の前に立った。相手が空手なら、距離を空けると不利になる。

西原が足を踏み込んだ。右のパンチが飛んできた。上体を下げながら、それをかわして懐に飛び込んだところ、後ろを取られて羽交い締めにされた。深町は瞬時に脱力しつつ、わずかに腰を下げる。相手の締め付けが緩んだ隙に、その右腕をつかんで背負い投げにかかった。

ところが相手を腰に乗せる前に右足に足を絡《から》められ、ともに地面に転倒した。

起き上がったのは西原のほうが一瞬、早かった。靴先が飛んできて、顎下《がっか》を蹴り上げられた。深町はもんどり打って仰向けに倒れた。地面で後頭部を打ち、一瞬、意識が暗くなった。眼鏡がまたどこかに飛んでいった。

体を反転させ、膝を突いて立ち上がった。焦点の合わない近視の視界に、西原の姿が揺らいでいた。左頬に拳を食らった。続いて右脇腹。ぐっと上体を折り曲げたとたん、頭をつかまれて膝蹴りを顔に突き上げられた。

膝頭が左頬に食い込み、奥歯が何本か折れたのがわかった。

深町はまた横倒しになった。鼻から血が流れて地面にしみこむ。喉の奥にも血があふれてむせかえりそうになる。折れた歯を吐き出して、なんとか立ち上がった。

頭がふらつくのを無理にこらえた。

西原は左右に視線をめぐらせ、少し離れた場所に落ちている黒い革のデイパックのところに行った。その中から何かをつかみ出した。

白鞘《しろざや》だった。

長さ四十センチぐらいの匕首《あいくち》だ。

するりと鞘から抜いた。研ぎ澄まされた細身の刃が、中天の太陽にギラリと光った。

鞘はズボンのベルトに差し込んでいる。

――深町くん。気をつけて！

淑子の声。

西原が悠然と歩いてきた。右手に匕首を握ったままだ。

「とっととケリをつけようぜ」

そういいながら、匕首の切っ先を向けて突っ込んできた。

とっさに身をひねってかわした。匕首を持つ相手の腕を両手で捉えた。西原は左のに倒れた。

肘を深町の横顔に打ち込んだ。激痛の中、視界がぶれた。もう一発。深町が横っ飛び

「ふん」

西原は余裕で笑い、逆手に持ち直した匕首の切っ先を深町の胸の真ん中に突き立てようとした。一瞬、早くその手首を両手でつかんだ。が、そのまま仰向けに地面に押さえつけられてしまう。

深町の上になった西原が、両手で匕首を突き込んだ。

かわし切れなかった。

冷たい刃先が右胸に突き刺さり、骨を断ちながら体に入ってきた。

深町は苦悶《くもん》の声を洩らした。

西原が匕首を抜いた。傷口から血が飛び散った。それを浴びた西原が、舌打ちをしながら顔を背けた。

「ふたりとも……逃げる……んだ」

そういうのが精いっぱいだった。

深町の意識は暗い深淵《しんえん》に吸い込まれるように落ちていった。

21

西原は腕で顔の返り血を拭った。

深町が仰向けのまま動かなくなったのを見ると、血濡れた匕首を右手に握ったまま、ゆっくり淑子に向き直った。

彼女は悠人を力いっぱい抱きしめながら、相手をにらみつけた。

「ガキを渡せ」

ゼイゼイとあえぎながら西原がいった。「さもないとこいつでその首をはねてやる」

匕首を両手に持ち直し、低くかまえつつ、彼が歩いてきた。

その後ろに倒れている深町の姿。救助隊の制服がどす黒く染まっているのが見えた。

もしかして死んでいるのか。ピクリとも動かない。

淑子は恐怖に震えた。しかし弱みを見せるわけにはいかない。

「ユウくん。逃げて」

必死にしがみついてくる悠人の顔を無理に向けさせ、淑子はいった。「ひとりで逃げなさい」

悠人が涙に濡れた目を見開き、淑子を見上げた。

「おねえさんもいっしょに逃げよう」

そういうので、小さく首を横に振った。「私があいつを引き留めるから、その間に山に逃げ込むんだ。ガッキーといっしょに何度も入ったから道はわかるよね」

悠人は口を引き結び、黙って頷いた。

西原がすぐ前までやってきた。

「今よ。逃げて！」

半ば悠人を突き飛ばしながら、淑子は反対方向に走った。

小屋の入口近くに積み上げてある薪の山から、ダケカンバの薪を一本、拾った。視界の片隅、上流に向かって走って行く悠人の小さな姿が見えた。

「待て、ガキ！」

怒声を放ち、西原がそれを追いかける。

「待ちな。私が相手だよ！」

西原を追いかけて走ろうとしたときだった。

「クソババア！」

驚いて、濁声《だみごえ》がした方向に目をやったとたん、郷田が前に立ち塞がった。さっきまで深町に倒されて気絶していたはずだった。意識を取り戻したのだろう。顔にパンチを受けた痣があって、左目が腫れ上がって凄絶な顔である。

淑子は郷田と対峙した。

ダケカンバの薪を両手でかまえた。クマによる咬傷《こうしょう》がまだ治りきっていないため、うまく右手に力が入らない。それでも歯を食いしばって、野球のバットのようにかまえた。

「かかってきな」

左手で招くように挑発した。とたんに郷田が鼻に皺を寄せた。狂った獣そのものだ。

「てめえ。ぶっ殺してやる」

低い声でいいざま、郷田が足を踏み出し、急迫した。

淑子は両手でかまえた薪を、真横に振った。

郷田があっさりとそれを両手で受け止めた。薪をもぎ取られる前に、自分から離すと、淑子は走った。

「待ちやがれ」

怒声とともに郷田が追ってくる。

淑子は小屋の出入口から中に飛び込むと、土間に足を踏み入れた。郷田が続いて入ってきた。無線機が壊されて落ちた場所を踏み越し、食堂の傍にある棚に手をかけた。

そこに置いてあったのは珠美が置いていったベアスプレーだ。

それをつかんで、白い安全クリップを拇指で弾いた。向き直りざま、すぐ目の前にいた郷田の顔めがけて、カプサイシンの強烈なガスを噴射した。

郷田が野獣のような声を放った。

自分の顔を両手で覆い、仰向けに土間にひっくり返って身をよじった。

断末魔という言葉がふさわしいような、すさまじい絶叫を放ち、郷田がのたうち回っている。激しく咳《せ》き込み、ゼイゼイとあえぎ、また悲鳴を放った。

むろん淑子とて無事にはすまない。

カプサイシンのむせるような刺激の中、咳とクシャミを立て続けに放ちながら、よろよろと厨房に入り、蛇口から水を出して顔を洗った。執拗《しつよう》なほどに目を洗い、コップでうがいをすると、ようやく立ち直れた。

タオルをとって鼻と口を覆いながら土間に戻ると、郷田が這いつくばったまま、激しく咳き込んでいる。カプサイシンの噴霧でオレンジ色に染まった顔。目をつぶり、黄色い歯をむき出している。

「くそったれ……俺になにを……しやがった」

顔を押さえたまま、しゃがれた声を放ちながら、淑子に片手を伸ばしてくる。

「クマ撃退スプレーさ。あんたなんかに使ったらクマにもうしわけないわ」

その手をかわすと、彼女は小屋の外に飛び出した。

酩酊《めいてい》した酔っ払いのように、郷田がよろよろと歩きながら追ってきた。

小屋を出たところで、淑子は待ちかまえていた。

今度こそ――両手で握ったダケカンバの重たい薪を肩の上にかざしてかまえ、容赦のない力で郷田の首筋に叩きつけた。

鈍い音とともに、郷田が声もなく俯せに倒れた。

それっきり動かなかった。

「莫迦《ばか》にしちゃいけない。こう見えてもね。私ゃ若い頃は学生運動の闘士だったんだよ」

そういってから、ダケカンバを近くの薪の山に無造作に放ってもどした。

淑子は悠人が逃げ込んだ山を見つめた。西原が追いかけているが、すぐに追いつかれることはないだろう。あの子は充分にこの辺りの地の利を得ている。しかし危険が迫っているのはたしかだ。

すぐに追いかけるべきか――。

振り返って深町のところに走った。

まだ、涙と鼻水が流れ続けるので、タオルで顔をゴシゴシ拭きながら彼のところに行き、地面に両膝を突いた。

「深町くん……」

西原に匕首で刺された右胸の傷は見るも痛ましかった。

仰向けの顔に手を当てる。首筋の脈を探ると、脈動がはっきりとあった。傷の位置からして、肺は傷ついていないはずだ。

淑子はホッとした。しかし出血がおびただしい。救助隊の制服のシャツが赤黒く濡れ光っている。このままだと、深町は間違いなく出血多量で死んでしまう。

頭に巻いていた両俣手ぬぐいをほどき、折りたたんでから、深町の傷口にあてがった。力いっぱい押しながら、圧迫止血を試みる。

「……加賀美さん……」

深町の声に気づいた。見れば、薄目を開いている。

意識を取り戻したのだ。

「……悠人くんは？」

「山の中に逃げ込んだわ。でも、あいつが追いかけてる。なんとか助けを呼ばなきゃね」

そういったとたん、大事なことに気づいた。小屋の無線機は壊されたままだ。

淑子は泣きたくなった。

「……ザックの中……」

かすれた深町の声。

「え」

「……ザックの中に……俺のトランシーバーが……」

淑子は両膝を突いて、深町の傷口を押さえながら振り返った。

少し離れた場所に深町のザックが転がっていた。

「ちょっとごめんね」

そういって立ち上がると、そこに走った。あわただしく雨蓋を開き、なかをまさぐってケンウッドのハンディ無線機を引っ張り出した。電源を入れて、144MHz帯の呼び出し周波数に合わせた。

ふたたびぐったりとなっている深町を見下ろし、淑子は眉根を寄せた。

出血は先ほどよりも収まっている。

「ありがと。深町くん……」

歯を食いしばり、PTTボタンを押した。

「至急、至急！　こちら両俣小屋の加賀美です。どなたか、取れますか！」

ボタンを外し、様子をうかがう。

しかし雑音しか戻ってこない。だが彼女はあきらめず、また送信した。

「至急、至急！　こちら両俣小屋の加賀美です。お願い。誰か応えて！」

必死に呼びかけながら、淑子は振り向く。

悠人が逃げ込んだ森。

木立が密集して複雑に入り組んだ深い樹林が、そこに広がっていた。

22

犬たちの反応は顕著だった。

しきりに地面に鼻先をこすりつけながら、右に左にジグザグに折れては走り続けている。それを夏実と静奈が追いかける。

中白根沢ノ頭からの急下降が続いた。

周囲はすっかり樹林帯となっていて、見通しがまったく利かない。

ここが廃道になって久しい。

ふだんは人が歩かない場所だから、靴痕《くつあと》などの痕跡は顕著だった。

砂礫《されき》が乱れていたり、ゴツゴツと尖った岩が裏返っていたり。

何度か転倒したのか、岩の上に血が付いていることもあった。

このまま下りきれば左俣大滝に出る。

その辺りは登山道がかなり荒廃していて、よほどの登山経験と技術、それに装備がないかぎり、通行が難しい。そのことを考えて夏実は不安になっていた。

ふいに犬たちが足を止めた。

メイとバロン、二頭はそのまま樹林帯を下ろうとして、困惑したように耳を伏せ、周囲の地面や岩の匂いを嗅ぎ始めた。それを見て、夏実は静奈と目を合わせた。

どうして犬たちはまっすぐ道を下りていかないのか。

「まさか……」

静奈がつぶやく声がした。

夏実は彼女を見て、いった。「ふたりは道から外れた？」

「どうやらそのようね」

犬たちはトレイルの左に切れ落ちる急斜面のほうへ行こうとしている。その下にはシラビソの深い樹林が広がっていた。間違いなく、友梨香たちはそちらに向かって下りたのだ。

足元は枯れ枝が積み重なり、下草も生えて踏み跡もない。

素人《しろうと》ならば、迷ってルートを外れることは大いにあり得る。

「行こう」

静奈がいったとき、ふたりが背負ったザックのショルダーストラップにつけたホルダーの中で、トランシーバーが同時に雑音を立てた。先に抜いたのは夏実だ。

女性らしい呼びかけの声が聞こえるようだが、雑音がひどくて聞き取れない。

——至急……応答……願い……ます……。

「これってまさか……」

つぶやく夏実を静奈が見つめた。「加賀美さんの声じゃない？」

ふたりがいるこの樹林帯のすぐ下に両俣小屋がある。距離は近いが、木立で見通しが悪いために電波の状態が良くないのだろう。

PTTボタンを押して彼女はいった。

「こちら救助隊の星野。加賀美さんですか、どうぞ」

雑音。

しかし、はっきりとこう聞こえた。

——加賀……です。救助隊の……町くんが……重傷。悠人くんも……危険……。

夏実はあっけにとられた。

救助隊の深町が重傷——まさかと思った。しかも悠人まで危険にさらされている。

「何があったんです、加賀美さん！」

——ヤクザ者がふたり……くんを殺しにきたの。深町くんが刺され……。

夏実の顔から血の気が引いた。

「深町さん、まさか？」

——……大丈夫……生きて……肩口を刺され……かなりの重傷だけど、止血措置《そち》……すませたから……。

　生きていた。

　夏実はホッと胸をなで下ろした。

「きっと中江の指示だわ」

静奈がいった。その顔が怒りの色に満ちている。

まさかと思った。だが、他に考えられなかった。本当に保険金目的で悠人を殺そうとしているのだ。連れ子とはいえ、何という仕打ちなのか。

――……悠人くん……川のほう……逃げ……ど、捕まったら殺さ……。

静奈が険しい表情で夏実を見た。

「ヤクザに追われて、ひとりで森の中に逃げ込んだのよ。追いつかれたらきっと――」

そういいかけて、静奈は口をつぐむ。

夏実も彼女を見返した。

お互いにいいたいことはわかり合っていた。

安西友梨香も今は危険の渦中だ。むろん中江悠人も。どっちを優先するという問題ではない。どちらも助けねばならない。そしてどちらも危険であることに変わりはない。

夏実は背後を見た。

木の間越しにふたりが下りてきた稜線が見え隠れしている。後続の救助隊が追いついてくるには、まだ少々時間がかかるだろう。待っている余裕はなかった。

「夏実。友梨香さんのことをお願い！」

意を決したように静奈がいった。「私は悠人くんのところに行く」

夏実はぎゅっと口を引き結んだ。

静奈の判断は正しい。その逆はあり得ないと思った。しかし――。

「静奈さんがふたりいればいいのに」

とたんにキリッと眉を立ててにらまれた。

「そんなことといわない！　自分に自信を持って！」

夏実は唇を噛みしめた。

「はい」

「相手のナイフに気をつけるのよ。素人だからって、絶対に気を抜かないで」

「わかりました」

夏実がいった。「静奈さん。悠人くんを助けてあげてください。それから……深町さんのこと、くれぐれもよろしくお願いします」

静奈が頷く。「わかった！」

バロンを呼び戻し、彼女はまた夏実を見た。

「あなたならひとりでやれるわ」

「大丈夫です」夏実はいい切った。「それに私はひとりじゃない」

傍らに戻ってきたメイを見下ろし、頭に手を置いて撫でた。

ボーダー・コリーが嬉しそうに目を細め、長い舌を垂らして彼女を見上げた。

「そうだったわね」

静奈が納得して拇指を立てて見せた。

夏実も笑みを浮かべ、サムアップを返した。

23

文字通り、満身創痍《そうい》だった。

安西友梨香はシラビソの林の中に倒れていた。立ち上がろうとするが、力が出ない。体が鉛のように重く感じられる。

道に迷ったことはわかっていた。しかし、そんなことはどうでもいいことに思えた。

自分がまだ生きていることが信じられなかった。

恐ろしい出来事が起こった。

あれが起こったとき——そう、あの男がナイフを持ってみんなを襲ったとき、友梨香は自分の目を疑った。現実だとは思えなかった。

今にして思えば、たしかに変だった。

彼を意識したのは、実は御池小屋の洗面所が初めてのことではない。撮影をしながら登ってくる途中、何度か登山者の中にいるのを見かけていた。少し気味の悪い人だなとは思っていた。

それが肩の小屋で休憩していたとき、グローブを届けてくれた。そのときの彼はごくふつうの男の人のように思えた。なのにどうしてこんなことになってしまったのだろう?

最初に石合ディレクターが刺されたことを、はっきりと憶えている。たまたま彼にいちばん近い場所にいたためだ。

次に音声の三河、そして撮影の松山と、次々と襲われて倒れた。そのときになって、友梨香はようやく自分に差し迫った危機を悟った。あまりの出来事に、心が麻痺《まひ》していたらしい。

右手にナイフを持ったまま、彼は友梨香を見据えた。返り血を浴びたその顔は凄絶だった。しかも口元に薄笑いを浮かべたまま、ゆっくりと

——ぼくといっしょに行こう。

何のことかわからなかった。どこへ行くというのだろうか。

とっさに登山ガイドの小野寺が横から彼にタックルした。もつれ合いになった。

メイクの宮川知加子が何か叫んでいるのが聞こえた。

早く逃げて——という声だったと思う。しかし、彼は小野寺を振り払って、友梨香のほうへ足早に向かってきた。宮川が大声で悲鳴を上げた。それが耳障りだったのか、彼は宮川をにらみ、ナイフを握ったまま走った。

ドローン撮影の越谷が宮川をかばって刺されるのが見えた。

彼があらためて宮川を刺しにかかったとき、小野寺がまた彼に後ろから組み付いた。

ふたりは服をつかみ合い、髪の毛をつかみ合いながら格闘した。が、ふいに小野寺が足場を失い、崖の上から消えた。彼は肩を揺らしながら見下ろしていたが、また血潮を浴びた顔で向き直り、今度ばかりは友梨香本人に向かってきた。

右手のナイフを閉じたり開いたりしながら。そのカチッ、カチッというロックの音が不気味に繰り返されていた。

友梨香は逃げた。

無我夢中で走り、急な下り坂を駆け下りた。

岩場で何度か転倒したが、その都度、立ち上がり、また走った。登山ズボンの膝が裂けて、血に濡れていた。肘も腕も擦《す》り傷だらけだった。しかし痛みはまったく感じない。

たまに振り向くと、彼が追いかけてくる姿が見えた。

向こうも何度か転倒しているようだが、へこたれる様子もなく、執拗に追跡してくる。

今となっては、自分がどこにいて、どこに向かっているかすらもわからない。

どうしてこんな場所にいるのだろうか。

なぜステージにいないの？　ここはライヴ会場の楽屋じゃないの？

温かな我が家じゃないのはなぜなの？

気がつけば、登山道を外れていたようだ。シラビソの深い林の中、それも急傾斜な場所を、立木につかまり、しがみつきながら下っている。

だしぬけに前方で奇怪な声がした。

驚き立ち止まった目の前を、野鳥が派手な羽音を立てて羽ばたきながら、木立の間を抜けて飛び去っていく。

友梨香はシラビソの枯れ木にしがみついていた。

肩を激しく上下させるたび、ゼイゼイと喉が鳴っていた。

しばしギュッと目を閉じていた。そうすれば悪夢から醒《さ》めると思った。ゆっくりと目を開く。しかし周囲にあるのはシラビソの木立ばかりだ。その多くが立ち枯れていて、まるで無数の白骨が立っているようだった。

風で折れて落ちたらしい枯れ枝が、林床に重なり合っている。そのところどころから苔《こけ》むした岩が突き出していた。この世の光景のような気がしなかった。

背後を見る。

立ち枯れの森が広がっているばかりだ。

あいつはきっともう来ない。そう思った。

たぶんどこかで足を滑らせたか、転倒して大怪我でもしているのだ。

だからもう安全だ。ここにいれば——。

友梨香はまた白骨樹の群れを見回した。あいつが来なくても、危険なことには変わりないと気づいた。自分がこの死の森から出られないのではないか。もしかしたら、誰にも気づかれることなく、ここで朽ち果てて死んでいくのかもしれない。

焦って歩き出したとたん、靴先が木の根にぶつかり、前につんのめった。

俯せに倒れた。とっさに両手で顔をかばった。岩角で胸を強く打って、その痛みに気が遠のいた。

やがて意識を取り戻したが、林床に突っ伏したまま、立てなかった。

手足に力が入らない。

何度か立ち上がろうとしたが、無駄だった。体という体から神経を抜き取られたように、何もかもが麻痺していた。目の前に手を持っていき、指を動かした。大丈夫、ちゃんと動く。だったら立てるはず。

友梨香は両手を岩場にあてがって、上体をなんとか起こした。シラビソの幹にしがみつきながら立ち上がった。

後ろでかすかな音がした。

枝が折れるようなバキッという音。

友梨香は恐る恐る肩越しに振り向いた。数メートル離れた場所に、彼が立っていた。シャツもズボンも、そして顔も、どす黒く乾いた血潮で汚れていた。まるで兵士のカムフラージュメイクのようだ。その中で目だけが真っ白に見えた。

「友梨香ちゃん。見〜つけた」

彼はそういって歯をむき出し、ニヤッと笑った。右手をズボンのポケットに入れ、血に汚れたナイフを取り出した。拇指でひっかけるようにしてブレードを開いた。

カチッという音がはっきりと聞こえた。

24

悠人の目の前に大きな滝があった。

左俣大滝である。

V字に切れた谷の合間から、真っ白な瀑布《ばくふ》が轟々《ごうごう》と野呂川の水面《みなも》に落ちている。滝《たき》壺《つぼ》の飛沫《しぶき》が白い水煙となってわき上がり、風が寄せるたびに独特のオゾンの匂いがした。

両俣小屋からここまでは、高垣とふたりで何度か釣り登ってきた。道なき道だが、川を渡っては右に左に岸を替えて歩いたものだ。同じルートを悠人はひとりでたどってきた。

ここから先、道はない。

滝の両側は一枚岩《スラブ》となっていて、這い登ることはとてもじゃないができそうにない。だからといって、今さら引き返すわけにもいかず、悠人は大きな岩の陰にしゃがみ込んで隠れていた。

すぐ近くの岩の上に、嘴《くちばし》が細長く、地味な色をしたカワガラスが留まっていて、尾羽をリズミカルに上下に振ってはダンスをしている。パッと近くの岩に飛び移ったかと思うと、そこでまたチョンチョンと体を揺すって踊り始める。そんな光景も、悠人にとってはちっとも楽しくなかった。

身の危険がすぐそこに迫っていた。

やがて樹林の間から、あいつが姿を現した。

白いシャツに黒のズボン。右手には刃物を握ったままだ。

たしか西原という名だった。

岩の陰から見ていると、彼は悠人が隠れている大きな岩の向こうを歩き過ぎ、いったん大滝の下まで行った。

ふいに立ち止まり、落ち着いた表情で周囲を見渡した。

悠人はとっさに身をかがめた。大岩に背中をピッタリとくっつけた。

――そこに隠れているんだろ？　悠人。俺からはちゃんと見えてるぜ。

滝の音に混じって、西原の声が聞こえた。

靴音が近づいてきた。岩を踏みながら、だんだんとこっちへ来る。

――俺だってな、年端《としは》もいかない子供をひどい目に遭わせたくないんだよ。

悠人は冷たい岩に背中を押しつけたまま、目を閉じ、歯を食いしばっていた。恐怖に震え、歯がカチカチ鳴りそうだったので、両手で口を押さえた。

ふいに嗚咽《おえつ》がこみ上げ、必死に堪えた。両目から涙が流れ落ちた。

――やっぱり気が変わった。お前をここで殺すのはやめにする。

そんな言葉を聞いて、悠人が目を開いた。

――坊主。脅かして悪かったな。東京にお前を連れ戻して、父さんに会わせてやるよ。親子でゆっくりと話し合いをすればいい。

思わず悠人は岩の陰から出ようとした。が、すぐに思いとどまった。あいつの気が変わるはずがない。こっちを引っかけようと嘘をついたのだ。深町を刃物で刺したときの姿を思い出した。人を殺すのに、何のためらいもない様子だった。手を突いたとたん、岩がゴトッと思わぬ大きな音を立てた。悠人は肩をすくめて目を閉じ、口を閉じてじっとしていた。

足音がだんだんと近づいてきた。

そのまま、どこかに行ってくれ。ぼくの前からいなくなってくれ。

悠人は祈った。必死に祈り続けた。

一瞬後、岩の後ろからぬっと出てきた手が、悠人の襟首《えりくび》をつかんだ。あっと驚く間もなく、悠人は岩の陰から引きずり出されていた。

目の前に西原の顔があった。死神のように無表情な顔。その口の端がふいに吊り上がって笑みの形になった。

「子豚ちゃん、そこに隠れてたのか」

そういいながら、西原は悠人を川のほうへと引きずっていった。

「いやだ、いやだッ！　やめて！」

悠人は必死に叫びながら、西原の腕や胴を殴った。しかし彼は平然と悠人を引きずり続け、野呂川の河畔《かはん》に連れて行った。轟然と水飛沫を上げる左俣大滝のすぐ下だった。

悠人は絶叫しながら、なおも西原の体を叩き続けた。

「いくら叫んでも無駄だ。誰にも聞こえやしねえよ」

足払いをかけて悠人を倒すと、西原は浅瀬にしゃがみ込んだ。悠人はまた悲鳴を放った。その声もすぐにかき消された。

俯せの格好で、渓流の水面に頭から突っ込まされた。

氷水のように冷たい流れの中、悠人は必死に息を止めて、手足をバタバタと暴れさせた。だが襟首をつかむ力は強く、ビクともしない。ゴボゴボという泡の音。水圧が顔や耳を圧迫し、ふいに冷水が鼻孔や口から喉の奥に入ってきた。

息が詰まって苦しい。頭の中で花火が炸裂《さくれつ》しているようだ。

ここで殺される――ぼくは死ぬ。

そう思ったとたん、新たな恐怖がわき上がり、最後の力を振り絞って、西原の腕をつかんだ。爪を立ててかきむしろうとした。

ふいに悠人をつかんだ手の力が緩んだ。

なぜだかわからないが、西原が悠人から手を離したのだ。

とっさに水面に頭を出した。息をしようとして、できなかった。喉の奥まで水が詰まっているからだ。それを強引に吐き出した。何度か、えずきながら、気道にたまった水を口から吐き戻し、そのまま力尽きたように浅瀬に横倒しになる。

大きく口を開け、咳き込んだ。胸に詰まっていた最後の水が口から飛び出し、ようやく新鮮な空気が肺に入ってきた。

目を開いた。

何が起こったか判然としない。

素早く身を起こして、悠人は見た。

轟々とすさまじい音を立てて落ちる大滝を挟んで、すぐ手前に西原が立つ後ろ姿。その向かい――対岸に若い女性と大きな犬の姿が見えた。

女性はポニーテールの髪型。すらりとした美人だ。しかも悠人もよく知っている山岳救助隊の制服姿。犬はシェパードのようだ。

「悠人くん。川から離れていなさい」

こちらを見て、彼女がいった。それから対岸にいる西原に向き直った。

神崎静奈というその名を悠人は思い出した。

シェパードはバロンだ。

25

シラビソの林。ほとんどが立ち枯れた白骨樹林のような場所だった。

そこからメイの息づかいがはっきりと聞こえてくる。

その音を追いかけながら、夏実は走った。

眼前の不気味な森の中にきっと友梨香がいる。そしてあの男も。

どうか無事でいますように。生きていてくれますように。そう祈りながら、夏実は岩から岩へと跳び、地面を蹴って疾走した。急斜面を下りるその勢いのあまり、何度か立木にぶつかりそうになる。その都度、幹につかまっては落下を止めた。

枯れ枝がパラパラと雨のように降ってきて、頭や肩にぶつかった。

ショルダーストラップのホルダーからトランシーバーが雑音を放った。

――こちら進藤。神崎さん、星野さん、取れますか？

とっさにトランシーバーを抜いた。

「星野です。現在、登山道を左に外れた急斜面を降下中。メイが激しく反応しています」

——諒解。相手は凶器を所持しているはずです。神崎さんとふたりで慎重にあたってください。

「実は神崎隊員ですが、独自判断で両俣小屋方面に向かいました。先ほど、加賀美さんから無線を受けて、悠人くんがヤクザたちに殺されようとしているようです。深町さんが凶行を止めようとして……」

いいながら、ふいに涙があふれてきた。

——星野隊員。深町さんがどうした？

「刃物で……刺されたそうです」

しばし無線の向こうが沈黙した。

——まさか、深町さん……。

「大丈夫。重傷ですが、生きているって。加賀美さんが手当てをしてくれたようです。だから、静奈さんが速攻でそっちに向かってます」

——わかった。こっちも二手に分かれる。星野も気をつけろよ。

「わかりました」

通信を終えた。

トランシーバーをホルダーに仕舞ってベルクロで留めたとき、ふいにメイの声がした。

夏実は枯れ木の林を見た。

シラビソの灰色の木立の間をスラロームのように縫って走りながら、トライカラーのボーダー・コリーが走って戻ってきた。夏実のすぐ前で足を止め、ハンドラーに向かって体を激しく揺すり、全力で吼えている。

「メイ、見つけたのね！」

夏実が叫んだ。

メイがまた吼えてきた。しかし、いつものような明るい表情ではない。要救助者を発見したときのメイは、目を輝かせて本当に嬉しそうに吼える。が、そうでない場合は――。

夏実の背中を冷たいものが走った。

次の瞬間。すぐ近くから甲高い悲鳴が聞こえた。

若い女性の声だ。

ナイフで刺されたのか。そう思ってドキリとした。

もう、間に合わないかもしれない。

だけど――。

「友梨香さん！」

夏実が走った。

メイとともに無我夢中で木立を抜けた。

26

すぐ近くで犬の声がした。

それを聞いた和馬は舌打ちをした。こんな山奥に犬がいるはずがない。きっとあの救助犬だ。そう気づいた彼は、自分にあまり時間が残されていないことを知った。

朽ち果てた大きな倒木の手前、安西友梨香は林床に仰向けに倒れ、和馬は彼女の上にまたがっていた。ナイフのブレードを友梨香の喉元にピッタリと押し当てている。

友梨香は悲鳴を放つのをやめた。

ようやく観念したのか、蒼白な顔で大きく目を見開き、じっと和馬を見上げていた。

その瞳が濡れ光っている。眦《まなじり》から涙がこぼれ、耳の方に流れた。

「ごめんね、友梨香ちゃん。痛いのはほんの一瞬だから」

そういって彼女の頸動脈《けいどうみゃく》の上で、ナイフを滑らせようとした。

「どうして……」

友梨香の声に手を止めた。

「どうして……こんなことをするんですか」

和馬はふっと笑みをこしらえた。

「君が好きだから。愛しているからだよ。だから、いっしょに死のう。まず、君からだ。ぼくもすぐに行くからね」

友梨香が眉根を寄せた。

「いや……お願いだからやめて！」

叫んだ友梨香の喉を、思い切って切ろうとしたときだった。

後ろで物音が聞こえた。

枯れ枝がバキバキとへし折られる音だった。

次に息づかい。フウフウという音がはっきりと聞こえてきた。

救助犬がもう来たのか――そう思って振り向いた和馬は、信じられないものを目の当たりにして、金縛りに遭ったように硬直した。

枯れ木の林の合間を、真っ黒な動物が這いながらこっちに向かってきていた。

和馬の目が大きく開かれた。

ツキノワグマだった。

もっこりとした感じで丸みを帯びた体軀《たいく》。丸い耳がふたつ。小さな目がこちらに向けられていた。口を開いたとたん、そこに並ぶ無数の牙と真っ赤な舌が見えた。

「嘘だろ……」

思わずつぶやいていた。

クマは真っ黒な体を揺するように、こっちに向かってくる。その体の周囲を、ハエだかアブだかの小さな羽虫が、無数に飛び回ってたかっているのが見えた。

友梨香にのしかかっていた和馬は無意識に立ち上がった。

目を剝《む》いたまま、口をあんぐりと大きく開けて、自分に向かってくるクマを見つめた。

「うわ……うわ……うわぁ！」

言葉にならぬ声を放って、和馬は後退った。

「いやだ。来るな！　こっちに来るなぁッ！」

大声で絶叫した。

今し方、友梨香とともに死のうと思っていたことなど、意識の中から雲散霧消していた。まったく予期せぬかたちで迫った死を前に、和馬はひたすら怯えた。

クマが動きを止めた。

和馬の放つ声にいらだったらしく、不機嫌に唸《うな》りを洩らしながら、太い前肢《まえあし》で何度か地面を叩いた。

それから急に走り出した。

まっしぐらに和馬に向かってきた。

そのとき、人の声がした。

二度、三度とけたたましく吼えている。

クマがまた行動を停止して、別の方を見た。

和馬もそっちに目をやった。

枯れ木の木立の中に、ボーダー・コリーがいた。

鼻に細かな皺を寄せながら、クマに向かってしきりに吼えている。

その後ろに――彼女の姿があった。

山岳救助隊の星野夏実だった。

27

最初に見えたのは、棒立ちになっている桜井和馬の姿だった。

汗や泥がこびりついた髪がボサボサに毛羽立って見えた。何人かをナイフで刺したときの返り血を浴びて、見るもおぞましい姿になっていた。しかも、ここまでやってくるのに何度も転倒したらしく、ズボンやシャツのあちこちが破れ、そこに血がにじんでいた。

右手にはナイフを握っている。

そのすぐ近く、横倒しになった太い枯れ木の前に仰向けになった安西友梨香がいた。大きく目を開いて夏実たちを見つめている。

良かった！　生きていた――！

ホッと安堵《あんど》したのもつかの間、ふたりの向こうに信じられないものがいるのに気づいた。真っ黒な被毛の野生動物。ツキノワグマだった。

体長は一五〇センチ以上ありそうな、大きな個体だった。白い目を剝いて口を開く。牙の並んだ奥に赤い舌が覗いていた。もっこりした体軀の周囲を無数の虫が飛び回っている。

「動かないで！」

夏実が鋭い声を放った。「背中を向けて逃げたら襲撃される！」

あんぐりと口を開いたままの和馬が、ハッとして夏実を見た。それからまた真っ青な顔をクマのほうに向けた。血の気を失った唇が小刻みに震えていた。

恐怖に失禁したらしく、登山ズボンの前に黒い染みが広がっているのが見えた。

夏実は一瞬、迷った。

彼女の犬が野生のクマを相手にしたことはない。しかし、こうした場合のトラブルの回避の仕方はわかっていた。おそらくきっとメイもだ。

「メイ、バーク（吼えろ）！」

夏実のコマンドで、ボーダー・コリーが体を揺すって吼えた。

何度も威嚇《いかく》の声を張り上げている。

クマがいらだたしげにそれを見ている。注意をこちらに引きつけながら、夏実はゆっくりと横移動を始めた。メイも吼え続けながら、夏実の足元に定位して移動する。

クマがそれにつられて視線を移している。

「バーク！　バーク！」

夏実の声に呼応するように、メイがさらに強く吼えた。

クマが低いうなり声を洩らし、頭を小刻みに振った。

視線が左右に泳いでいるのが見えた。

メイが吼える。

クマがゆっくりと後退する。けたたましい犬の声に怯えたわけではないだろう。しかし、犬に吼えかけられるのがいやでたまらないのだ。

夏実たちは少し前に出た。

追い打ちのメイの咆吼《ほうこう》。

ついにクマがこちらに尻を向け、林床を走り始めた。

ほとんど足音を立てることもなく、ゆるやかな木立の斜面を一気に駆け上り、向こうに見えなくなった。

メイはそっちに向かって吼え続けていた。

「やめ！」

夏実の声とともに、静かになった。

「よくやったわ、メイ！」

そういって相棒の犬を抱きしめ、耳の後ろに顔を押しつけながら、背中を何度も叩いて誉めてやる。メイは嬉しそうな顔で豊かな尻尾を激しく左右に振った。

桜井和馬はいつの間にか尻餅をついていた。

腰が抜けたというほうがふさわしいかもしれない。

相変わらず蒼白な顔で唇を震わせ、虚ろな目であらぬほうを見ている。その右手にまだナイフが握られているのを見て、夏実はザックを下ろし、サイドポケットから二段伸縮式の特殊警棒と手錠を取り出した。それらを後ろ手に隠し持ちながら、メイとともに和馬に向かって歩いた。

彼は両足を枯れ枝だらけの地面に投げ出したまま、口を開け、呆けた表情をしていた。

その横に立って、夏実が静かにいった。

「桜井和馬。ナイフを捨てなさい」

虚ろな目が夏実に向けられた。

その視線が自分の右手のナイフに落ちた。ゆっくりと自分の右手を持ち上げる。肘から先がブルブルと震えているのが見えた。切っ先が小刻みに振動していた。

夏実は緊張した。

いつでも警棒を振り出して伸ばせるように身がまえた。

和馬はまた夏実を凝視した。震えるその手に握られていたナイフが、ふいにクルッと反転し、指の間から傍らに落ちた。地面の岩に当たってカチンと音を立てた。

しかしそれに目も向けようとせず、和馬は血走った双眸で夏実を見上げるばかりだった。

「桜井和馬。殺人未遂の容疑で、あなたを逮捕します」

登山靴の靴底で落ちていたナイフを踏みつけた夏実は、特殊警棒を登山ズボンのベルトの背中側に差し込み、もう一方の手に持っていた手錠を出して、桜井和馬の両手首にそれをかけた。

クロームメッキがかけられた手錠のギザギザのロックが、ギリッと音を立てた。

ズボンのポケットからバンダナを引っ張り出し、血と泥に汚れたナイフを包んでそっと拾い上げた。それから腕時計を見て、逮捕の時刻を確認する。

背後に足音が聞こえた。

続いて犬の声。

肩越しに見るとリキだった。その後ろに進藤の姿。杉坂副隊長と関も後ろからやってくる。

夏実はようやく笑みを浮かべた。

「星野さん、大丈夫か！」

進藤が大声を放った。

「はい」

はっきりと返事をした。

隊員たちが到着すると、進藤はリキを停座させ、夏実を見て頷いた。それから手錠をかまされたまま倒れている桜井和馬のところに走った。

関は安西友梨香に駆け寄った。

杉坂副隊長がやってきた。顔じゅう汗まみれだ。

彼に対峙するように夏実は背筋を伸ばして立った。犯罪の証拠である桜井和馬のナイフを、バンダナに包んだまま渡した。

杉坂が頷き、それを受け取る。

傍らにメイが寄ってきた。長い舌を垂らして、嬉しそうに目を輝かせている。

あらためて杉坂に向かって敬礼をした。真顔で口を引き結んだ。

「午後一時四十八分。桜井和馬を確保。殺人未遂で現行犯逮捕しました」

そう報告した。

「ご苦労だった。星野さん、初手柄だな」

返礼をした杉坂副隊長がそういった。

「え」

夏実が驚く。

「何をとぼけてんだ。重大犯罪の被疑者の現行犯逮捕だぞ」

初めて自分のことだと気づいた。とたんに頬が熱くなり、ぽーっとなってしまう。

「他の……撮影スタッフの人たちは？」

「甲府の中央病院から本署経由で連絡が入って、ガイドの小野寺さんを含め、全員、命には別状がないそうだ」

「良かった」

夏実は胸をなで下ろした。

「何してんだ、星野さん。早く友梨香さんのところに行ってやれ」

杉坂にいわれ、彼女は頷く。

太い倒木の前に倒れたままの安西友梨香。介抱していた関が立ち上がり、笑みを浮かべてこういった。

「大きな怪我はしていないよ」

「良かった。ありがとうございます」

そういって、夏実は友梨香の前に両膝を突いた。メイも傍に来て停座する。

友梨香は傷だらけで、蠟人形《ろうにんぎょう》みたいに蒼白な顔をして、夏実を見上げていた。

さぞかし究極の恐怖だっただろう。それを思って夏実の心が痛んだ。

「友梨香さん。もう大丈夫ですよ」

彼女の上体をそっと起こしながら、優しく声をかけた。「どこか痛むところとかはありませんか?」

小さくかぶりを振ってから、友梨香がくっと唇を嚙みしめた。

「ほんとうに……来てくれたんですね、メイちゃんといっしょに」

震え声でそういったかと思うと、友梨香は眉根を寄せ、大きく顔をゆがませた。

両目から大粒の涙がこぼれだした。

突如、わっと大声で泣き叫んで、夏実にしがみついてきた。それをしっかり抱き留めながら、夏実は彼女に向かっていった。

「もちろん。あなたとの約束だったからです。だから、友梨香さん――」

嗚咽しながら、友梨香はそっと顔を離した。その涙に濡れ光る目を見つめ、微笑みを浮かべて夏実がいった。「――生きていてくれてありがとう」

友梨香がまた泣き始めた。

夏実はその顔を、彼女の母のように自分の胸に引き寄せた。

それからふっと顔を上げた。

左右の眉を寄せ、深い木立を見つめてつぶやく。

「深町さん……」

28

轟然と音を立てて滝が水煙を上げている。

その手前に神崎静奈が立っていた。傍らにはバロンがいる。

そして渓流を挟んで対岸――岩場に立つのは背の高い中年男。体つきはガッシリしていて、角刈りの細面。隙を見せない独特の風貌《ふうぼう》は、まさしくヤクザ者だ。両手の拳ダコを見れば、格闘技か何かをやっているのが一目瞭然《いちもくりょうぜん》でわかった。

少し離れた場所に中江悠人が立っていた。

「ここは任せて、あなたは加賀美さんのところに戻ってて」

静奈がいっても、悠人は動こうとしない。

「何やってんの。早く！」

鋭く命じると、ようやくよろりと歩き出した。こちらを振り向き振り向き、木立の中に入っていく。

それを見ていた男が、やおら静奈に向き直った。

「あんたも山岳救助隊とかって奴か？」

静奈がわずかに眉をひそめると、男がニヤッと笑う。

「さっき山小屋の前で、あんたの同僚をひとり、こいつで刺してやったよ」

そういいながら、腰のベルトに挟んでいた白鞘の匕首をゆっくり抜いた。

静奈が険しい顔で男をにらむ。

無意識に握った両手の拳。指の関節が鈍い音を立てた。

「南アルプス署地域課、神崎静奈巡査です。傷害および殺人未遂の容疑であなたを逮捕します」

落ち着いた声で静奈がいった。

「あなたも名乗ったら？」

「西原だ」

そういって不敵に笑った。

「そのでかい犬をけしかけるつもりか？」

「バロンは戦わない」彼女はかぶりを振った。「私が戦う」

静奈の手の動きを見てバロンがゆっくりと下がり、そっと停座の姿勢になった。長い舌を垂らしながら、大きな目で彼女を見つめている。

西原がニヤッと笑う。

「いい犬だな」

そういって右手に握っていた白鞘を無造作に遠くへと放った。それは岩の上で跳ねてから、浅瀬に落ちて飛沫を散らした。

先に渓流に入ったのは静奈だ。

続いて西原が浅瀬に踏み込んだ。

一瞬、視線が絡み合った。

西原が沈み石を蹴って、静奈に低い拳を突き込んできた。それを無造作に下段払いではたいた静奈が同時に裏拳を放つ。しかし西原が顔のすぐ前で受け止めた。

間近で顔と顔が向き合った。

「女だてらに拳ダコがあるな。あんたも空手か」

「松濤館《しょうとうかん》流を少々」

西原が冷ややかに笑った。「寸止め《すんど》空手かよ」

「今日は止めない」

静奈の短い言葉に彼は真顔に戻る。

「ほざきやがる」

いいながら西原が肘を打ち込んできた。

素早い猿臂《えんぴ》（肘打ち）を紙一重でかわし、静奈が踏み込む。

左がまえで立て続けに拳を繰り出す刻み突き。後退《あとずさ》った西原に追い打ちをかけ、右を打ち込もうとしたとたん、先に蹴りが来た。かわし切れずに脇腹に食らった。

鉛を打ち込まれたような重い一撃。静奈はたまらず川の中に倒れた。

顔を上げ、中腰になった。

打たれた痛みが引く前に、怒りが胸の奥からこみ上げていた。

相手をなめていた。それが仇《あだ》になったのだ。

西原はやや足を開いて流れの中に立ち、ニヤニヤと笑いながら、右手で手招きし、彼女を挑発した。

「まさか白帯じゃねえだろうな」

「どうかしら？」

静奈が素早く動いた。派手な水飛沫が散った。

同時に西原が向かってきた。

先に拳を出してきたのは彼だ。静奈はひるまず、左足で川底を蹴って同時に半身になり、正拳突きをかわしつつ、胸を張って思い切りリードパンチを放った。予想外の距離から伸びてきた拳に驚愕した西原が、とっさに左で止めようとした。肉と肉がぶつかる音。しかし静奈の拳は弾かれることなく、そのまままっすぐ西原の顔にヒットした。拳骨が相手の頬骨を叩くたしかな手応え。

口から唾《つば》を飛ばしながら、西原がのけぞった。よろめきざま、無様に水中に尻餅をついてすっ転んだ。

静奈はすっと距離を空けた。右がまえのスタイルでポジションを維持し、川の中に立ち上がる西原を冷ややかに見た。

赤く腫れ上がった頬を撫でて、西原が鼻に皺を寄せた。

「縦拳《たてけん》なんぞを使いやがって、それでも空手かよ」

血の混じった唾を傍《かたわ》らに吐いた。

「ジャンルに縛られない主義なの」

そういいざま、今度は静奈が攻めた。

後退ろうとした西原が、水中の岩に足を取られ、よろめく。その隙に静奈は右、左と拳を相手の腹に打ち込んだ。今度も確実な手応え。

ふたたび水飛沫を散らしながら、西原が川に背中から倒れ込む。

静奈はまた距離を空け、ガードポジションに戻った。リズミカルに体を上下させながら、間合いを測った。ポニーテールの髪が躍っている。

よろりと立ち上がった西原の全身から水がしたたり落ちていた。

「なんでだ……」うめくようにいった。「なんで俺がここまでやられる？」

「日頃、道場の板の間やフロアマットの上でしか稽古《けいこ》をしていないからよ」

静奈が微笑んだ。

「何だと？」

「こんな足場の悪い場所での戦いは、そっちが不利になるに決まってるわ」

「なら、てめえは……」

「これでわかったでしょ。野試合上等」

「クソッ！」

西原が歯をむき出した。

一気に間合いを詰め、蹴りを放とうとした。

寸前、静奈が素早く左足を出し、相手の右足が上がる前に向こう脛《ずね》に靴底を当てた。

急所の痛撃に西原が顔を歪める。すかさず右拳を顔に打ち込む。鼻骨が折れた感触。

鼻腔《びこう》から血を噴き出し、西原がよろけた。

かろうじて転倒をまぬがれた彼は、腕で鼻血を拭い、頭を振った。

野獣のような怒りの形相である。

静奈をにらみ据えながら、西原がかかってきた。距離が一気に縮むのを静奈は待った。

相手が拳を出す寸前、静奈は前に飛び込むふりをしつつ、素早く体を反転させて斜めに空中回転した。遅れて回ってきた長い脚が飛沫を飛ばして風を切り、西原のこめかみにまともに命中した。

静奈はそのまま川の中に横向きに落ちた。

左俣大滝の轟然とした音の中、西原は拳をかまえた姿勢で呆然とした表情のまま佇《ちょ》立《りつ》していた。その視線がふいに虚ろになったかと思うと、ゆっくりと横倒しになって浅瀬に沈んだ。

静奈は立ち上がり、そっと両の拳をほどいた。

フルコンタクト空手で大技といわれた胴回し回転蹴り。

皮肉なことに、彼はそれをまともに食らってダウンしたのだった。

ちらっとバロンを見る。

シェパードが尻尾を振りながら、興奮をあらわに、彼女のところに走ろうとしている。それを片手で制止して、静奈は倒れた西原のところに行った。

気を失っているのか、流れの際で水中に突っ伏している西原。このままだと窒息死する。無造作に襟首をつかんで、水中から顔を持ち上げてやった。

静奈は驚いた。

とたんに西原が目を開き、歯をむき出して笑った。

右手に匕首があった。さっき浅瀬の水に落ちたことを思い出した。

素早く鞘を振って飛ばしざま、西原がそれを逆手に握って、静奈の胸に突き刺そうとした。その手首を左手でつかみ、ひねり上げた。同時に右の肘で容赦ない一撃を西原の腕に打ち込んだ。

腕の骨が折れる音が、飛瀑の音の中ではっきりと聞こえた。

西原がのけぞり、大きく口を開いて絶叫した。匕首が飛んでいき、川の中程の深みに落下した。

白目を剝いている西原を、岸に引きずり上げ、強引に俯せにして押さえ込んだ。顔が白い砂地にめり込んでいる。

静奈はズボンのポケットから手錠を引っ張り出した。西原の右手の肘から先が折れて、あらぬほうに曲がっているため、左手首にそれを嚙ました。ギリッと音がしてロックがかかった。

腕時計のガラス面の水を指で弾き、逮捕の時間を確認する。

静奈がゆっくりと岸辺に立ち上がる。顔を振って水気を払うと、ポニーテールの髪がまた躍った。

木立の手前で停座していたバロンが、待ちきれないというふうに走ってきた。バロンは目を輝かせて静奈に飛びつき、ふたりはもつれあって砂地に倒れ込んだ。

嬉しさに悲鳴を上げながら、長い舌で静奈の顔を舐めた。

彼女は笑いながら、バロンの太い首に手を回した。

ふいに視線を感じて後ろを見る。

まさか——と思った。

河畔林の木立の中に小さな姿があった。

中江悠人だった。

ひとりで逃げ帰らず、そこでふたりが戦う姿を見ていたのだろう。

静奈はニッコリ笑った。

「もう大丈夫だよ。こっちにおいで」

悠人は黙ったまま、静奈たちのほうに向かって歩き出した。

29

両俣小屋の前、ストレッチャーの上に仰向けになった深町敬仁を見下ろしながら、加賀美淑子は立っていた。右手にはまるでお守りのように彼のトランシーバーが握られたままだ。

「深町くん、もうすぐヘリが来るよ」

話しかけると、深町が目を向けてきた。

「悠人くんは無事なんですか」

「さっき、せいちゃんから無線が入って、保護したって」

それを聞いて、深町は安心したように表情をゆるめた。

それから淑子はふと小屋のほうを見る。

郷田は出入口の前にある庇《ひさし》を支える白い角材の柱に縛り付けられたまま、両足を投げ出し、力なくうなだれている。その姿を見て安心する。

「西原は？」

深町に訊かれ、淑子は肩をすくめてから、拳を握る真似をした。

「せいちゃんのことだもの。えいっ、やーってコテンパンに決まってるわ」

「きっとそうですね」

ふたりで目を合わせて笑い合った。

「ところでまだ傷は痛む？」

深町は隊員服のボタンをすべて外され、その間から素肌に巻いた白い包帯が見えている。

「今はだいぶ収まりましたが、さっきまではもう……泣きたいぐらい痛くてつらかったです。でも、日頃の訓練に比べたらましですけど」

ふっと笑い、淑子はいった。

「そんな冗談いってられるんだから大丈夫だね。ところであなたって、眼鏡がないとけっこうイケメンじゃない？　あと三十年若かったら、私ゃ放っとかないよ」

深町が驚いた顔で淑子を見上げた。

「おっと、こんなことをいったら、なっちゃんに思い切りにらまれるわね」

深町がだしぬけに笑った。吹き出しそうになって肩を揺らし、いきなりまた痛みに襲われて顔をしかめた。

「あら、ごめんなさい」

淑子が困った顔でまた笑ってしまう。

ふと、足音を聞いたような気がして、淑子は後ろを振り返った。

ちょうど川の上流――森の出口から、三人と一頭が姿を現したところだった。

山岳救助隊の制服姿の神崎静奈。その横にジャーマン・シェパードのバロンがついている。彼女に片手を取られ、手錠でつながれているのは、あのヤクザ者の西原だった。

静奈にかなり痛めつけられたのが、遠くから見てもありありとわかる。もちろん同情なんかしない。

そして――。

中江悠人が淑子の姿を目で捉え、一瞬、立ち止まった。

ふっと泣き出しそうな顔になりながら、ぐっと堪えたようだ。ひとりで駆け出し、淑子たちのほうに向かってきた。

あれほどひ弱な体だった悠人が、力強く走ってくる。たちまち彼女のところにやってきて、そのまま中腰に立ち上がった淑子の胸に飛び込んだ。

淑子は悠人の背中に両手を回し、力いっぱい抱き寄せた。

「お母さん！」

悠人が叫び、大声で泣き始めた。

たった十三歳の少年。そのたしかな温かさを体で感じながら、淑子も泣いた。洟《はな》をすすり、眼鏡を押し上げて、しきりに指で涙を拭った。

四十年、この山小屋をやっていて、これほど嬉しいことはない。

淑子はそう思った。心の底から。

やがて、遠くからヘリの爆音が近づいてきた。

終章

十月半ば。

秋が深まり、尾根を渡る風がずいぶんと冷たい。

八本歯のコルから吊尾根をたどり、北岳の頂稜《ちょうりょう》に向かう急登《きゅうとう》にさしかかった。

ダブルストックを突きながら、さすがに疲れ切った様子の彼女だったが、あと少しで頂上に立てるとわかったとたんに元気が出たらしい。口元に自然と笑みがこぼれていた。

隣を歩く星野夏実は安心し、傍《かたわ》らのメイを見下ろした。足元を歩くトライカラーのボーダー・コリーが、嬉《うれ》しそうにハンドラーの夏実を見返した。

彼女にまた視線を戻す。

安西友梨香。

その日、彼女はたったひとりで広河原から御池まで登ってきたのだった。警備派出所の前で見かけたとき、夏実は最初、それが誰だかわからなかった。

――下手に帽子をかぶったりサングラスをかけたりすると、すぐわかっちゃうんです。それで思い切ってスッピンで来ました。

友梨香はそういって屈託のない笑みを見せた。

しかし化粧なしでも、友梨香は充分にきれいだった。溌剌《はつらつ》として輝く、二十四歳の美しい娘だった。

あの事件を受けて、関東テレビの番組〈チャレンジ！〉の山ガール企画は打ち切りとなり、ここで撮影された映像が電波に乗って全国に流れることはなくなってしまった。

事件が報道されるや、世間は火が点《つ》いたような大騒ぎとなった。連日、ワイドショーなどでその話題が繰り返され、ツイッターやSNSも大いに賑《にぎ》わった。本人や周囲へのマスコミ攻勢もかなりすさまじかったようだ。

それなのに、どうして友梨香ひとりでここに来たのか。あれほど恐ろしい事件が起こってしまった山なのに。

夏実が訊《き》くと、彼女はいった。

――どうしても北岳の頂上に立ちたいんです。だって、悔しいじゃないですか。マネージャーを始め、周囲の反対を押し切ってひとりで来たのだという。

友梨香のその気持ちは、夏実にもよくわかった。

だからメイとともに案内を買って出たのだった。

登山のコースを敢えて前回とは違う大樺沢ルートに変えたのは、夏実の機転だった。あの陰惨な出来事があった小太郎尾根ルート、とりわけ両俣分岐を彼女に歩かせたくなかったからだ。

数日前、山梨県警で取調べを受けた桜井和馬が、吉祥寺署に身柄を移送されたという連絡が入ったばかりだった。サイバー犯罪のみならず、ここまで大胆な犯行に及べば、重罪はまぬがれないだろう。もちろん同情する余地もないが、どうして自分を律することができなかったのかと思う。

おそらく孤独な人間だったのだ。孤独といえば、中江悠人もまさにそうだった。

しかし悠人はその境遇から立ち直った。

彼の義父である芳郎は、殺人教唆《きょうさ》の容疑で世田谷署によって逮捕された。他にもいくつか罪状が出てきたという話だった。そのあと、伯母の山崎美和子の裁判所への申し立てが通って、悠人は正式に山崎家の養子になった。

桜井和馬と中江悠人。

同じ引きこもりの人生でいながら、ふたりは大きく道を分かつことになった。かたや破滅、かたや自立と再生へと、はっきり明暗を分けた。その理由は夏実にもよくわからない。

もしかしたら、この北岳という山がふたりの運命を決めたのかもしれない。

風が前方から吹き寄せてきた。

気温はおそらく五度前後。ふだんなら寒いぐらいだが、足腰の筋肉を酷使する登山をするには、これくらいがちょうど良かった。

何度か足を止め、水分を補給する。

やがてふたりは、吊尾根分岐と書かれた道標の前で立ち止まった。ここから頂上まであと二十分だ。

高く澄み切った青空に白い羊雲が浮かび、ゆっくりと流れている。

「同僚の深町さん……っていいましたっけ。お怪我《けが》のほうはいかがですか」

水筒を手にした友梨香にいわれ、夏実はふと彼のことを想った。

「まだ甲府の病院です。今シーズンの復帰は無理っぽいです。でも、手術後の経過はずいぶん良くて、この前、面会に行ったらとっても元気でしたよ」

「良かったですね」

友梨香がいって夏実を見つめた。「好きなんですね？　その人のこと」

「え」

顔を赤らめて思わず友梨香を見つめる。彼女がクスッと笑う。

「だって今、とっても幸せそうな顔をされてるし」

「私が……ですか」

友梨香は頷いた。

「はい。好きです……とても」

「恋人がいるってうらやましいな」

友梨香が少し寂しげにいう。「私なんか忙しすぎて、浮いた話のひとつもないし」

「そうなんですか？」

頬をまだ上気させたまま、夏実が訊いた。友梨香が頷く。

「それどころか、あの事件以来、報道の人たちがいっつも張り付いてて、今だってうちの前にいっぱい車が停まってるんですよ。こっそり抜け出してくるのに苦労しました」

「大変ですねえ」

夏実は心の底から同情した。山岳事故のときも、執拗《しつよう》に食らいついてくるマスコミにうんざりすることがある。それでなくてもつらい目に遭った人たちに対して、どうして彼らはそっとしてあげないのだろうか。

「あ……でもね。いいこともあるの。来年、〈ＡＮＧＥＬＳ〉の北米ツアー公演が決まったんです」

「えー、凄《すご》いじゃないですか」

夏実は驚いた。「いつからですか」

「五月のカナダから始まって、秋頃までシカゴやNY、LAとかあちこちです。来年は忙しくなって登山どころじゃないと思うんです。だから今のうちに登山を楽しみたくて」

「そんな凄い人とこうしていっしょにいるなんて、信じられないですよ」

すると友梨香が笑っていった。

「この山で何年も救助活動をして、自分の体重よりも重たい男の人を担いで歩ける夏実さんのほうが、よっぽど凄いと思います」

そういってしゃがみ込み、メイの背中をそっと撫でた。

メイは嬉しそうに目を輝かせて、友梨香を見つめている。

「森川智美《もりかわともみ》です」

「え」

不意を突かれ、夏実が目を丸くした。

それを見て友梨香が笑った。「――私の本名なんです。安西友梨香は芸名」

「あー、そうだったんですか。でも、どっちも素敵な名前だと思いますよ」

「芸能人って、いかに日常を否定して自分を作るかが仕事だから、たまに本名に戻るとホッとするところがあるんです」

夏実は頷き、微笑《ほほえ》んだ。「なんだかわかります。それって」

冷たい風が吹き寄せてきた。

ふたりの髪が柔らかく揺れた。

「ぼちぼち行きましょう。頂上はすぐそこですよ」

夏実の声に導かれるように、友梨香は力強く歩き出した。

メイが尻尾を振りながら続いた。


標高三一九三メートル。

日本で二番目に高い山、北岳。その頂上に風が吹いていた。

時刻はちょうど正午。

周囲にはまばらに登山者がいて、写真を撮ったり、弁当を広げたりしている。

空はどこまでも晴れ渡り、周囲三百六十度の大絶景。仙丈ヶ岳、甲斐駒ヶ岳、八ヶ岳、中央アルプスから北アルプスまでくっきりと見渡せる。

安西友梨香は岩の上に腰を下ろし、遠くを眺めていた。

夏実は隣に並び、メイがふたりの間に伏臥《ふくが》していた。正面から吹き寄せてくる微風《そよかぜ》に目を細めながら、気持ちよさそうに背中を揺らしている。

真っ白な雲海のずっと彼方に、日本一高い——富士山が三角の山影を持ち上げていた。あれは友梨香が最初に登った山。ここは彼女にとってふたつ目の山。

友梨香が洟《はな》をすすった。

見れば、眦《まなじり》から涙がこぼれ、頬《ほお》を伝っている。

夏実にはその気持ちがわかる。あれだけ壮絶な経験をしてきたのだから。

自分もここに来て、幾度となく涙を流した。万感の思いに突き上げられて、ただ泣くしかなかった。

けれどもそれは悪いことじゃない。

北岳という神の山のてっぺんで涙を流すことで、魂が浄化されるような気がした。

「ここからまた始まるんだ」

友梨香がぽつりとそういった。

「え」

彼女は掌《てのひら》で涙を拭いながら、夏実を見る。

「私、本当はあそこで死んでたかもしれない。それを夏実さんとメイちゃんに助けられた。だからここから先はきっと第二の人生。そのことを忘れずに大事にしていかなきゃ」

「それって凄くいいことだと思います」

夏実が微笑む。

「生きていてくれてありがとう……あのとき、夏実さんがいってくれた言葉。あれから、ずっと心に残ってます。だから私、立ち直れた」

「お役に立てて何よりです」

そう答えた夏実は、ちょっと恥ずかしくなって首をすくめた。

友梨香はタイツに包まれた両膝を抱え、自分の頬に膝頭を押し当てた。

そしてまた洟をすすった。

「頑張らなきゃね。私」

そうつぶやいた友梨香は傍らのメイを見て笑い、優しく耳の後ろを撫でた。

メイが嬉しげに口を開けて笑い、豊かな尻尾を一度だけパタンと振った。

「私……また、いつかここに来ます」

友梨香の言葉に、夏実は嬉しくなった。

「だから夏実さん。この先も、ずっと友達でいてもらえます？」

夏実は少し顔を赤らめる。

「はい。喜んで」

「じゃ、これからもよろしく」

ふたりで握手を交わした。

メイがまた笑っている。

＊

河畔林《かはんりん》をかすかに揺らし、柔らかな風が吹き寄せていた。

野呂川の瀬音がその風に乗って、ここ両俣小屋まで届いてくる。どこか近くの森から、ミソサザイがさえずる美しい声が聞こえる。

渓流は禁漁シーズンを迎え、この小屋を訪れる客もほとんどいなくなった。

カツン！

乾いた音がして、薪《まき》割り台の上に立てた玉切りが左右に割れた。

斧《おの》を振り下ろしているのは悠人だった。

少し離れた場所に椅子を置いて座り、両俣手ぬぐいを頭に巻き、エプロン姿の加賀美淑子がその姿を眺めている。膝の上には猫のミニョンが乗っている。その背中を優しく撫でながら、淑子は微笑《ほほえ》んでいた。

悠人は薪割り台に斧を立てて、額の汗を拭った。

十月が終わろうとしていた。

山の秋が深まり、木の葉はいっせいに紅葉し、吹く風も冷たい。しかし薪割りをすると汗をかく。

悠人は青いTシャツだった。その袖から出ている腕に筋肉がつき、薄い褐色《かっしょく》に日焼けしている。胸の厚みもずいぶん目立つようになった。

「ユウくん、とても上手になったわねえ」

淑子はミニョンの背中に掌を置いたまま声をかけた。

悠人が笑った。ちょっと得意げだった。

ここ一週間ばかり、ふたりで薪割りをしたおかげで、小屋の横にある薪棚にずいぶんと積み上がっていた。しかし来週にはここも小屋仕舞いをしなければならない。作った薪は、来年の春までゆっくりと乾かしておけばいい。

「そろそろオヤツにする?」

淑子の声を聞いて、悠人が頷く。

ミニョンをそっと膝から下ろして、彼女は椅子から立ち上がった。

ふたりで外テーブルに向かい合って座り、熱いレモンティーをすすった。傍らにはクッキーを入れた皿が置いてある。

川風が吹くたびに周囲の木立が揺れ、赤や黄色に染まった無数の葉が空に舞っている。それを見上げながら、淑子は秋という季節を心の底から楽しんでいる。

小屋の出入口近くにミニョンとユンナ――猫たちの姿があった。二匹で平和そうに毛繕《けづくろ》いをしている。

「来週から君も学校ね」

淑子にいわれ、悠人が小さく頷いた。

先月、都内の中学から横浜の学校に転入手続きが終わっていた。その間、悠人は何度か東京や横浜に行ったが、ずっと山に戻りたがっていたと伯母《おば》から言付けられた手紙に書かれてあった。

「深町さん、いつ戻ってこられるのかな」

ふいにいわれ、彼女は悠人を見た。

先週、最後の買い出しに下山した際、その足で甲府の病院に見舞いに行ってきたのだった。ちょうど星野夏実も来ていて、三人でいろいろなことを話したばかりだ。

「今シーズンはちょっと無理かもね。あと何日かで救助隊の人たちも山を下りなきゃいけないから」

「最初に会ったとき、あの人の車の中でお父さんのことを聞かされた」

マグカップから立ち昇る紅茶の湯気を見ながら、悠人がそういった。「ずっと親子の仲が悪かったけど、あるとき、急に打ち解けたっていう話だった。だけど重い癌《がん》にかかってしまったんだって……」

「実は深町くんのお父様ね、今月の頭に亡くなられたの」

それを聞いて悠人が視線を泳がせた。「それで、深町さんは？」

「もちろん入院中だったから、葬儀にも出られなかったそうよ。だけど、覚悟はできていたんだって。心の中でお父様に別れを告げたんだって。退院したら、あらためてお墓に挨拶《あいさつ》にいくっていってたわ」

悠人はしばらく口を引き結んで俯《うつむ》いていた。

目をしばたたいてから、少し充血した目で淑子を見た。

「本当はね、あの話をされたとき、凄くうらやましかった。お父さんと和解ができたってこと」

悠人はまた俯く。「だけど、ぼくには父さんがいない」

急に顔を歪《ゆが》めた悠人の手を取って、淑子は優しくさすった。

「ユウくん。君は今まで特別な人生をたどってきた。たった十三歳で、まだまだ親の愛が必要な歳なのに……かわいそうにねえ。だけど、君はここに来て学んだはずなの。自分の人生に何が必要なのか」

淑子は悠人の手を離すと、眼鏡を押し上げ、その指で自分の涙を拭った。

ふと、彼女はエプロンのポケットに手を入れ、メモ用紙とボールペンを取り出した。

テーブルの上でメモを開き、そこに漢字をひとつ、大きく書いた。そのページを破り取って、悠人の前に置いた。

——斧

その文字を悠人が見つめている。

「これはオノっていう漢字。ほら。この中に〝父〟がいる。わかる？」

悠人が瞬きをし、驚いた顔で淑子を見た。

「うん。わかる」

淑子は微笑み、薪割り台の上に斜めに刺さった斧を指さす。

「これまでずっと、あの斧を握って一生懸命に薪を割り、汗を流してきたでしょ。だからこう考えるのよ――君のお父さんは君自身の中にいる」

悠人は薪割り台に自分で突き立てた斧を見つめた。

淑子は微笑んでいった。

「きっと大丈夫。ユウくんはもう自分の足で歩き出せる。この先、まだまだつらいこともあるかもしれないけど、今の君ならどんな試練も乗り越えられるわ」

大きく見開いた悠人の瞳が揺《ゆ》らいでいた。

淑子は頷き、ふうっと息を洩《も》らした。

「おねえさん」

悠人がいった。「来年も、またここに来ていい？」

「もちろん。両俣小屋はいつだってユウくんを大歓迎するよ」

涼やかな川風がまた吹いてきた。河畔林がいっせいに揺れて、秋色に彩られた無数の木の葉を空に散らしている。

一陣の風が、テーブルの上に置いてあったメモ用紙をさらっていった。

それはあっという間に木立の向こうに消えてしまった。

「あらあら」

淑子が肩をすくめて笑った。

「さ。お茶が冷めないうちにお飲み。オヤツが終わったら、ふたりで森へ行こう。キノコをいっぱい採ってくるの」

小屋の前にいた猫たちが、小さな声で鳴きながら、そっと足元に寄ってきた。

二匹を交互に撫でてから、淑子は悠人にこうささやいた。

「人生って素晴らしいよね」

後記

「山岳救助隊の警備派出所はどちらですか?」

ここ数年、北岳・白根御池小屋の管理人やスタッフが、登山者からこんな質問されることがあったという。中には「救助犬に会いに来ました」と嬉しそうにいわれたこともあるそうだ。

もちろんこれらは小説の中の設定なので現実には存在しない。

しかしながら、作者が作り上げた世界をそれだけリアルに感じていただけたのだろう。

また、シリーズの愛読者の中には、北岳に〝聖地巡礼〟に来られる方も少なからずおられるらしい。実在の山、実在の山小屋を作中に登場させているため、作品の舞台に立つと山岳救助隊や救助犬のイメージをリアルにたどれるそうだ。

書き手として、これほど嬉しいことはない。

本作も主な舞台は南アルプス・北岳である。

ここ二作ばかり、山を離れて都会や地方都市を舞台としたスピンオフ的作品が続いたため、久しぶりに原点回帰！

初のノンフィクション『北岳山小屋物語』（山と溪谷社）でご紹介したとおり、北岳には五つの山小屋がある。中でも両俣小屋はメインの登山ルートから離れた場所に位置するため、知る人ぞ知るという存在であるが、名物管理人に惚《ほ》れ込み、リピーターとなった客も多い。

この両俣小屋を今回、シリーズに初登場させることができたのは、管理人である星美知子氏のご快諾のおかげだ。

昨今、新型コロナウイルスの感染拡大のため、北岳一帯は登山ができなくなり、かつまた前年の台風による被害で林道崩壊などがあって、山小屋の再開も厳しい状況にある。

そんなときだからこそ、このシリーズをお読みいただき、北岳の山の風を存分に楽しんでいただきたいと思う。

白根御池小屋を離れ、尾瀬・原の小屋の新管理人となられた高妻潤一郎氏および、元神奈川県警の捜査員として活躍された細田徹氏にもまた、今回の取材でたいへんお世話になった。併せて感謝を申し上げたい。

作中に登場する山岳救助隊および救助犬チームは作者の創造によるものであり、現実には存在しない。本作品はあくまでもフィクションであり、実在する個人、団体とはいっさいの関係がないことを付記しておく。

解　説

細谷正充

山がある、犬が走る、そして人を助けるために尽力する警官がいる。これだけで何の話をしているか、分かる人には分かるだろう。そう、樋口明雄の「南アルプス山岳救助隊K－9」シリーズのことだ。

南アルプス警察署山岳救助隊は、北岳にある夏山警備派出所に駐在し、遭難者の救助等に従事している。特色は、全国で初めて、警察という公的機関において、山岳救助犬を導入したことだ。現在は、チームリーダーの進藤諒大隊員と川上犬リキを筆頭に、星野夏実隊員とトライカラーのボーダー・コリーのメイ、神崎静奈隊員とジャーマン・シェパードのバロンと、三人のハンドラーと三匹が活躍している。もちろん他にも、何人かの隊員がいる。夏実と静奈が物語の中心になることが多いが、他のメンバーも個性派揃《ぞろ》い。下界から人間の悪意が持ち込まれ、山を汚す犯罪が起きると、山岳救助隊の面々は敢然《かんぜん》と立ち上がる。

というのが基本設定だ。二〇一二年八月に徳間書店から刊行された『天空の犬』

（現『南アルプス山岳救助隊K－9　天空の犬』）により始まったシリーズも、本書『南アルプス山岳救助隊K－9　風の渓《たに》』が第九弾となる。警察小説がベースになっているが、山岳冒険小説やディザスター・ノベルなど、一冊ごとに違った要素を盛り込んでいるところも、シリーズの魅力だろう。はたして今回は、どのような話になっているのであろうか。

夏山警備派出所の隣にある白根御池小屋の管理人が、高辻夫妻から松戸颯一郎に代わるなど、北岳の人々にも変化が訪れた。とはいえ山岳救助隊は相変わらずだ。夏実たちは、滑落したふたりの要救助者を助けた。この一連の救出作業を通じて、レギュラー陣を巧みに紹介する、作者の手腕が素晴らしい。シリーズを初めて手にした読者でも、すっと物語に入っていけるはずだ。

救助されたのは山崎美和子と、十三歳の甥の中江悠人。軽傷だった悠人は、隊員の深町敬仁によって、車で東京の自宅まで送られた。しかし彼は携帯ゲームばかりやっており、人と目を合わせることなく、口もきかない。深町が死期の迫った父親の話をしても、心に響かないようだ。家に着いたものの、悠人に対する母親の態度に、深町は不審なものを感じる。

それからしばらく後、美和子が悠人を連れて夏山警備派出所に現れた。やはり悠人の家庭は問題があり、彼はヤクザ者の義父と母親から虐待されていたようだ。とりあえず白根御池小屋で悠人を預かるが、登山シーズンになれば居場所を確保するのも難しい。困った隊員たちは、両俣小屋の管理人をしている加賀美淑子を頼った。今年で七十になるが、多くの人に慕われている、北岳の名物管理人だ。悠人を預かった淑子は、自分の殻に閉じこもったままの少年を、静かに見守る。やがてあることが切っかけになり、悠人は徐々に変わっていくのだった。

作者本人がいっているので間違いないが、悠人を巡るストーリーは、ロバート・B・パーカーの『初秋』を意識している。私立探偵スペンサーを主人公にしたハードボイルド・シリーズの一冊であり、パーカーの日本での人気を決定づけた名作だ。元夫婦が、互いを傷つけるための道具として十五歳の息子のポールを取り合っていた。仕事が切っかけとなり、ポールと暮らし始めたスペンサー。ガリガリに痩《や》せ、自分の殻に閉じこもっているポールを見かねたスペンサーは、彼を別荘地に連れ出した。そしてポールの体を鍛え、一緒に家を建てようとするのだった。

と、粗筋を書いただけで、本書が『初秋』の影響を強く受けていることが分かるだろう。だが、これは樋口明雄の作品だ。当然、随所に違いがある。特に、悠人が現実に目を向ける切っかけにフライフィッシングを持ってきた点が作者らしい。なぜなら、山と犬と同様に、作者は釣りを愛しているからだ。ひょんなことから山小屋に泊まった一家のフライフィッシングに加わり、もうすこしで釣果をあげるところだった悠人。

さらに山小屋のスタッフで、釣り好きの高垣克志に連れられて、フライフィッシングに熱中する。その描写が、生き生きと描かれているのだ。

もちろん悠人を見守る、淑子のキャラクターも見逃せない。夏実に向かって、「その子に本当に必要なものはね……自立なのよ」という淑子は、酸いも甘いも嚙み分けた大人として、十三歳の少年と向き合う。可哀そうだと思いながら、悠人を取り巻く現実の厳しさを、しっかりと教える。その厳しさこそが、彼に必要なものだと理解しているからだ。悠人が変わる切っかけはフライフィッシングだが、淑子の存在なくして、彼の再生は成されなかっただろう。実に魅力的な女性だ。だから終盤で悠人が淑子に発する、ある言葉に、胸が熱くなるのである。

そんなふたりを見ていたからこそ、下界の悪意が悠人に迫る展開から目が離せない。なにしろ……、おっと、話が先に行きすぎた。クライマックスについて触れる前に、本書のもうひとつのストーリーを紹介しよう。悠人の物語と並行して、桜井和馬という三十五歳の男のストーリーが進行する。引き籠《こも》りのネットハッカーで、非合法な手段で金を稼いでいる。ある日、お気に入りのアイドル・グループ〈ＡＮＧＥＬＳ〉のリードヴォーカルをしている安西友梨香が、番組の企画で北岳の登山に挑むと知った和馬。自分も登山の準備を進めるが、不穏な空気に気づく。そして警察に追われるようになったことから、暴走していくのだった。

悠人を巡るストーリーは、彼と淑子が疑似的な親子関係を獲得するまでを描いた〝絆《きずな》の物語〟といえる。一方、和馬を巡るストーリーも、絆の物語であるのだ。ただし、こちらは和馬の友梨香に対する、一方通行の絆である。犯罪行為で金を稼いでいたことを除けば、どこにでもいる引き籠り。彼は友梨香を運命の相手だと思い込んでいるが、そんなことはない。和馬の愚かな絆の物語があるから、悠人の真の絆の物語が際立つのだ。

しかも作者は、それぞれのストーリーを北岳で同時進行させる。夏実とメイ、静奈とバロンが疾走し、アクションが連続する終盤は、興奮必至の面白さだ。緊迫のシーンに乱入してくる意外な存在や、空手対空手の対決（作者は空手も習っている）など、ページを繰る手が止まらない。また、淑子だけでなく、肩の小屋の管理人小林和洋も重要な場面で活躍。出番は少ないが、県警ヘリ〈はやて〉の操縦士たちも頼もしい。北岳を愛する人が、一丸となって、人の命を救うために尽力している。だから「南アルプス山岳救助隊K－9」シリーズの読後感は、いつだって清涼なのだ。

そうそう、シリーズではお馴染《なじ》みすぎて忘れそうになったが、山と犬の素晴らしさも、しっかり書かれている。北岳の美しさと偉大さには、小説で接するたびに魅了される。また、メイとバロンの凛々《りり》しさと可愛《かわい》らしさは、犬好きでなくてもメロメロになってしまう。今回、巨大な敵と対峙《たいじ》したメイの雄姿は忘れられない。作者が自分の好きなものを、これでもかと盛り込んだ、ワン・アンド・オンリーの警察小説になっているのだ。

ところで本書のラストで、「斧」という漢字について淑子が語る場面がある。おそらく稲見一良《いなみいっら》の『ダブルオー・バック』の第二話「斧」（もしくは、これを原案にした本庄敬《ほんじょうけい》のコミック『父物語 斧』）を意識したものだろう。『初秋』もそうだが、作者は先人の作品に敬意を払い、それを受け継ぎながら、自分だけの作品を生み出しているのである。これこそ物語同士の〝絆の物語〟といっていい。ああ面白かったと本を閉じた後、エンターテインメント・ノベルの歴史に思いを馳《は》せたくなる逸品なのだ。

二〇二〇年十月

南アルプス山岳救助隊K－9シリーズ

天空の犬　2012・8　徳間書店
　　　　　2013・11　徳間文庫
ハルカの空　2014・4　徳間書店
　　　　　2015・9　徳間文庫
ブロッケンの悪魔　2016・2　角川春樹事務所
　　　　　2017・7　ハルキ文庫
火竜の山　2016・10　新潮社
　　　　　2018・10　新潮文庫（『炎の岳』に改題）
レスキュードッグ・ストーリーズ　2017・4　山と溪谷社
　　　　　2018・11　ヤマケイ文庫
白い標的　2017・6　角川春樹事務所
　　　　　2019・1　ハルキ文庫
クリムゾンの疾走　2018・1　徳間文庫（文庫書き下ろし）
逃亡山脈　2019・5　徳間文庫（文庫書き下ろし）
颪の渓　※本書　2020・11　徳間文庫（文庫書き下ろし）

この作品は徳間文庫のために書下されました。
なお本作品はフィクションであり実在の個人・団体などとは一切関係がありません。

徳間文庫

南アルプス山岳救助隊K-9

風《かぜ》の渓《たに》

2020年11月15日 初刷

著者 樋《ひ》口《ぐち》明《あき》雄《お》

発行者 小宮英行

発行所 株式会社徳間書店

東京都品川区上大崎三-一-一 〒141-8202
目黒セントラルスクエア

電話 編集〇三(五四〇三)四三四九
販売〇四九(二九三)五五二一

振替 〇〇一四〇-〇-四四三九二

印刷
製本 大日本印刷株式会社

ISBN978-4-19-894581-7 (乱丁、落丁本はお取りかえいたします)